明媒善娶

上

夢三生／著
哈尼正太郎／繪

目錄

第一章　違背約定

陸池牽著一頭黑色的驢子踏進銅鑼鎮的時候，恰是暮色四合。

天邊的晚霞被落日最後一絲餘暉鑲嵌了一層絢爛的金邊，不遠處有一戶人家正在辦喜事，劈哩啪啦的鞭炮聲夾雜著熙熙攘攘的人聲，勾勒出一種喜氣洋洋的氛圍。

嗯，是個好兆頭。

陸池正這麼想著，身後突然一陣香風浮動，有人撞了他一下。

「抱歉啊，借過借過。」一個身形窈窕的姑娘，穿著胭脂色的羅裙，從他身邊匆匆擠了過去，頭也不回。

這風風火火的樣子，看樣子竟是沖著不遠處那戶正辦著喜事的人家去的，陸池剛下山，許是太過無聊了，竟然下意識就牽著驢子跟了上去。

此時那廂花轎正好剛剛落地，有頑皮的孩童一湧而上，嘰嘰喳喳、嘻嘻哈哈地圍上前討要喜錢，新郎官被圍得寸步難行，還好媒婆早有準備，趕緊吩咐小廝撒銅錢，「快快快，別誤了吉時。」

新郎官在媒婆的幫助下好不容易脫了身，正準備去踢轎門，卻陡然身子微微一僵，彷彿是察覺到了背後有殺氣襲來，他僵著脖子回過頭，便對上了一雙閃著怒火的眼眸……唔，如果眼神可以殺人，他此時大概已經萬箭穿心了吧。

「緒逸之！你我從小一起長大，你可真是對得起我啊！」那姑娘氣勢洶洶地衝上前，雙手叉腰，揚聲怒道。

左鄰右里兼門口圍觀的賓客都詭異地靜默了一下，被喚作緒逸之的新郎官面色頓時有些複雜，他沉默了一下，道：「阿柯，今天是我大喜的日子，妳莫要胡鬧了……」

「你、你竟然還說我胡鬧？你要成親為何不同我說，你明明答應過我的……」那姑娘瞪大一雙黑白分明的杏仁眼，氣得眼淚都快掉下來了。

「施姑娘妳不要鬧了，有什麼事回頭再說啊！」一旁，媒婆趕緊笑著來打圓場。

「回頭再說？回頭他都已經成親了，我還說什麼啊！」那位施姑娘氣呼呼地瞪了那媒婆一眼，沒好氣地道。

媒婆被她這話噎住，索性不理她了，只扭頭對那新郎官道：「緒公子，吉時已經到了，你別誤了吉時，這可是你一輩子的大事，若是搞砸了，老婆子我對不起你爹娘的請托也就罷了，可別傷了你爹娘的一片愛子之心。」

新郎官聽了這話，眼中閃過一絲決然之色，他低低地對那施姑娘說了一句，「別鬧了，回頭再同妳說」，便轉身走向花轎，準備去踢轎門。

那姑娘見狀，氣呼呼地伸手便要去拉他。

新郎官狠狠捏了捏袖子，頭也不回地甩開她，大步走到花轎旁，踢了轎門。

彷彿為了證明他此時的決心，那一甩的力道極大，那姑娘一時不防便被推得摔了出去。

一路尾隨而來的陸池見狀上前一步，恰好托住了她，入手只覺一片香軟，他扶她站穩，略有些不自在地後退了一步，道：「冒犯了，姑娘。」

姑娘恍若未聞，只氣沖沖地瞪著那新郎官，新郎官卻一副對她避如蛇蠍的樣子，再也沒敢回頭看她一眼。

吹打聲又起，剛剛僵住的氣氛重新熱鬧了起來。

她站在不遠處，瞪著那新郎官扶了蓋著大紅蓋頭的新娘下了花轎，瞪著他們雙雙走進褚家那張燈結綵的大門……直瞪到眼睛都酸了，這才忿忿地收回視線，有些失落地轉身準備回去，結果剛一動腳，卻是「嘶」地倒抽了一涼氣，差點一屁股坐在地上。

還好身旁有人扶了她一下，她借著那一扶的力道站穩，抬頭正欲道謝，卻在看清眼前這人的樣貌時微微恍惚了一下，她原以為賀家喜餅鋪子的少東家賀可鹹，就是銅鑼鎮裡長得最好看的人了，也擔得起「面如冠玉」這四個字，待如今才知道自己真是孤陋寡聞啊！

眼前這人形貌之昳麗，著實罕見。

「這位公子是頭一回來銅鑼鎮嗎？」她呆呆地看著他，沒頭沒腦地問了一句。

陸池一愣，「何以見得？」

「若非公子頭一回來銅鑼鎮，我不可能不知道銅鑼鎮竟然有公子這般好看的人。」她說著，彷彿為了印證自己的想法，還一臉嚴肅地點了點頭。

陸池輕咳一聲，竟被她這番直白的言語說得有些赧然，「是，在下今日剛來銅鑼鎮。」

「那公子是準備在銅鑼鎮長住呢，還是只是路過？」她眨了眨眼睛，眼睫撲閃了一下，又追問。

不知為何，陸池竟詭異地從那雙黑白分明的眸子裡看到了殷切的期待。

「唔……大約會住一段時日。」

「太好了！」她眼睛一亮，頓時歡喜起來，「公子你叫什麼名字啊？」

「……在下陸池。」唔，剛剛那詭異的期待感果然不是錯覺吧。陸池有些不明白她在歡喜什麼，明明剛才還十分傷心的啊。

「常羨人間琢玉郎，天應乞與點酥娘。陸公子若有娶親的打算，可到東街居家坊的施家找我啊！」她面帶笑容，十分熱情地道。

找、找她？他若要娶親，找她做甚？

陸池猛地瞪大眼睛，下意識鬆開了攙扶她的手，猛地後退一步，這這這、這才頭一回見面，現在山下的姑娘都是如此奔放的嗎？

陸池一鬆手，那姑娘「哎呀」了一聲，失了支撐便向前栽了下去。

見她臉上的痛楚不似做假，陸池忙又扶了她一把，「腳崴了？」

她苦著臉點了點頭，「哎呀怎麼辦，我偷偷跑出來，還傷了腳，若是回去晚了叫三個哥哥知道……就麻煩了。」

三個哥哥啊……陸池雖然也有個哥哥，但因為是同父異母的關係，彼此說不上親近，看她這模樣，家中三個哥哥應該平時對她不好吧，也是，據聞一般人家都是重男輕女得很，更何況她上頭有三個哥哥，想必日子不太好過呢。

陸池猶豫了一下，雖然眼前這姑娘突如其來的熱情讓他有些無所適從，但俗話說：「好人做到底，送佛送到西。」更何況……她正是傷心失意之時，若就這麼丟下她一個人在這裡，似乎有些過分了。

「若姑娘不介意的話……在下便送妳一程吧！」

她眨巴了一下眼睛，這才注意到這位陸公子身旁站著一頭小黑驢……

「陸公子真是好人，萍水相逢還這樣樂於助人，長得還那麼好看……果然是相由心生啊！」姑娘坐在小黑驢上，仍帶著幾分嬰兒肥的小臉上一片感慨萬千，「可見這天底下還是有好人的，不像褚逸之那混蛋，和我自小一起長大的交情，明明之前答應過我，若是成親定會讓我來給他做媒，可是你剛剛也瞧見了，他竟然食言！還敢推我！」說著說著，她又忿忿然起來。

陸池聞言，猛地一個趔趄，敢情這才是她大鬧婚禮的真相嗎？

「做……做媒？」他想起她之前那句「陸公子若有娶親的打算，可到東街居家坊的施家找我」，忽然覺得自己似乎領悟錯了什麼……

「啊對了，我還沒有跟你自我介紹吧。」那姑娘笑咪咪地看著他，歪了歪腦袋，自我介紹道：「我叫施伐柯，是個媒婆。」

施伐柯，這名字一聽就是出自詩經：「伐柯如何？匪斧不克。取妻如何？匪媒不得。」

嗯，從名字就可以知道這是一個立志成為媒婆的姑娘呢。

陸池的表情有些一言難盡。

「陸公子是哪裡人啊？」施伐柯轉了轉眼珠子，問道。

這個問題讓陸池背脊一緊，他下意識看了騎在驢背上的姑娘一眼，對上那雙圓溜溜充滿好奇的杏仁眼，他輕咳一聲收回視線，「在下是嵐州人。」

「嵐州距離這裡也不是很遠呢。」施伐柯笑咪咪地道，「陸公子準備在銅鑼鎮待多久啊？」

見這姑娘一副要打破砂鍋問到底的樣子，陸池想了想，覺得他既然打算在銅鑼鎮暫居，總要面對這些問題，也必須得有一個說辭，只是沒有想到他一進銅鑼鎮就得面臨這些盤問，還是一個姑娘家……

「實不相瞞，在下是出門遊學，途經銅鑼鎮，見這裡人傑地靈，所以想住上一段時日，最多秋闈之前就該離開了。」

「哎呀，原來陸公子是個秀才，失敬失敬。」聽他說秋闈，施伐柯的笑容又甜了一些。秀才可是很吃香的，褚逸之就是個秀才，在他中了秀才之後，他在私塾裡的先生便將自己閨女許配給了他，可見一斑。

年輕，長得好看，還前途無量，施伐柯看陸池的眼神越發的慈祥了。

陸池抖了抖，不知為何覺得有些發寒。

「啊對了，陸公子是嵐州人，有沒有聽過嵐州有個千崖山啊？」施伐柯忽然好奇地問。

陸池猛地一僵，隨即若無其事地道：「倒是聽過，姑娘為何問起這個？」

「聽我爹說的，我爹說千崖山上有個飛瓊寨，那寨主占山為王，劫富濟貧、快意恩仇，而且有人有地有錢，我爹很是嚮往呢。」施伐柯說起時，也是一臉的嚮往。

這位施姑娘的爹到底教了她什麼東西啊！陸池狠狠抽了抽嘴角。

好在施伐柯感歎完畢就放過了這個話題，又問，「陸公子初到銅鑼鎮，可曾找到落腳之處？我爹在銅鑼鎮還有幾分薄面，需要幫忙的話你儘管開口啊。」

「多謝姑娘好意，還是不必了……」

「不用客氣啊，今日你也幫了我，以後大家就是街坊鄰居了，互相幫忙是應該的。」

不……真的不必啊……

正在陸池為這無法拒絕的熱情而頭痛的時候，忽然聽到遠處隱隱有熱鬧的喧囂聲隨風而來，他不著痕跡地轉移了話題，「咦，是什麼聲音？」

施伐柯豎起耳朵聽了聽，隱約彷彿有鼓樂之聲隨風而來，夾雜著陣陣的笑鬧聲、叫好聲，十分的熱鬧，不由得也有些困惑，「聽聲音好像是賀家喜餅鋪子的方向，唔……可能是喜餅鋪子又有什麼招攬客人的活動吧。」

「哦？」

見陸池好奇，施伐柯充分發揮了一個東道主的熱情，開始為陸池介紹起銅鑼鎮一些商家招攬客人的種種手段，話題終於如願被轉移開來，竟也有相談甚歡之感。

「啊，前面就是我家了。」施伐柯忽然坐直了身子，指著前面道。

陸池終於鬆了一口氣，嗯，不知為何……竟忽然有種如釋重負的感覺。

將施伐柯送到施家門口，陸池正想扶著她從驢背上下來，然後功成身退的時候，大門忽然開了，門內走出來一個看起來美貌又端莊的婦人。

「娘。」施伐柯弱弱地叫了一聲，剛剛還十分清脆的聲音一下子低了八度。

這婦人正是施伐柯的娘親陶氏，她看了看騎著驢的自家閨女，又看了看一旁站著的陌生男子，有些疑惑地問：「阿柯，這是？」

「這位是陸公子，我不小心崴了腳，多虧陸公子送我回來。」施伐柯略有些心虛地解釋道。

「這樣啊，真是多謝你了，陸公子。」陶氏微笑著沖著陸池點點頭，道謝。

「舉手之勞，施夫人不必客氣。」陸池拱手道，心想這位施夫人倒是十分溫柔端莊，施姑娘這性子莫不是隨了她那個聽起來就不大靠譜的爹？

正這麼想著，便見這位溫柔端莊的施夫人看了一眼騎在驢背上的施伐柯，回頭沖著屋子喊了一嗓子，「纖纖，出來一下！」

這一嗓子，震得陸池耳朵嗡嗡直響，一時有些神思滯塞。

這一嗓子，將施夫人的溫柔端莊震得渣都不剩……

陸池晃了晃腦袋，下意識看向騎在驢背上的施伐柯，「妳還有個姐姐？」

施伐柯搖搖頭，「沒有啊，我只有三個哥哥。」

那這個「纖纖」是……？陸池一時覺得自己的腦子有點不夠用。正疑惑的時候，便見一高大壯碩的男子衝了出來，看身形八尺有餘，這也就罷了，那一身腱子肉簡直要閃瞎了他的眼睛……總覺得這位壯士應該很合他爹的眼緣呢。

這壯士雖然身著便裝，但腰上掛著一塊腰牌，應該是個捕頭。

「娘，怎麼了？」那位壯士說著，看到了騎著驢的施伐柯和一旁站著的陸池，一時有些丈二和尚摸不著頭腦，「阿柯？這位是？」

施伐柯訕訕地笑了一下，喚了一聲，「大哥。」

「你妹妹崴傷了腳，這位陸公子送她回來的，好了，別愣著了，快去扶你妹妹下來。」陶氏指使道。施大哥忙上前，小心翼翼地將施伐柯抱了下來。

施大哥身形高大壯碩，抱起嬌小的妹妹簡直輕而易舉，只是看這小心翼翼，一副捧在手裡怕摔了，含在口裡怕化了的模樣，怎麼看也不像是會欺負妹妹的那種哥哥啊，總感覺……彷彿又誤會了什麼。

「多謝這位公子了。」將妹妹小心翼翼地抱了下來，施大哥很有禮貌地道謝，隨即又道：「天色已晚，不如進來一道用膳吧。」

「不必客氣，在下還有事要辦，這便告辭了……」陸池眼神飄忽地看了一眼大門，又看了一眼，終於還是沒有忍住心底的好奇，「請問纖纖是……」

只見施大哥爽朗一笑，「見笑見笑，正是在下。」

……這樣一個孔武有力的彪形大漢，叫纖纖？

太傷眼了！陸池感覺心靈受到了重創，拱手道了一句告辭，幾乎是慌不擇路地掉頭便走，看那背影很有幾分落荒而逃的感覺。

「多謝你啊，陸公子！記得要說親就來找我啊～」他身後，施伐柯熱情地揮著小手。

陸池走得越發快了。

陶氏看著那個疾步走遠的背影……還拖著一頭小黑驢，速度之快幾乎連小黑驢都趕不上，忍不住有些委婉地道：「阿柯，這位陸公子是不是不太聰明？」

「娘，你胡說什麼，陸公子可是個秀才呢。」施伐柯有些不滿地道。

竟然是個秀才？陶氏有些驚訝，隨即又頗有些不以為然地道：「那八成是讀書讀傻了吧，要不然怎麼有驢不騎，還拖著走。」

施伐柯眨巴了一下眼睛，一時語塞。嗯……竟然沒辦法反駁呢。

「阿柯，妳的腳怎麼傷的？」施纖纖一臉心疼地看著施伐柯問。

「呃……不小心崴了一下……」在娘親犀利的目光下，施伐柯有些支支吾吾地道。

「今天褚家那個小子成親，妳是不是去鬧事了。」知女莫若母，陶氏眯著眼睛道。

施伐柯縮了縮脖子。

陸池的耳力有些異於常人，雖然已經加快了腳步，但介於他還沒有走遠，因此施伐柯和

陶氏的話他都聽了個七七八八……然後嘴角抽搐著上了驢背，經過街角拐了個彎，陸池竟有一種劫後餘生的感覺。

心情正有些複雜的時候，便聽到了那位施大哥震耳欲聾的吼聲。「褚逸之那個混蛋！以後我見他一次就打他一次！」

陸池差點從驢背上摔了下去，想起她說「若回去晚了叫三個哥哥知道就麻煩了」，他果然又領悟錯了啊！……叫她三個哥哥知道，麻煩的不是她，而是那個可憐的新郎官啊！

而且，她有三個哥哥啊！為可憐的新郎官掬一把同情淚。

施伐柯見大哥暴怒，想想以大哥的體格……褚逸之那小身板怎麼能扛得住他一頓胖揍，心底那點小良知終於甦醒了，她縮了縮肩膀，小聲道：「也沒有這麼嚴重啦，我只是氣不過他之前明明答應過要找我做媒的，結果竟然說話不算話，撇開我另找了媒婆。」

「好了，進屋吧。」陶氏轉身走進大門。

待進了屋子，施大哥小心翼翼地將妹妹放在椅子上坐好，那廂陶氏已經拿了跌打酒出來，提起她的裙擺一看，原本纖細白皙的腳踝已經腫得跟個饅頭似的，紅裡還泛著紫，當下沉了臉。

「妳的腳，當真是自己崴的？」陶氏抬頭看她，眼神犀利。

施伐柯視線飄忽了一下，「是啊。」

陶氏輕哼一聲，沒有再說什麼，而是倒了跌打酒在手心，然後狠狠地揉了上去，施伐柯倒抽一口涼氣，疼得臉都扭曲了，卻咬著牙一聲不敢吭。

早春的天氣還微微帶著些寒，施伐柯卻是疼得腦門上起了一層薄汗，看得一旁的施大哥心疼極了，「阿柯乖，疼就叫出來，不要忍著啊。」

施伐柯扁扁嘴，偷覷了一眼陶氏。

「疼嗎？」彷彿注意到了她的目光似的，陶氏忽然問。

「疼……」施伐柯哼哼，撒嬌的聲音跟小貓兒一樣撓得人心裡癢癢，作為家裡最受寵的小閨女，施伐柯深諳撒嬌的技巧。若此時面對的是她爹或者三個哥哥，肯定早就繳械投降了，奈何她面對的是家裡最鐵面無私的陶氏。

陶氏看了她一眼，似笑非笑地道：「疼就好，以後才長記性。」對上娘親的視線，施伐柯垂下了腦袋。

「娘啊，小妹都疼成這樣了，妳就別說風涼話了。」杵在一旁恨不能以身相替的施大哥一臉心疼地道。

陶氏懶得去看蠢兒子，又道，「以後不要再見褚逸之了。」

「啊？」施伐柯一愣，隨即反應過來，「為什麼？」雖然她很生氣褚逸之出爾反爾，但也沒有嚴重到要老死不相往來的地步吧。

「因為要避嫌，他已經成親了，妳若還和他有來往，會讓他的妻子不高興。」陶氏毫不留情面，直截了當地道。這句話猶如當頭棒喝，施伐柯被打得一腦門子金星。

「好了，這件事到此為止，記住我的話，再有下一次，我就告訴妳爹。」陶氏輕飄飄地放出大招。

施伐柯猛地一個激靈，趕緊點頭，「是是是，我知道了，我一定聽妳的話。」說著，又小心翼翼地扯了扯娘親的衣袖，弱弱地道，「娘……這次就不要告訴爹了吧？」

……要是爹爹知道了，褚逸之還能活？有一個太疼愛自己的爹，也讓人壓力很大啊！

這世道雖重男輕女，但也不儘然全都是如此，也有更心疼女兒的人家，施伐柯的爹爹施長淮便是箇中翹楚。

施長淮從陶氏懷第一胎開始，就期待著生出一個乖巧可愛的閨女來，那時街坊鄰居三姑六婆都說陶氏肚子圓圓八成是個閨女，雖然這麼說的時候大家都帶著可惜的神色，但施長淮卻是期待得很，認真取了名字，施纖纖，取纖細柔美之意。

結果，生出一個兒子。

施長淮不甘心，鬧著陶氏再生個閨女，陶氏看著自己的大兒子施纖纖不禁五味雜陳，這個名字用在長子身上可以說是非常鬧心了，這一次說什麼也不准施長淮那個缺心眼兒的提前取名字了。

果然，陶氏很有先見之名。

第二胎，又生了一個兒子，這次陶氏拍板取名施重山。施長淮看著兩個臭小子，心裡十分憋屈。

然後，又生了一個兒子，施重海。施長淮看著三個臭小子幾乎絕望了，在大街上看到人家抱著香香軟軟的小閨女眼珠子都是綠的，嚇得家裡有閨女的街坊鄰居都躲著他走。就在施長淮已經放棄希望的時候，陶氏又有了身孕。

陶氏是個媒婆，那時剛剛升為官媒婆，又懷了身孕，恰是雙喜臨門，便給腹中的孩子取名伐柯。於是，在一連生了三個兒子之後，施長淮終於如願得了個嬌滴滴的小閨女，想也知道定然是含在嘴裡怕化了，捧在手裡怕摔了，妥妥成了一個女兒奴。

可是，不知道是不是因為這個名字的關係，施伐柯對於媒婆這個行業十分著迷，最大的夢想就是成為銅鑼鎮最大的媒婆，然後和她的外祖母、母親一樣，成為一個官媒婆。

是的，施伐柯的外祖母和母親都是官媒婆，從某種意義上來講，她也是出自媒婆世家了。

看著女兒一臉討好的樣子，陶氏在心裡深深地歎了一口氣，板著臉道：「記著我的話，下不為例。」

「是，娘。」施伐柯忙不迭地乖乖應下，心裡卻是有些失落的，從小一起長大的朋友……以後，便不能見了啊。

也是，該避嫌的。

施伐柯的失落持續了半個時辰，很快就把這股子失落丟開了，瘸著腿也不安份，跳到廚房裡想幫忙一起準備晚膳，卻被陶氏轟了出來，只能蔫頭蔫腦地在院子裡拿菜葉子逗著籠子裡的一隻大公雞玩。

那大公雞模樣看著有些磕磣，雞毛又稀又短，爪子卻是又大又尖銳，爪上還穿有金屬假距，此時正立在草墩子上，昂著一顆小腦袋緊緊盯著那片晃來晃去的菜葉子，圓溜溜的小眼睛裡透著凶光。

別看牠長得磕磣，牠可是爹的心肝寶貝，嗯，在家裡的地位可能僅次於娘和她吧，而且牠可不是無名之輩，爹給牠取了個名字叫狗勝。狗勝是一隻鬥雞，而且目前從未嘗過敗績，可謂打遍銅鑼鎮無敵手。

至於一隻雞為什麼要叫狗勝這麼深奧的問題，施伐柯也很想知道她爹是怎麼想的。

「狗勝啊，你說，人長大了是不是就和小時候不一樣了……」施伐柯低低地嘟囔。

狗勝眼睛兇狠地盯著她手上的菜葉，一動不動。

「也是，男女七歲不同席嘛，娘說得也不錯，是該避嫌了。」施伐柯將手裡的大白菜晃了晃，狗勝的腦袋也跟著晃了晃。

「你也這麼覺得是吧。」施伐柯點點頭，煞有介事地道。

「喲，怎麼又和狗勝一起玩了，小心牠啄妳哦。」這時，冷不丁地，一個笑嘻嘻的聲音在門口響起。

「牠敢，敢啄我們家小阿柯，回頭燉了牠喝湯！」一個大嗓門緊隨其後。

施伐柯心虛地一縮脖子，回頭甜甜地叫了一聲，「爹、二哥，你們回來啦。」

施伐柯上頭有三個哥哥，老大施纖纖是個捕頭，老二施重山在自家的當鋪裡做事，老三施重海出門遊學了。這幾日爹和二哥都在鋪子裡忙著盤貨，這個時間正好一起收工回來了。

「爹也太偏心了，當初我不過拔了狗勝幾根尾巴毛，就追了我兩條街喊打喊殺的，這會兒倒是捨得拿牠燉湯了。」施重山沖著小妹擠了擠眼睛，酸不溜丟地道。

草墩子上立著的狗勝一個哆嗦，將腦袋紮進翅膀底下，裝死不動了。

「阿柯，來來來，看爹給妳帶了什麼好東西。」施長淮沒有搭理蠢兒子，笑咪咪地從懷裡掏出一個鐲子來，「今兒鋪子裡收到的，我一看這麼漂亮就想起我們家小阿柯了。」

那是一個水汪汪的玉鐲子，溫潤透亮，果真漂亮得讓人挪不開眼，施長淮平時也喜歡三不五時地從鋪子裡帶些小東西回來給閨女玩，但這麼漂亮且一看就價值不菲的玉鐲卻是頭一回見。

「這個很貴吧……」施伐柯摸了摸，也不知是爹懷裡的溫度，還是手鐲本身的暖意，竟是入手生溫，不由得驚歎道。

「放心戴著。」施長淮豪氣地一揮手，「這種好東西當然要留給我閨女戴，而且妳爹我什麼時候做過虧本生意了，便宜著呢。」

唔……這是又有人被坑得挺慘吧。

施伐柯呵呵兩聲，在自家爹爹殷切的視線中，將玉鐲套在了自己手腕上試了試……竟然不大不小，剛剛好。

「看吧，這鐲子合該是我們家小阿柯的。」施長淮得意道。

施伐柯也只打算試戴一下，算是全了阿爹的一片心意，戴過之後便打算伸手摘下來。

「怎麼了，不喜歡嗎？」施長淮見狀，問。

施伐柯搖搖頭，道：「這鐲子太貴重了，戴在手上難免磕磕碰碰的，若是鐲子的原主來贖，鋪子裡不好交代。」雖然是自家鋪子，但這麼貴重的東西也不好隨心所欲。

「不要緊，這鐲子是死當，跟原主沒啥關係了。」施長淮揮揮手，滿不在乎地道，「鐲子不就是讓人戴的嘛，妳且放心戴著。」

「竟然是死當？」施伐柯有些驚訝。

當鋪其實「死當」是極少的，一般都是將東西抵押在當鋪，然後定下當期，月利率當然不會低，如果到期不能贖回，才算「死當」，東西歸當鋪所有，這也是一般當鋪的普遍營利方式……但是一開始就定為「死當」，這原主是有多想不開？亦或者此人根本從未接觸過當鋪，這才被坑了吧？

「嗯，也是運氣好，今天最後一單生意，我和爹都已經關了鋪子準備走了，一個傻書生尋了過來說是急等錢用，要當了這個鐲子。」一旁的施重山笑咪咪地道，「這玉鐲成色上佳，我又看他急等錢用，就建議他死當，原以為會費一番口舌呢，誰知那傻書生一口就同意了。」

「傻書生？不是銅鑼鎮的人嗎？」

「嗯，外頭來的。」

施伐柯良心有點不安，「人家急等錢用，是發生什麼事了嗎？」

「是好事。」施重山神秘兮兮地眨了眨眼睛，「今兒個賀家那位大小姐拋繡球招親，那傻書生正好趕上了，又剛巧被那顆繡球砸中了，這運氣……所以需要銀錢上門提親啊，可不就缺錢了嘛。」施重山說著，「嘖嘖」兩聲，又道：「說起來這傻書生也不算傻嘛，舍不著孩子套不著狼，待成了賀家的東床快婿，要什麼沒有呢。」

賀家可是銅鑼鎮的首富，家中的連鎖喜餅鋪子都開到了京城，缺什麼都不缺銀子。

「可甜拋繡球招親了？」施伐柯一臉的驚訝。

賀家只有一位待字閨中的大小姐，就是賀可甜。她忽然想起回來的時候，聽到賀家喜餅鋪子的方向傳來的熱鬧和喧囂，原來竟是賀可甜在拋繡球招親？

外地來的書生……施伐柯突然想到了一個人，該不會爹爹口中這個傻書生就是陸池吧？

正想著，裡頭陶氏敲了敲鍋鏟，揚聲道：「都杵在院子裡幹什麼，吃飯了！」聽聲音，頗為不善。

大家齊刷刷一個激靈。「阿柯，妳娘心情不好？」施長淮拉著施伐柯，暗搓搓地問。

想也知道娘為什麼心情不好，始作俑者的施伐柯有些心虛地支吾了一下，「你們先去吃，大哥在後院劈柴呢，我去叫他。」說著，轉身便要走。

可她這一動，卻被二人看出了端倪。

「阿柯，妳的腳怎麼了？」總是笑咪咪的施重山微微沉了臉。

「啊……不小心崴了一下。」施伐柯忙不迭地道。

大概是她回答得太快，表情又太可疑，施長淮和施重山父子倆都瞇起了眼睛。施伐柯暗暗叫糟。

「崴了腳而已，已經上過藥油了，還有什麼可問的，難道我還會虐待了她不成？」陶氏

拎著鍋鏟走了過來，板著臉道。

施長淮趕緊端起笑臉，「哪能呢，我就問問，關心一下自己閨女嘛。」說著，對施重山挑了挑下巴，「還杵在這裡幹什麼，沒看見你妹妹腿腳不便，去叫你大哥來吃飯了。」

施重山心領神會，十分俐落地應了一聲，去後頭院子裡找大哥談心去了。

見危機解除，施伐柯長長地吁了一口氣，對上陶氏的眼睛，討好地沖她笑了笑，結果陶氏板著臉根本不想搭理她，不由得有些訕訕。

此時陶氏是壓根不想去看這個糟心的小閨女，一連生了三個兒子都是人精，一個個心眼都多得跟篩子似的，怎麼就偏生這小閨女是個綿軟的性子，又沒氣性又愚蠢，她是覺得她這點小心思能夠瞞得了施重山那個小狐狸，還是覺得瞞得了施長淮那個老狐狸？

自欺欺人，簡直沒眼看。

第二日一覺睡醒，施伐柯的腳上青青紫紫的看著更加嚇人了，昨日還能單腳跳著走呢，今日已經痛得下不了地了，無奈只得消消停停地在家裡休養了好些天。

待能夠下地走的時候，已經過去了好幾日。

這日起床的時候，家裡就又剩她自己這個閒人了。

用過早膳，又給狗勝添了一些口糧，百無聊賴地準備回房繡花時，忽聽外頭有人敲門。

打開門，便對上了一張美得賞心悅目的臉，施伐柯有些驚喜，「陸公子？」

施伐柯臉上的驚喜毫無所偽，天真熱情到有些燙人，陸池輕咳一聲，拱了拱手，「施姑娘，叨擾了。」

「快請進。」施伐柯忙側開身將他請了進來。

陸池進門看了看，略有些不自在，「家中就妳一人？」

「是啊，就我一個閒人。」施伐柯笑咪咪地道。

「令慈不在家？」站在施家院中，陸池忽然覺得有些不妥。這孤男寡女共處一室……

「我娘？我娘是個官媒，去衙門理事了。」施伐柯解釋，隨即又十分自覺地道，「我大哥是個捕頭，也去衙門了，我爹和二哥去鋪子裡做事，三哥出去遊學了。」

陸池聽她這麼如數家珍地把自己的情況交待個一清二楚，一時有些無語，這姑娘真的是對自己毫無防備之心啊，萬一是個壞人呢？就這樣大喇喇將之請進家門，然後將自家的事情透了個底兒掉。

「你找到落腳之處了嗎？」交待完自家情況，施伐柯又關心起他的情況來。

陸池笑了一下，「勞姑娘掛心，已經找著了。」

「那就好那就好。」施伐柯點點頭，無意中撫到手腕上戴著的鐲子，想起那日爹說的話，不由得試探著道，「還記得你來鎮上的那天傍晚，我們在路上聽到的那些熱鬧聲響嗎？聽說那是賀家在拋繡球招親呢，後來彷彿是個書生得了繡球。」

陸池摸了摸鼻子，「妳也聽說了？其實我今日正是為此事而來。」

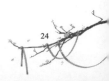

「哦？」施伐柯眼睛一亮，一臉躍躍欲試地看著她。

陸池有些想笑，這姑娘真是一點心事都藏不住，看這模樣似乎早就知道他的來意了，只是此時看著那雙亮晶晶滿含期待的眼神，不由得逗她道，「那日得了賀家繡球的正是在下，但是在下初到銅鑼鎮，即無親朋亦無好友，想著曾與施姑娘有過一面之緣，施姑娘又是如此的古道熱腸，這便來尋妳幫個忙……」

施伐柯的眼睛越發的亮了，一閃一閃的像有小星星。

「為婚之法，必有行媒，在下想尋個媒人替我上賀家提親，不知道施姑娘可有什麼好介紹？」

施伐柯躍躍欲試的表情一下子僵在了臉上，她一臉呆滯地道，「……介紹？」

陸池一本正經地點頭。

施伐柯忍了忍，到底沒有忍住，連珠炮似地道：「我就是個媒婆啊！而且我娘是官媒，我外祖母也是官媒，我可是出自媒婆世家！」

陸池被那個「媒婆世家」逗樂了，終於忍不住笑出聲，「是是是，那便勞煩姑娘了。」想不到他竟然這般好說話，一下子就答應了，施伐柯立刻轉怒為喜，「嘭嘭嘭」拍著胸口保證道，「放心吧，此事包在我身上，我一定給你辦得妥妥的，你就準備當新郎官吧！」力道之大，陸池都替她疼。

看著眼前這姑娘亮晶晶的眸子，陸池心中頗有些五味雜陳，彷彿回到了那日傍晚，這姑娘站在門前熱情地沖他揮著小手喊，「陸公子，記得要說親就來找我啊！」

簡直是宿命般的相遇呢……

不過比起被自己那個有點不靠譜的老爹盲婚啞嫁，陸池覺得也許那日傍晚，那個莫名其妙砸中他腦袋的繡球才是天意，當時他遠遠看了那位賀姑娘一眼，雖隔得太遠未看清模樣，但瞧著也是個端莊秀麗的姑娘。

只是此次他倉促逃……呃倉促離家，身無長物，全身上下的行頭家當不足二十兩銀子，著實有些窘迫，而成親諸事繁瑣，找媒人要錢，下聘要錢，辦酒席也要錢，既然他誠心誠意要娶人家姑娘，自然不能委屈了人家。

好在離家之時他身上帶著一隻玉鐲，玉鐲是他娘給的，說是要送給未來兒媳婦，如今事急從權，想來他當了那只鐲子辦喜事，娘應該也不會反對。

陸池頗為心安理得地這樣想。

施伐柯問了陸池的生辰八字，便信心滿滿地帶著拜帖上了賀家的門。

對於這樁親事，施伐柯心中乃是十拿九穩的，所以才敢如此那般拍著胸脯保證，因為賀家大小姐賀可甜和她的交情可不一般，她們是閨中密友，從小一起長大的那種。

只是此次是以媒人的身份登門，施伐柯沒有直接去找賀可甜，而是特意遞上了拜帖，然後在中堂坐等。

賀家乃豪富之家，三進三出的大宅子，家中僕傭成群，非一般富戶可比。剛坐下，便有伶俐的侍女來上了茶。因為施伐柯常來賀家，這些侍女們大都與她混了個臉熟，因此笑盈盈地與她道：「施小姐您怎麼不往後院去找我家小姐啊。」

施伐柯沖她擠擠眼睛，一本正經地道：「我這回可不是來找妳們小姐玩的，我有正事。」

正說笑著，有人來了。來的不是旁人，正是銅鑼鎮第一美人、賀家喜鋪的少東家賀可鹹。

當然，銅鑼鎮第一美人什麼的……也只是私下裡叫叫，可不敢當著他的面說，畢竟那張比他妹妹賀可甜還漂亮的臉，是他們兄妹的死穴，一戳一個准。

賀可鹹和賀可甜是雙胞胎，賀可鹹比妹妹先出生，因此便成了兄長。說是雙胞胎，但其實他們長得並不一樣，甚至並不十分相像，彷彿生錯了性別一般。作為兄長的賀可鹹長相隨娘，生成了一個美人，妹妹可甜的長相則是隨了他們爹……

賀家是開喜餅鋪子起家的，早先因為總有客人抱怨他們家的喜餅為什麼都是甜的，他們爹為了標榜他們家的喜餅不只有甜的，便給這對雙胞胎分別起名可鹹和可甜，可以說是相當的別出心裁了。

此時，賀可鹹一身竹月色的短打，精瘦挺拔，白皙秀美的面頰上還微微帶著些汗意，看這架勢應當是從演武場來。賀家自己養了一群鏢師，作為少東家的賀可鹹很喜歡和那些鏢師混在一起，很是學了些拳腳功夫，前些日子有個外鄉人又把他誤認為是女扮男裝的美人，出言調戲，被他生生打折了一隻手扔出了銅鑼鎮。

可見，美人兇殘啊。

「這不是施姑娘嘛，真是稀客啊，什麼風把您給吹來了？」賀可鹹上上下下打量了她一番，皮笑肉不笑地道。

施伐柯抽了抽嘴角，「賀大哥，誰又惹你了？」這陰陽怪氣的。

賀可鹹接過一旁侍女遞上來的布巾，漫不經心地擦了擦臉和手，「聽聞妳大鬧了褚逸之的婚禮，去搶親了？真是出息了啊。」說著，忍不住瞥了她一眼。這蠢丫頭，眼瞎心盲的，從小就喜歡纏著褚逸之那個書呆子，好不容易那書呆子成親了，這蠢丫頭還敢給他鬧一出搶親，一想起這個，賀可鹹就氣得牙癢癢。

「沒沒沒，不是搶親，這不之前本來說好，褚逸之要是成親得找我做媒婆嘛，結果他竟然食言而肥找了旁人，我一時氣不過才去找他理論的，怎麼可能是去搶親呢！這是誤會，是誤會啊！」施伐柯有些頭痛，趕緊解釋，這還真是好事不出門，壞事傳千里啊。

「真是誤會？」賀可鹹眉頭一挑，臉色卻是緩和了不少。

「真是誤會！」施伐柯斬釘截鐵。

「嗯，是誤會就好。」賀可鹹在她對面坐下，也抄起茶盞，拿蓋子撇去浮沫，輕輕啜了一口，「今日怎麼想起找我來了？」

這個沒良心的蠢丫頭可是很少主動找他的，往常過來都是直接溜進後院去找可甜，今日竟然乖乖在中堂坐著，而且竟然還下了拜帖，又玩什麼花樣呢？

施伐柯正襟危坐，擺好態度，才擺出職業微笑臉，鄭重其事地道：「賀大哥，我是受陸公

子所托，上門來提親的。」

「噗」地一聲，賀可鹹口中的茶全噴了出去，「妳說什麼？」

「我說……我是受陸公子所托，來提親的啊。」施伐柯眨巴了一下眼睛，重複了一句。

「提親？陸公子？」賀可鹹一下子黑了臉。

「是啊，就是那個得了可甜繡球的陸公子啊。」施伐柯怕他不明白，還好意提醒了一句。

賀可鹹的臉色卻是更難看了，他瞇了瞇眼睛，忍住要掐死眼前這個蠢丫頭的衝動，「呵呵，真是癩蛤蟆想吃天鵝肉，銅鑼鎮誰不知道拋繡球招親不過是個噱頭，是我們家喜餅鋪子招攬生意的手段，怎麼會有人真的厚顏拿著那個繡球上門提親？」

說起這個，賀可鹹便是心頭一口老血，原先銅鑼鎮的喜餅鋪子是他賀家一家獨大，前些日子東街又新開了一家，倒也頗有些手段，分薄了一些他們家的生意。為此，他的蠢妹妹便有些坐不住了，趁著他去京城鋪子裡查帳不在家，便起了拋繡球招親這個歪點子，娘慣是個沒主意的，爹又寵妹妹寵得恨不能上了天，於是等他回來之後，便已是無力回天……

自知幹了蠢事的爹娘自他接手家中的生意之後當慣了甩手掌櫃，雙雙出門遠遊去了，留了這爛攤子給他，他能怎麼辦？

為今之計，也只能推脫否認了！

施伐柯一愣，「……噱頭？婚姻大事怎麼能這樣兒戲？」

「阿柯，妳可是可甜的閨中好友，妳覺得將可甜這樣隨意許配給一個來歷不明的人，真的好嗎？」賀可鹹頓了一下，決定動之以情，曉之以理。

「當然不會，我豈會害了可甜。」施伐柯一臉嚴肅。

「這便是了……」賀可鹹臉色緩和了下來。

可是還未等他說完，施伐柯又道：「可是陸公子並不是什麼來歷不明的人，他是嵐州人，父母雙全，家中還有一位兄長，他有功名在身，是個秀才呢。」她一臉認真地掰著手指頭，一樣一樣說給他聽，「年輕，長得好看，還前途無量，而且樂於助人，性格也十分不錯。」

賀可鹹聽她一樣一樣如數家珍地誇著這位「陸公子」，臉色越來越黑、越來越黑，咬牙切齒地問了一句，「長得好看？比我還好看？」

施伐柯沉思了一下，「嗯，比你好看。」

「來人啊！把這蠢丫頭給我轟出去！」賀可鹹一張俊俏的臉蛋頓時黑得跟炭一般，揚聲怒吼。

「誒？誒誒！」施伐柯見幾個侍女面露難色地圍上前來，一下子跳了起來，「這不是說得好好的嘛！這是做什麼啊？」

賀可鹹懶得理她，只一徑讓人將她轟出去。

「賀大哥你太過分了！」施伐柯急了，一溜煙兒地往院子裡跑，「我不跟你說，我找可甜說去！」

「少爺，這施小姐……」一旁受命攆人的侍女們有些為難。

「讓她去。」賀可鹹陰沉沉地看著那蠢丫頭的背影，冷笑一聲道，「這個不見棺材不掉淚

的死丫頭，真當可甜待見她呢。」

施伐柯熟門熟路地衝過垂花門，一路闖進了後院，站在賀可甜的閨房門口直喘氣。閨房中，賀可甜正懶洋洋地趴在桌前，似是在賞畫，她穿著一身家常的杏色繡花褙子，聽到動靜轉過臉來，便見施伐柯吐著舌頭在門口直喘氣，「阿柯？怎麼跑這麼急，後頭有狗攆妳呢？」

賀可甜的長相因隨了爹，並不十分漂亮，因此她十分在意自己的容貌，皮膚養得白皙細膩，一頭長髮烏黑濃密，也養得極好。

……雖然沒有狗攆我，可是有妳哥啊！妳哥可比狗可怕多了！施伐柯腹誹著，扭頭見賀可鹹沒有追來，總算是鬆了一口氣，上前擠到賀可甜身邊坐下，「妳在看什麼啊？」

「臨淵先生的畫。」

施伐柯探頭一看，宣紙上畫的是一片竹林，有筆有墨，錯落有致，彷彿能聽到風吹過竹林帶起的颯颯聲響，可見十分傳神。林海旁有一枚印章，印的是「臨淵」二字。

「臨淵是誰？」

「妳居然不知道臨淵先生的名號？」賀可甜一臉詫異，施伐柯老實地搖搖頭。

「整日就知道看話本，請妳也培養一些高雅的愛好，好嗎？」賀可甜略有些不雅地翻了個白眼，「臨淵先生可是很有名的大畫家，連當今聖上都對他的畫讚不絕口呢，可惜沒人見過臨淵先生的真面目，他流傳出來的畫也極少，所以現在外頭都說千金難求臨淵先生一畫呢。」

「唔，西街的李大娘也總說先帝下江南時曾路過她家，對她家的醬肘子讚不絕口，後來她就搬來銅鑼鎮開了一家滷味店呢。」

「……妳什麼意思？」賀可甜抽了抽嘴角，道。

施伐柯一臉誠懇地看著她，道：「我的意思是……妳莫不是被人騙了？」

賀可甜臉都綠了，「這幅《林海》可是我哥從京城特意給我帶回來的生辰禮物，花了一千三百兩！」

施伐柯瞪大眼睛，一斗米才五文錢，一兩銀子就是一千文錢，一千三百兩……

「原來臨淵先生的畫這麼值錢啊……」施伐柯果然被震住了，歎為觀止。

賀可甜被她一副沒見過世面的樣子取悅，輕輕哼了哼，隨即雙手托腮，一臉夢幻地輕聲道，「也不知道臨淵先生究竟長什麼模樣，要是能見他一面就好了……」

「為什麼要見他？吃個雞蛋妳還管下蛋的老母雞長什麼模樣？」

賀可甜臉一抽。

「怎麼了？」施伐柯不明所以地看著她。

賀可甜十分不淑女地抹了一把臉，為什麼她總在施伐柯面前破功。

「算了算了，妳是不會明白我喜歡臨淵先生的這種心情的。」賀可甜無力地擺擺手，隨即輕歎一聲，指尖繾綣地撫過面前的宣紙，「我常常幻想著臨淵先生的模樣……他一定飽讀詩書、胸有丘壑，是位十分儒雅的公子。」

「為什麼不是一個飽讀詩書、胸有丘壑，又十分儒雅的老先生呢？」施伐柯眨巴了一下眼睛，道。

賀可甜又被噎住，終於忍不住氣呼呼地扭頭瞪向她，「施伐柯，妳今日到底來幹嘛的？」

施伐柯輕咳一聲，鄭重地拉著賀可甜的手道：「我有事同妳說。」見賀可甜一臉不以為意的樣子，又加了一句，「正事。」

「妳能有什麼正事？」賀可甜眉一挑，滿臉都是懷疑。

「誒，妳忘記我是做什麼的了？」施伐柯沖她擠擠眼睛。

「……媒婆？」賀可甜眼中一閃，有些不確定地道。

「可不是嘛！」施伐柯一擊掌，眼睛亮閃閃地道：「我是不知道臨淵先生是誰啦，但是我給妳說的這位就真的是一位飽讀詩書、胸有丘壑且十分儒雅的公子了！」

「媒人口，無量鬥，妳還真是什麼都敢說啊。」賀可甜卻是十分的不買帳，不屑地輕嗤了一聲。

「妳居然不信我？我什麼時候騙過妳了？」施伐柯有些不忿地瞪大眼睛，隨即站起身，認真地道：「且我也不是空穴來風，而是受人所托。」

「自我及笄之日起，說親的媒婆都快把我家的門檻踏平了，受人所托也不稀奇啊。」賀可甜一邊小心翼翼地親手將桌上的畫卷起，一邊漫不經心地道。

「托我來的可不是一般人。」施伐柯見她這副漫不經心的樣子，微微皺了皺眉，「妳不問問是誰嗎？」

「哦？是誰啊？」賀可甜手上微微一頓，倒是從善如流地問了一句。

施伐柯看著她，道：「是得了妳繡球的那位公子。」拋繡球招親就是前些天的事情，這才隔了幾日，她不信賀可甜這會兒就給忘乾淨了。

賀可甜「哈」地一聲笑了，臉上露出了不可思議的表情，「還真有人拿著繡球來求親了啊！」

「……妳什麼意思？」施伐柯直覺不太妙。

「我的意思是，原來還真有人癩蛤蟆想吃天鵝肉啊！銅鑼鎮誰不知道拋繡球招親不過是個噱頭，是我們家喜餅鋪子招攬生意的手段，我賀可甜怎麼可能就這麼莫名其妙的隨便嫁人啊。」賀可甜說著，拿袖子掩了掩唇，眼中的笑意透著十足譏諷的味道。

和他哥一模一樣的說辭，該說不愧是親兄妹嗎……

「……果然只是噱頭嗎？」

「不然呢？真的把我未來的命運交給一隻莫名其妙的繡球，要是搶到繡球的是個乞丐，我也得嫁？」

施伐柯捏了捏拳頭，有些生氣，「言而無信，不知其可，更何況陸公子不是乞丐！」

「我知道啊，是個秀才嘛。」賀可甜抿唇一笑。

「妳知道？」施伐柯一愣。

「一個來歷不明的窮秀才，身無長物，連找媒人下聘的銀子都得去當鋪才能湊齊，這就是妳說的飽讀詩書、胸有丘壑並且十分儒雅的公子？」賀可甜笑盈盈地望著施伐柯，「我們可是好朋友，妳就這樣坑我？」

「妳怎麼知道他當了東西？」施伐柯皺眉，「妳讓人跟蹤他？」

「我總要查明白那得了繡球的是個什麼人啊，萬一他就這麼訛上我了怎麼辦？」賀可甜挑眉，「妳看，這不就托了妳上門來說媒了嘛，說不定他是因為知道我們關係好，才特意找妳托媒的呢。」

「不是，陸公子絕對不是這樣的人。」施伐柯認真地解釋。

「哦？那妳怎麼解釋他去當鋪的事？」

「他得了繡球，按約來提親，並且當掉了身上最值錢的東西，以最大的誠意來迎娶妳，這有什麼不對？」施伐柯盯著她，問。

賀可甜沖她勾了勾手指，施伐柯不明所以地走到她身邊。

賀可甜湊近了她的耳邊，輕聲道：「那是因為……他知道一旦娶了我，就是娶了一座金山和銀山啊，用妳二哥的話說，這叫捨不得孩子套不著狼。」

「賀可甜妳太過分了！」施伐柯猛地後退一步，瞪著她。怎麼會有人這樣踐踏別人的心意。

「我只是陳述了一件事實而已。」賀可甜揚了揚眉，坐直了身子，好整以暇地端起茶杯。

端茶送客。

施伐柯終於被氣跑了。

腦門一熱衝出賀家大門，施伐柯就後悔了，可是就這樣回去……即便她拉得下臉，賀可甜和賀可鹹兄妹二人也並不是會輕易被人說動的人。

只怕陸池想娶賀可甜難了。

信心滿滿地登門，結果竟是這樣慘澹的收場，施伐柯皺巴著一張小臉，十分苦惱，明明已經放下大話，她要如何和陸公子交待呢？

施伐柯一路想一路頭疼，待回過神來的時候已經站在了人來人往的大街上。

「施伐柯！」冷不丁地，身後有人叫她的名字。

聽聲音有些耳熟，只是為何竟是咬牙切齒的？

施伐柯下意識回頭，便看到褚逸之的母親，以及她身側一個看著有些面生的年輕女子。

那女子挽著髻，作婦人打扮，施伐柯之所以一下子注意到了她，不光是因為她和褚逸之的母親站得很近，更因為她看自己的眼神有些奇怪，似憎似怨。

雖然心裡有些奇怪，施伐柯還是甜甜地叫了一聲，「褚姨。」

「不敢當施姑娘這樣的稱呼！」褚母李氏冷笑一聲，拂袖道，彷彿看到了什麼髒東西似的，十分嫌棄的模樣。

施家與褚家其實也算通家之好，兩家先前住得很近，所以施伐柯和褚逸之才會青梅竹馬一起長大，後來褚家為了褚逸之求學方便，搬去了私塾附近，兩家便慢慢有些淡了，但這聲「褚姨」卻是施伐柯從小喊到大的。

施伐柯萬萬沒有想到，這會兒卻因為這個稱呼被為難了，她有些無措地笑了一下，看向那個一直盯著她看的年輕女子，「這位是？」

「妳不認得我？」那作婦人打扮的年輕女子面無表情地看著她，隨即有些突兀地揚唇笑了一下，點頭道：「也是，隔著一張紅蓋頭，妳沒有認出我來也很正常。」

……紅蓋頭？施伐柯一愣，這是褚逸之的新婚妻子？

「我卻是認得施姑娘妳的。」褚逸之的新婚妻子孫氏看著她，雖然唇畔含笑，眼中卻是半分笑意都沒有。

施伐柯被她盯得頭皮發麻，心道這莫不是來尋她算帳的？這麼一想，她有些不安起來，如今想來她當時是有些過分了，雖然褚逸之食言而肥，但新娘是無辜的啊，她那麼一鬧著實不大好。

「對不起啊……」想著，施伐柯訥訥地道歉。

「妳這句對不起我們受不起，也不敢受，之前就算是逸之對不起妳，但如今我們兩清了吧！」不待孫氏開口，褚母便咬牙切齒地道，「早該知道妳爹這樣的人什麼事幹不出來，就當我褚家之前瞎了眼同你們施家交好，從此我們兩家一刀兩斷，也請施姑娘自重，不要再來與我們家逸之糾纏！」

施伐柯一怔，「關我爹什麼事？」

「施姑娘。」褚逸之的新婚妻子孫氏冷不丁喊了她一聲，揚聲道：「還請施姑娘見諒，我婆母實在是氣狠了，畢竟我相公在成親第二日便被人堵在巷子裡遭了暗手，如今傷重在床，還傷了右手，大夫說有可能會影響他握筆，妳應該知道這對於一個秀才來說意味著什麼吧？當然，與之相比，回門之日，我一個人孤零零地去娘家也不算什麼了。」

孫氏這麼說的時候，站在一旁的褚母惡狠狠地瞪著施伐柯，一副要生吃了她的樣子。

「妳們這是什麼意思？懷疑是我爹打了褚逸之？」施伐柯瞪大眼睛。

「除了妳爹之外，據聞施姑娘還有三個相當寵愛妳的哥哥？」孫氏神色淡淡地道。

「我不知道是誰打了褚逸之，但絕對不會是我爹還有我的哥哥們。」施伐柯看著她，斬釘截鐵地道，「我爹答應過我娘，絕對不會跟人動手，我的哥哥們也不會。」

施伐柯知道她爹在鎮上的風評並不是很好，因為他開著當鋪和地下錢莊，放債嘛，總是不討喜的，但是爹從來不會同人動手。記得很小的時候，有一天夜裡爹很晚都沒有回來，娘抱著她去找爹，結果看到爹被幾個醉鬼纏住了，那些人酒氣薰天的沖爹動手動腳，爹的額頭上不知道被什麼砸傷了，還在流血，她當時就嚇哭了。

聽到她的哭聲，爹頓時越發的手忙腳亂了。

「不許打死人。」當時，娘皺了皺眉頭，說了一句。然後，很快地那些醉鬼便被打得躺了一地。

爹長手長腳地幾步上前將啼哭不止的她抱在懷裡，一邊心肝兒寶貝地哄，一邊對娘討好賣乖，「都活著呢，沒死。」

後來，她問過爹，明明身手那麼好，為什麼之前不還手，竟被幾個醉鬼給傷著了。爹說，他年輕的時候是個混帳，後來看中了她娘上門求親，她娘與他約法三章，一不可遊手好閒，二不可逞勇鬥狠，三不可打架傷人，就這樣硬生生把一個地痞無賴給扭正了。

爹一直恪守著對娘的承諾，怎麼可能會無故打傷褚逸之。更何況，褚逸之也是爹看著長大的，爹向來也疼他，怎麼可能出手傷了他。

孫氏定定地看著她，然後，「嗤」地一聲笑了。

「不是妳爹還有妳那兩個哥哥還有誰？我們家逸之是個文弱的書生，除了你們家那幾個不講道理的，他還能得罪誰？」褚母氣沖沖地大聲道。

大街上人來人往的，這邊的動靜很快引來了圍觀的人，施伐柯被一群人圍著，面對著褚母的指責，眼淚都快掉下來了，然而，即便再怎麼憤怒，褚母也是長輩，她不能直接和她起衝突，只得忍了淚，問：「妳們看到了嗎？」

「什麼？」褚母一愣。

「妳們親眼看到是我爹，還有我的哥哥們打了褚逸之嗎？」施伐柯看著褚母，問。

「施姑娘還真是有恃無恐，這是仗著我相公心軟呢。」孫氏輕歎一聲，意有所指地道。

施伐柯看了孫氏一眼，她總能在最恰到好處的時候點燃褚母的怒火，一次是巧合，兩次呢？看來她真的對自己意見很大，很討厭她啊。

褚母一聽，果然怒道：「施伐柯，說句倚老賣老的話，我也是看著妳長大的，想不到竟是個內裡藏奸的，果然是上樑不正下樑歪，我家逸之被打得遍體鱗傷，也不肯說出是誰傷了他，妳這丫頭卻仗著他心軟，這樣有恃無恐嗎！」

「您說得實在是有些過了！」施伐柯忍無可忍，「不管在您眼中我爹是一個什麼樣的人，但在我眼裡，他就是一個重情義守信諾的好人，既然褚逸之沒有說是誰傷了他，您又怎麼能憑著自己的猜測就斷定是我爹，或者我的哥哥們打了他呢？」

「許是因為理虧吧！」冷不丁地，有人接了一句。

施伐柯一愣，側過頭便看到一個人從逆著光的方向走了過來，穿著油煙墨的長衫，宛如玉樹臨風前。

是陸池？

陸池走到她身邊站定，看了施伐柯一眼。

施伐柯和褚逸之是青梅竹馬，施伐柯想當媒婆，褚家在銅鑼鎮卻算是書香門第，雖然兩個孩子從小一起長大，但男女七歲不同席，兩個人在一起久了容易引起一些不必要的聯想，說到底在褚家這些書香門第眼中，媒婆不過是個下九流的行業。

因為擔心施伐柯和褚逸之走得太近，以後要進他褚家的門，褚家這才急匆匆地避著她替褚逸之辦了親事，想永絕後患呢。

於是，縱然施伐柯坦坦蕩蕩，並沒有什麼兒女情長的小心思，但褚家人心懷鬼胎啊，尤其是前些日子施伐柯在婚禮上鬧了那麼一場，幾乎讓他們認定了褚逸之是和她私定過終身的。

這些事，都是施大哥告訴他的，原諒他實在無法直視施纖纖那個名字。

前些日子他去縣衙辦房屋租賃契約的時候，遇到了施大哥，後來兩人相約一起喝酒，施大哥看著壯實，但實則酒量很淺，幾杯下肚就開始滔滔不絕……

「你是何人？」褚母面帶不善地看著陸池，「說些語焉不詳的話是什麼意思！」

「難道在下說得不對嗎？」陸池看向有些惱羞成怒的褚母，態度可以說是相當的彬彬有禮。

「我聽公子口音，似乎並非本地人？」一旁的孫氏突然插話，「不知道這位公子和這位施姑娘是什麼關係？」

「在下的確剛來銅鑼鎮不久，與施姑娘也不過是萍水相逢罷了。」

「既如此，我們與施姑娘的事情，你又知道多少呢？」孫氏面色不愉地道。

「說來可巧，在下來銅鑼鎮那一日，剛好遇到褚公子迎親，見過褚公子一面。」陸池微微一笑，「然後又是那麼巧，五日前，大約傍晚時分，褚公子在南鑼巷被人毆打的時候，在下正好在對街的茶樓裡，那裡二樓臨窗的位置剛好對著那條巷子。」

這一笑的衝擊力有些大，連褚母和孫氏都恍惚了一下，隨即才意識到他說了什麼。

「你為何不去救他！」褚母反應過來，怒目道。

「您看到了，在下也不過是個手無縛雞之力的文弱書生啊。」陸池一攤手，十分誠懇地道，「當然，在下也沒有袖手旁觀，但是當在下準備去報官的時候，他們已經打了人跑了。」

褚母氣得一噎。

「那想必你看到是誰打了我相公？」孫氏看著他，問。

陸池點頭。

「是誰？」褚母忙追問。

「粗粗一看約有五六個人……」

「那你又如何確定這其中沒有這位施姑娘的爹和幾位哥哥呢？」孫氏打斷他的話，十分犀利地道。

「因為，那五六個人，都是姑娘啊！」陸池十分無辜地道。

孫氏一下子漲紅了臉。

圍觀的人群頓時開始竊竊私語，這成親第二日就被姑娘圍在暗巷裡一頓好打，還是五六個……真看不出來那個平時十分靦腆的秀才公竟然如此奔放，這是惹了多少風流債啊，當真是人不可貌相。

施伐柯眼睛亮閃閃地看向陸池，這位陸公子真是急公好義、仗義執言的大好人啊！

陸池感覺背後被某人盯得有些發燙，幾乎可以想到她亮閃閃的眼神了，一時不由得有些想笑。

「你胡說！我家逸之一向潔身自好，怎麼可能……」褚母急了，「我看你分明就是和這小蹄子有什麼不可告人的關係，這才來替她出頭！」

這話，對於一個姑娘來說，不可謂不惡毒了。

「還請您慎言。」陸池斂了笑意，涼涼地看向褚母，「在下體諒您一片慈母心腸，可這並不是您誣衊詆毀別人家姑娘的理由，且當日在目擊了令公子被人毆打，便立刻找了茶樓的掌櫃去報官，因此茶樓掌櫃對此事也是知情的，在下是不是信口胡言，一問便知。」

誰言辭鑿鑿，誰無理取鬧，一目了然。

褚母一時失語。

「抱歉，我家婆母愛子心切，這才失態了。」孫氏忙扶住褚母，忍淚看向施伐柯，道：「施姑娘，妳自小和我相公一起長大，也算是我婆母看著長大的，我婆母言辭有什麼不妥之處，還請施姑娘莫要計較。」這進退有據，簡直令人歎為觀止。

施伐柯只是不喜歡動小心思，但不代表她蠢。

「我承認我太任性，之前在褚逸之的婚禮上做了不合時宜的事，我做錯的事情我認，可是不是我們做錯的，我不可能替我爹和我哥認下。」

施伐柯看向孫氏，認真道：「我和褚逸之從小一起長大不假，可是我娘說，如今褚逸之已經成親，我也該避嫌了，所以我以後都不會再見他，請妳放心。」

孫氏神色複雜地看了她一眼，扶著褚母走了。圍觀的人沒了熱鬧看，一會兒也散盡了。

施伐柯扭頭，眼睛亮晶晶地看向陸池，「陸公子你真是一個大好人！」

陸池失笑，又被發好人卡了啊。

「你怎麼剛好在這兒啊，要不是你，我還不知道該怎麼脫身呢！」施伐柯一臉的感激和慶幸。

「這不是有些囊中羞澀嘛，在下便出來擺攤賣些字畫，遠遠就看到妳垂頭喪氣地走了過來，還沒打招呼呢，就見妳被人找麻煩了。」陸池指了指不遠處，那裡果然擺了一個攤位。

想起自己垂頭喪氣的原因，施伐柯眼睛裡的亮光一下子消失了，總是滿滿朝氣的小臉蛋一下子黯淡了下來。

啊怎麼辦……明明之前還大言不慚地說一切包在她身上，讓他安心等著當新郎官就好，可是現在她把一切都搞砸了啊！而且陸公子剛剛還出手幫了她，她更加無顏面對他了啊！

陸池見她皺著小臉躲躲閃閃不敢看他的樣子，忍不住失笑，這位施姑娘還真是個任何心事都明明白白寫在臉上的姑娘啊……

「可是向賀家求親一事不順利？」他問。

「誒，你怎麼知道？」施伐柯一驚，隨即意識到自己說了什麼，一下子捂住了嘴。

陸池笑了起來，指了指她的臉，「都寫在妳的臉上了啊。」

施伐柯有些懊惱地垂了頭，「對不住啊……」

「可以同我說說是怎麼回事嗎？」陸池說著，指了指自己擺在不遠處的攤位，「去那裡坐一下吧。」施伐柯點點頭，有些垂頭喪氣地跟著他走了過去。

聽施伐柯一臉鬱悶地說完，陸池了然地點點頭，「所以說，賀家拋繡球招親只是替鋪子招攬生意的噱頭，並不能當真，是嗎？」施伐柯悶悶地點頭。

「既如此，那提親之事便就此作罷吧，倒是讓妳白忙了一場。」

施伐柯忙搖頭，「是我對不住你，明明還說了那樣的大話……」

「妳為何要道歉呢，此事並非妳所能左右的啊。」陸池微微一笑，道。

他這樣大度溫和，施伐柯便越發覺得過意不去了，又暗惱賀家兄妹言而無信，明明陸公

子這樣好的人，他們還百般嫌棄，豈不知莫欺少年窮嘛！想到這裡，豪情頓生，拍著胸脯道：「放心，陸公子你的婚事包在我身上了！我用媒婆的尊嚴發誓，一定會給你找一個稱心如意的好娘子！」說著，還一臉認真地沖他點了點頭。

不，並不用這樣鄭重其事地發誓啊……在下也並不是十分急著找娘子啊。

陸池抽了抽嘴角，視線忍不住飄忽了一下，這樣大力拍著胸口，真的不疼嗎？只是對上她那張認真的小臉，陸池覺得不說些什麼彷彿不太好，於是清了清嗓子，拱手道：「那在下便將終生幸福托與姑娘了。」

說完，覺得……咦？這話好像有哪裡不太對？

「包在我身上！」施伐柯十分豪爽地一揮手。

此時的施伐柯並不知道，日後她會因為此時的衝動和嘴欠悔青了腸子……

人來人往的大街，陸池的書畫攤子上卻是一個光顧的客人都沒有，冷清得有些可憐。隔壁餛飩攤子就不一樣了，忙得熱火朝天，施伐柯看得有些饞，跑過去買了兩碗，然後拜託老闆娘一起端到了陸池的攤子上。

「謝謝啊，待會兒吃完我就把碗送回來。」施伐柯笑咪咪地道。

「不著急，慢慢吃。」老闆娘爽快地說著，又去忙了。

施伐柯回頭招呼陸池，「快來吃，他們家的餛飩可好吃了，我每次都能吃一大碗！」

陸池從善如流地捧了碗，拿湯匙舀起一個又大又胖的餛飩，咬了一口。皮薄餡多，餡是野菜豬肉，有野菜的清香，也有豬肉獨有的香氣，肥而不膩。

「怎麼樣、怎麼樣？」施伐柯一臉期待地問。陸池抬頭沖她微微一笑，「嗯，很好吃。」

施伐柯被他笑得有些恍神，喃喃感歎，「長得好看的人吃東西都特別好看啊……」

剛低頭喝了一口湯的陸池一下子噴了。這一噴，一旁攤開的一張畫遭了殃，畫中是一樹楊柳，柳條隨風搖曳，極為生動，只這一樹楊柳就彷彿看到了春光一隅，可惜現在上面沾了斑斑點點的湯水，一片斑駁。

「哎呀！」施伐柯忙掏出帕子去擦，雖然盡力補救了一番，可是沾了湯汁的地方有些暈染開來，眼看著這畫就這麼毀了，「怎麼辦……」

陸池又舀了一個餛飩在嘴裡，腮幫子鼓鼓囊囊的，他不甚在意地看了一眼那幅畫，「沒關係，反正也沒人買。」

「可是畫得這麼好，就這麼毀了好可惜。」施伐柯皺著眉頭，一臉的糾結。

陸池看了她一眼，深深地歎了一口氣，「沒事，有得救，妳先吃完再說。」

施伐柯一聽，也不糾結這畫了，開始好奇這畫都糟踐成這樣了還能怎麼救，趕緊三下五除二地吃完了餛飩，把碗還了回去，然後一路小跑回到陸池的書畫攤旁邊。

此時，陸池已經磨好了墨，低頭寥寥勾勒了幾筆，暈染開的墨化作了江南煙雨，化作了泛著漣漪的池塘，化作了岸邊撐著傘的姑娘那一抹纖細的背影……

施伐柯歎為觀止，嘴都合不攏了，神乎其技啊！

陸池一氣呵成，畫完收筆，側頭便看到一旁目瞪口呆的施伐柯，笑問，「如何？」

施伐柯咽了一口口水，仰頭星星眼看他，一個勁兒地點頭，滿臉都寫著崇拜。陸池失笑，忽然有點手癢，想捏捏她有些肉嘟嘟的小臉，但到底忍住了……把男女授受不親在心底默念了一百遍。

輕咳一聲，陸池一指那畫，「喜歡？」施伐柯仍沉浸在崇拜的情緒裡，一個勁兒點頭。

「送妳吧。」

施伐柯眼睛亮亮地看著他，「真的嗎？可以嗎？」

「反正也沒人買，就當謝妳請我吃餛飩了。」陸池笑道。

「那是他們沒眼光啊！」施伐柯看著那幅畫，簡直愛不釋手，經過那番「補救」，總感覺比原來更好看了呢。

施伐柯其實看不懂這畫，只覺得好看，無一處不妥貼。看著看著，施伐柯忽然注意到了柳樹的右側有一枚小小的印章，有點眼熟，細細一看，可不就是「臨淵」二字嘛！

「誒？臨淵先生？」施伐柯一呆。

陸池也是一愣，「妳知道？」

「當然知道啦。」施伐柯眨了眨眼睛，現學現賣道：「臨淵先生可是很有名的大畫家，據說連當今聖上都對他的畫讚不絕口呢！可惜沒人見過臨淵先生的真面目，他流傳出來的畫也極少，所以現在外頭都說千金難求臨淵先生一畫呢……」說到這裡，施伐柯忍不住看了一眼桌子上堆成一堆且無人問津的畫，陸池的表情也有些詭異。

「其實我原先是不知道的……」施伐柯嘿嘿一笑，十分老實地道，「不過我今日去賀家的時候，可甜正在鑒賞臨淵先生的一幅《林海》，十分寶貝的模樣，說是她哥特意從京城給她帶回來的，花了一千三百兩！」

聞言，陸池又看了一眼桌子上那堆無人問津的畫卷，有些心塞。

「不過我覺得你畫得比那個臨淵先生好多了！」施伐柯突然一拍他的肩膀，十分義氣地道。

「啊？」陸池呆愣愣地看著她，覺得自己腦回路一時有些跟不上她的速度。

「沒關係，畫贗品不丟人，我相信假以時日你一定會變成比臨淵先生更厲害的大畫家。」施伐柯笑咪咪地鼓勵道。

「……」

「我回頭就把這幅畫裱起來，畫在我的房間裡，等以後你變成大畫家了，這幅畫一定會非常值錢！」施伐柯一臉憧憬地道。

「……」陸池的心情有些複雜。

正在這時，有人走了過來。「小哥，賣畫嗎？」

「是，您要買畫嗎？」陸池趕緊收拾了一下心情，面帶微笑地問。

「呃不是……我看你磨了墨，想問你可以幫忙代寫書信嗎？」那人問。

「……倒是可以。」於是陸池的書畫攤第一筆生意，是代筆寫書信，賺了五文錢。看著掌心裡五枚銅板，陸池臉上的表情略有些複雜。

有一就有二，陸池的生意漸漸好了起來，全是代筆寫書信的，施伐柯見他忙碌了起來，便在一旁幫忙磨墨。

陸池寫完一封信送走客人，回頭便見施伐柯站在一旁磨墨，有些肉嘟嘟的小臉沾了幾道黑黑的墨點而不自知，可愛得令人發噱。彷彿感覺到了陸池的視線，她看了過來。

陸池忍笑，「多謝妳了。」

「不客氣。」施伐柯沖他笑出一口整整齊齊的小白牙，襯得那些墨點越發的可愛了。

陸池忍俊不禁地扭過頭去，便看到自己攤位前不知道什麼時候站了一個小胖子，七八歲模樣，穿著一件青豆色對襟短襦，脖子上掛著一個金項圈。

「喂，代筆嗎？」小胖子問。

「代筆。」陸池點頭。

小胖子從袖子裡掏出一本《孟子》扔到桌子上，「幫我抄五遍。」陸池挑眉。

「一遍一兩銀子，五遍就是五兩！」小胖子伸出一隻胖胖的爪子，十分霸氣地比了個五。施伐柯一驚，呵，這是誰家的敗家仔，五兩銀子對於尋常人家來說可不少了。

「五日後來取，定金二兩。」陸池氣定神閑。小胖子一聽，滿意地點點頭，掏出二兩銀子拋給陸池，又作賊似的左右看看，彷彿確認了安全，一溜煙兒跑了。

一旁施伐柯看得額頭青筋直跳，這熊孩子誰家的……這是把先生佈置的作業拿出來代筆了啊！

看了一眼已經沉下心開始抄寫《孟子》的陸池，施伐柯想起了賀可甜的話，忍不住也想像了一下，真正的臨淵先生應該是什麼模樣呢？

「嗯？」陸池抬頭看她。施伐柯這才驚覺自己竟然不小心把心裡的話說出了口，略有些尷尬地笑了一下，「沒事，我只是在想之前賀可甜說的話，她覺得臨淵先生應該是位飽讀詩書、胸有丘壑，且十分儒雅的公子。」

陸池忍不住微微坐直了些，面帶微笑地問，「那妳覺得呢？」

「我覺得啊……」施伐柯想了想，「應該是個滿面鬍鬚的老先生！」

陸池身子猛地一歪，差點從凳子上摔了下去，趕緊坐好，有些鬱悶地問，「……為什麼？」

「啊，一般這種大畫家不都應該是年紀很大的老先生嗎？」施伐柯十分理所當然地回答，然後看著他，問，「你覺得呢？」

看著一臉天真無邪的施伐柯，陸池按了按額頭，有些無奈地道：「大概吧……」說著，繼續低頭去抄他的《孟子》了。

抄完其中〈梁惠王〉一篇，陸池看了看日頭，已經將近申時末了，見也沒有什麼生意，便收了攤子。同施伐柯道了別，陸池起身去了當鋪。

此時，當鋪也快要打烊了，鋪子裡的大小朝奉已經在收拾盤帳，施重山在庫房檢查，施長淮坐在高高的櫃檯後面喝著茶小憩。

便見那小朝奉突然十分殷勤地迎了出去，笑盈盈地道了一句，「這位公子，您又來啦，這回有什麼東西要當嗎？」

「這是準備打烊了嗎？」來人問了一句。

「不著急不著急，來者即是客，您裡邊請。」小朝奉說著，滿臉是笑地將那人請了進來，態度之殷勤……著實令人歎為觀止。

施長淮抬眼一看，立刻了悟，來的不是旁人，正是那個在鋪子裡「死當」過一隻玉鐲的傻書生，那日他得了便宜十分開懷，順手給了那個負責接待的小朝奉五十文賞錢。也難怪那小朝奉一副看到了肥羊的樣子呢……想必印象十分深刻。

此時，那傻書生背了一個箱籠走了進來，箱籠裡裝的全是卷成一卷卷的畫，粗粗一看足有十多卷，施長淮稍稍坐起身，心道莫不是來當那些畫的？

「這位公子，你要當的，可是箱籠裡的這些畫？」小朝奉看了一眼，笑彎了眼睛，他可不是那等沒見識的，字畫才值老錢了呢，更何況看這公子上回出手不凡，這些畫想必也是好東西，便又殷勤道，「按規矩，這些畫得先給我們司櫃掌眼。」說著，又故作神秘地上前一步，小聲道：「我們司櫃正是我們少東家，你上回見過的，此時正在後頭盤貨呢，他掌眼一般錯不了。」

想起箱籠裡的那些畫，陸池心情略有些複雜，但是他卻是不打算賣了。

「非也。」陸池笑了一下，「其實在下這次來，是想贖回原先當的那只玉鐲。」

小朝奉的笑臉一下子不見了，他皺了皺眉，面無表情地道：「抱歉這位公子，你說什麼？」

……幹嘛一副好像不認得我的樣子，明明之前還笑容滿面地說「您又來啦」，明明說了「又」啊！陸池抽了抽嘴角，直言道：「在下原先不是銀錢不湊手在這裡當了一隻玉鐲嗎？現在想贖回來。」

「哦？什麼時候當的？當了多少銀子？」小朝奉雙手攏在袖子裡，稍稍後退一步，一臉公事公辦地問。

完全一副不記得了的樣子呢！

「五日前，當了六百兩銀子。」陸池在心裡歎了一口氣，知道自己的鐲子八成是贖不回來了。那鐲子是娘要留給未來兒媳婦的，本來想說當了它去娶媳婦也算物盡其用了，現在媳婦沒娶著，鐲子卻沒了，要是娘知道了八成會扒了他的皮吧……想想便是一陣惡寒。

「哦，當票呢？」小朝奉又問。

陸池從袖中取出當票來遞給他。小朝奉看了一眼，然後指著那當票道，「您瞧好了，這是死當，不好贖的。」

「才五日，不能通融一下嗎？」陸池垂死掙扎了一下。

「抱歉，並不是小的不願意通融，只是死當的東西一般過了三日我們就會處理掉。」小朝奉攤手，一臉無奈。

「……」他就知道。

陸池歎氣。他是頭一回和當鋪打交道，當日便是他們這當鋪的少東家掌的眼，當時給定了三百兩銀子的價，隨後又說這玉鐲成色尚可，若是他急需用銀錢，他可以和掌櫃商量，給他定六百兩的價，做死當。他當時想著，不能委屈了要與他共度一生的姑娘，在他能力範圍之內自然要給她最好的婚禮，便將鐲子定了死當。

如今想想，他果然……是被坑了吧。

高高的櫃檯後面，見小朝奉順利打發了傻書生，施長淮甚是滿意，啜了一口茶，贊許地對小朝奉點了點頭，孺子可教。

這廂，施伐柯剛回家，便迎面撞上了拎著菜刀衝出門的陶氏，不由得一頭冷汗，趕緊拉住了她，「娘啊……妳這是要幹什麼？」

陶氏看到施伐柯，一臉緊張地將她上上下下打量了一番，「我聽人說妳被褚家那惡婦和她家那個新媳婦堵在大街上為難了？」

「娘怎麼知道？」施伐柯一愣。

「大街上那麼多人，總有人把話傳到我耳朵裡，妳不要問我怎麼知道的，妳就說是不是真的？」陶氏揮了揮手中的菜刀，怒氣衝衝地道。

「是，不過運氣好，碰到陸公子在街上擺攤賣字畫，他替我解了圍。」施伐柯見陶氏一臉殺氣騰騰的樣子，趕緊小心翼翼地從她手中拿過菜刀，心中既後悔又慶倖，後悔沒有早些回來，又慶倖自己回來得還算及時，她簡直不敢想像自己要是晚回來一會兒會發生什麼……

「簡直豈有此理！那惡婦長進了啊，不敢沖著我來，只會為難孩子了！」陶氏咆哮。

施伐柯抹了一把冷汗，趕緊將事情的前前後後交代了一番，「其實是因為褚逸之在成親第二日便被人給打了，如今傷重在床，而且還傷到了右手，據大夫說可能會影響以後握筆，所以……才會那般憤怒著急。」

陶氏「呵呵」冷笑兩聲，「所以想把屎盆子往妳爹頭上扣？」

「可不是嘛。」施伐柯聽到這裡，也義憤填膺地點點頭，「我跟他們說，絕對不可能是我爹，因為爹答應過娘，絕對不會跟人動手的啊！」

陶氏眼神飄忽了一下，清了清嗓子道：「……這事不賴妳爹，我同意的。」

「誒？」施伐柯傻眼。

這事要從施伐柯大鬧褚逸之的婚禮，結果卻崴傷了腳那日說起。

施伐柯自以為能將此事瞞過爹和哥哥，當時陶氏就道這蠢丫頭是自欺欺人，在施長淮支使重山去叫纖纖來吃飯時，陶氏心裡就有譜了，果然他們倆兄弟私下一談心，很快弄明白了整件事的前因後果，然後自然是傳進了施長淮的耳朵裡……

再然後那天夜裡臨睡之前，施長淮就向陶氏請示了這件事。

「娘子，我得教訓一下那小子，雖然我答應過妳不再輕易動手，但是……」施長淮鼓起勇氣鋪墊了長長的一段。

誰知還沒等他發揮，陶氏便乾脆俐落地點頭，「好。」

「嗯？」施長淮眨了眨眼睛，一副不敢置信的樣子。

「去吧，我同意了。」陶氏輕描淡寫地說著，轉身去睡了。施長淮盯著她的後腦勺看了半天，久久沒有動彈，幾乎要懷疑她在說反話了。

「阿柯性子綿軟又天真，沒有那麼多花花腸子，可我忍不了這口氣。」陶氏忽然開口，聲音淡淡的，「他們褚家這是看不上阿柯呢！阿柯一片赤子之心，在他們眼裡只剩下齷齪了，這是擔心阿柯和褚逸之走得太近，以後要進他褚家的門，這才急匆匆避著阿柯替褚逸之辦了親事，想永絕後患……我原當褚逸之那孩子是個好的，卻原來也是個耳根子軟又拎不清的。」

他對阿柯的心思，陶氏一看便知；阿柯對他沒有心思，陶氏也知，可最後卻是她家阿柯生生吃了這虧，陶氏如何咽得下這口氣。

「既然他褚家想永絕後患，那就一刀兩斷。」陶氏如是說。剛說完，施長淮便猛地從背後抱住她，興高采烈地道：「我就知道娘子最是善解人意了！」

施伐柯看著自家娘親不知為何突然微紅了雙頰，只覺得整個人都不好了，「……原來真的是爹打了褚逸之嗎？」

說好的約法三章呢？說好不隨便打人呢？她明明那樣信誓旦旦地說了不可能是她爹打人的，這打臉簡直來得猝不及防啊！

「我倒是想打那龜孫子呢，沒想到還沒動手，便被人捷足先登了。」施長淮的聲音冷不丁自身後響起，聽著十分遺憾的樣子。

施伐柯回頭一看，便見爹和二哥不知何時已經回來了，正站在她身後呢。

「爹，不是你嗎？」施伐柯問，隨即啊了一聲，「啊對，陸公子說是幾個姑娘動的手……」

她怎麼忘記這茬了，還是剛剛下意識以為陸池為了救她撒謊了？想來陸公子那樣的翩翩君子，怎麼可能撒謊呢。

不過……「那會是誰打了褚逸之呢？那幾個姑娘難道真的是他的風流債？……想不到褚逸之竟然是這樣的褚逸之啊。」施伐柯喃喃自語。

「怎麼可能。」陶氏嗤笑，「應該是被誰報復了……也不知道他得罪誰了。」

褚逸之就算再不好，陶氏也不能昧著良心說他風流，那就是個讀書讀傻了的人啊……偏又膽怯得很，明明對阿柯的心思瞎子都看得出來，卻不敢說，最後還由著他娘替他娶了先生家的女兒。

「不管怎麼樣，這件事與我們家無關便好，爹、二哥，你們可答應我不要再對他下黑手了啊。」施伐柯卻是不再糾結是誰打了褚逸之這個問題，轉而一臉嚴肅地道，「還有大哥，回頭他回來也要同他說。」

這話聽著，竟是絕情得很，彷彿那個和她一起長大的褚逸之，轉眼已是不相干的人了。

陶氏放心之餘，又覺得褚逸之有點可憐了……

「放心吧，那小子都被人打得下不來床了，這事便算過了。」施長淮擺擺手，十分大度地道。

見爹表了態，施伐柯便放了心。

陶氏卻又問，「妳腳上的傷才好幾天，今天為什麼出去？」如果不出去，也不會遇到褚家那惡婦婆媳二人。

陶氏不問還好，一問施伐柯又有些沮喪了，滿臉寫著不開心。

「這是怎麼了？不是說陸公子給妳解了圍，沒受什麼委屈嗎？」見她這樣，陶氏有些緊張起來。

「不是因為這個，我今天出門是因為接了陸公子的托媒，去賀家向可甜提親。」施伐柯悶悶地道，「可是沒有想到賀家竟然毀婚，不肯承認之前拋繡球招親的事。」

「賀家毀婚了？」施家父子面面相覷，隨即一同露出恍然大悟的表情，「原來如此。」

回家的路上施長淮將傻書生來贖鐲子的事情同兒子說了，父子兩人一路感歎著才五日就來贖，好在當初忽悠著他定了死當，卻原來是賀家毀婚，所以那傻書生才會來當鋪想贖回鐲子的啊……不過，那傻書生竟然是找了阿柯去說媒的？而且聽阿柯話中之意，兩人竟然是相識的？還是他替阿柯解了圍？

「嗯？怎麼了？」施伐柯有些不明所以。

施家父子齊齊搖頭，異口同聲道：「沒什麼。」施伐柯有些奇怪地看了他們一眼，總覺得哪裡奇奇怪怪的呢……

施長淮輕咳一聲，「今日盤貨累了一天，我得進屋歇歇。」說著，拉了陶氏進屋，說要順便去看看晚飯吃什麼，留下施重山和施伐柯站在門口大眼瞪小眼。

施重山看了一眼施伐柯，她一手拿著一把寒光閃閃的菜刀，另一手拿著一張卷成一卷的紙張，果斷指著那卷紙好奇道：「阿柯，妳手裡拿著什麼？」

「啊，這是陸公子送給我的畫。」施伐柯彎了彎眼睛，「我打算把它裱起來放在房間裡。」

陸公子……那個傻書生？施重山的眼神瞬間犀利起來，那個傻書生為何要送畫給妹妹？

有何企圖？莫不是求親賀家不成，轉而看中了自家傻妹妹？

雖然腦中小劇場過了一遍又一遍，但實際上也只是一瞬間的時間而已，施重山已經笑咪咪地道：「裱畫我在行啊，交給我吧！」

施重山在當鋪有時候也會出手修復一些東西，裱畫這種活計對他來說的確不在話下。施伐柯歡快地應了，畢竟二哥還是很靠譜的。施重山順勢就接過了她手中的畫卷。

「二哥你小心點哦，這卷畫之前不小心沾了湯水，是修復過的。」施伐柯叮囑。

「好，我會小心的。」施重山笑咪咪地應了，見她仍是一臉不放心的樣子，默默添了一句，「阿柯……你想看我裱畫嗎？」

「可以嗎？」施伐柯眼睛亮閃閃的。

被這樣亮閃閃的眼神看著，施重山哪會說不可以，立刻點頭道：「當然可以，要不妳明天隨我一同去鋪子裡，那裡有裱畫的用具。」

「二哥真好！」施伐柯歡呼。施重山被誇得喜滋滋的，心裡卻又有些鬱悶，那傻書生果真是小氣鬼，明明身上有六百兩銀子，竟然隨手送了一張莫名其妙的畫給妹妹，這也就罷了，竟然還是沾了湯水又修修補補的畫。

……而他的傻妹妹，竟然如獲至寶。

第二日一早，施重山便帶了施伐柯去買裱畫的材料，然而剛出門沒多遠，便遇上了一個現階段施家人都不太想看到的人。

褚逸之。他穿著一身棕茶色的長衫，行動略有些不便的樣子，走得並不快，看這方向……是準備去施家？

這是要幹嘛？爹可還在家裡呢，當鋪裡的盤貨期結束，爹今天在家裡休息，他這個時候過來是要自投羅網嗎？爹雖然答應了她不會再揍他，但架不住他送上門挑釁啊！施伐柯神色複雜地看著那個人慢慢往前走，腦袋一抽一抽的疼。

「阿柯！」果然，褚逸之看到他們，一臉驚喜地叫住了施伐柯，「真巧，我正想去妳家找妳呢。」

施重山的臉一下子臭了，他這麼大一個人杵在這裡，褚逸之是瞎嗎？彷彿察覺到了施重山不善的目光，褚逸之訕訕地叫了一聲，「二哥。」

因從小一起長大，所以褚逸之向來是隨著施伐柯叫人的，這聲「二哥」也是從小叫到大了，但是施伐柯一下子想起了褚母昨日當街說的那些話。昨日，褚母叫她一聲「施姑娘」，連她一聲「褚姨」都不肯應，只說「不敢當施姑娘這樣的稱呼」，這樣想來，褚逸之叫她二哥為「二哥」亦是不妥的，要避嫌嘛。

施伐柯糾結了一下，「褚公子，以後莫要這樣稱呼我二哥了。」

褚逸之愣了一下，「妳、妳叫我什麼？」往常她開心了就叫一聲「逸之」，不開心了就連名帶姓地叫他，這「褚公子」是什麼鬼……果然她還在生氣吧。

「阿柯，妳還在生我的氣嗎？那日人實在太多，妳那樣來鬧我實在沒辦法，後來第二日我便打算來同妳解釋道歉的，可是不知道怎麼回事，在路上被人蒙頭打了一頓，這幾日都沒能下床，也出不了門。」褚逸之有些無奈地解釋，因臉上還帶著傷，看起來可憐巴巴的。

他至今都不知道到底是誰打了他，最冤的是那幾個姑娘他明明一個都不認識，卻莫名其妙地背上了這風流債……就連上門探望的同窗都打趣了一句「人不風流枉少年」，簡直是冤死他了。

施重山皺了皺眉，對這種賣慘博同情的行為有些不屑，忍不住有些擔心地看向施伐柯，擔心她上套，果然……便見她微微蹙了眉。

「那行，我還是那個問題，你明明答應過，成親要找我作媒人的，為何食言？」施伐柯想，雖然這個問題到現在彷彿也不是那麼重要了，但看在他帶傷也要過來給她解釋的份上，不給他解釋一下好像有點不近人情呢，就問了。

褚逸之一窒，心裡直泛苦。娶不了自己喜歡的人，還要在婚禮上看著她給自己當媒人，他何至於如此跟自己過不去啊！但，這話不能說，說了施二哥一定得當場打死他。

他卻不知，施二哥此刻倒是對他只剩同情了……

作為旁觀者，施重山雖然不屑褚逸之優柔寡斷，拿不起又放不下，但，看他滿臉苦色，自家妹妹還一個勁兒地想知道他為何食言不讓她當媒人，簡直想為他掬一把同情淚了。

最終，褚逸之憋出了一句，「……我只當是年少時說的玩笑話。」兩小無猜時，小阿柯放言長大要當媒婆，並要包攬自家三個哥哥的婚事，小逸之見她這樣說時十分開心，便討好說……阿柯阿柯，以後我的婚事也歸妳管。

然後，就成了今日這番局面。

褚逸之心中酸澀。

施伐柯卻也不好受，原來大家都長大了，只有我還停留在原地，相信著年少時的承諾啊……

氣氛一時有些沉悶起來，兩個腦回路完全不同的人竟然詭異地有了相似的心境。不過，一個是在悲傷自己失去的愛情，一個是在悲傷自己失去的友情，唔……也算是異曲同工了。

「我明白了。」施伐柯點點頭，「你的解釋我收到了，我也不會再同你生氣了，你身上還有傷，回家去吧。」

被這樣輕易地原諒了，褚逸之反而有些不安起來，但一時又想不出什麼話來，只得一步三回頭地走了，不知為何……總覺得心中彷彿空了一塊，有什麼東西永遠失去了。

再也找不回似的。

褚逸之的出現不過是個小插曲，施伐柯卻是個拿得起放得下的人，說到就要做到，很快就將之拋諸腦後，倒是施重山略有些唏噓。不過他這唏噓只是隨便唏噓一下，要是他妹妹吃了虧，第一個擼袖子打人的肯定也是他。

總之假惺惺得很。

此時，這個假惺惺的人看了一眼被施伐柯抱在懷裡的畫卷，試探著道：「昨日聽妳說這畫是沾了湯水又修補過的？」

「嗯！你沒看到，陸公子的畫技簡直神乎其技！」說起這個，施伐柯興致勃勃地道。

不……這並不是施重山想要得到的重點。

「不過，他為什麼要送妳一幅修補過的畫啊？」施重山努力將話題掰正過來，又語重心長地道：「如果一個男子真的重視一個女子，定然不會如此敷衍，送這麼廉價且毫無誠意的東西呢。」

「嗯？」施伐柯眨巴了一下眼睛，滿臉寫著困惑，「陸公子只是感謝我請他吃了餛飩，就順手送了我這個啊……而且他原是想丟掉的，我看這畫實在好看，捨不得得很，就拿了回來。」……為什麼就扯到重視這種東西了呢？施伐柯一臉問號。

施重山頓了頓，半晌，才「哦……」了一聲。他早就該知道，他的妹妹根本沒有開竅！不然褚逸之也不會如此悲催了！

懷著複雜的心情，施重山帶著妹妹買齊了材料，一同去了鋪子。

當鋪裡有一個空出來的房間，專門做這類裝裱修補的工作，施重山接過畫卷，將之放在案臺上，慢慢打開畫卷。然後，施重山臉上露出驚豔的表情，「這筆法……」他忽然眸光一凝，落在邊角處那方紅紅的小印上，「臨淵先生？」

「哈，二哥你也被騙到了吧。」施伐柯有種與有榮焉的得意，「這是陸公子仿臨淵先生的畫。」

施重山卻是不大信，他這幾年在當鋪裡做司櫃，也練出了一副好眼力，臨淵先生的畫他亦不是沒有見過，這畫工、這筆法，還有這方小印，怎麼看都不像是仿的。

如今市面上仿臨淵先生的畫很多，但是仿得可以假亂真的，他卻一幅也沒有見過，因為臨淵先生的畫極難模仿，即使仿得再像，也是有形無魂，所以才有人說臨淵先生是百年難得一見的繪畫天才，有傳言說連當今天子都對他頗為推崇。

可是擺在他眼前的這幅……怎麼看都不像假的啊。

施重山的視線落在畫中池塘邊上那個撐著傘的女子背影上，雖然只是寥寥數筆的寫意，但是那女子的背影卻是纖細婀娜……嗯，還莫名有點眼熟。

「阿柯，妳轉過身去。」施重山忽然看向施伐柯道。

施伐柯有些不明所以地轉過頭去。施重山看了看畫中的背影，又看了看施伐柯的背影，莫名的很像啊！

「怎麼了，二哥？」施伐柯回過頭來，不明所以地看向他。

「畫中那個撐著傘的姑娘，背影很像妳呢，阿柯。」施重山有些意味不明地道。

「真的嗎？」施伐柯有些驚喜地說著，上前又將畫端詳了一遍，很是愛不釋手，「陸公子真是有心呢。」

施重山莫名又有些不爽了。

不過……他摸了摸下巴，又彎下腰仔細端詳了一個整幅畫，這真的是仿的嗎？如若不是……施重山一下子心跳有些加速。如果這真的是臨淵先生的畫呢？那說明了什麼？說明那個傻書生就是傳說中神龍見首不見尾的大畫家臨淵先生啊！

想到這裡，施二哥的呼吸不禁略有些急促起來，當然，此時施二哥已經忘記了先前詆毀傻書生的時候，說這幅畫是「廉價的東西」這種事情了。

「裱畫非一日之功，這中間要經過調漿、托背、裱綾、上軸等等數十道工序，一時半會是完不成的，不如就將畫先放在這裡吧，我裱完了給妳帶回去。」施二哥按捺下略有些急促的呼吸，微笑著道。

施伐柯不疑有他，自是應了。

施伐柯走後，施重山又在室內對著那畫研究了許久，越是研究越是心驚……由他來看，這畫絕不是仿的。

他忽然想起了什麼，叫人找來了小朝奉。

「少東家，您找我？」小朝奉跑了過來。

「昨日那玉鐲的舊主來贖，是你接待的？」施重山問。

「是。」小朝奉不明所以地點點頭，又道：「少東家放心，那玉鐲是死當，贖不回去的。」

「我不是問這個，我記得彷彿聽你說起，昨天那人來時背上背了一個箱籠，裡頭放了畫卷？」

小朝奉點點頭，「約摸有十多卷呢。」

施重山一下子捂住了胸口。如果真是臨淵先生，那得是多少銀子！

施伐柯離開當鋪，便去了昨日陸池擺攤的地方，結果陸池並不在那裡。

「今日沒有出來擺攤啊。」施伐柯左右看看，自言自語著，「啊對了，該不會在家裡抄寫《孟子》吧？」……嗯，也是，出來擺攤賣畫也沒有人懂得欣賞，代筆寫信才五文錢一封，這報酬遠不如小胖子給的那五兩銀子呢。

施伐柯想了想，走到隔壁依然火熱的餛飩攤子上買了兩份餛飩，又押了兩文錢租了兩個可攜式外帶的木碗，打算去陸池家中看看。

此時已經將近中午時分，春日的陽光照得人暖暖的，大街上是滿滿的市井氣息，透著煙火人間的熱鬧和香氣，施伐柯一路腳步輕快地走著。陸池租住在柳葉巷一個獨門的院子裡，雖然知道位址，但卻是頭一回上門。

站在門口，施伐柯試著敲了敲門。

不一會兒，門打開了，露出陸池那張令人看著便覺得心曠神怡的臉來。

「施姑娘？」陸池的表情看起來有些意外。

施伐柯笑咪咪地拎起了手中的木碗，「用過午膳了嗎？」

她這麼一說，陸池才覺得腹內已經是饑腸轆轆，他笑了一下，「抄書一時忘記了時辰，多虧妳來了。」

嗯，好看的人，說起話來也是這般好聽呢。不過，果然是在家裡抄書啊……

那廂，陸池已經側過身，接過施伐柯手中的餛飩，請了她進來。

施伐柯走進大門，東張西望了一番，進門便是個小小的院子，院子雖小，卻十分精緻，打理得也很不錯。院子裡種著棗樹，此時正是青棗成熟的季節，樹條上墜滿了沉甸甸的果子，看得人眼饞，一側的院牆上則是爬滿了葡萄藤，翠色的葉子中開著不起眼的白色小花，一團團一簇簇，散發著迷人的暗香，沁人心脾。

「可還滿意？」陸池笑問。

嗯？施伐柯眨巴了一下眼睛，總覺得這話哪裡怪怪的？「唔，還不錯……」施伐柯訕訕一笑。

陸池卻彷彿只是隨口一問，笑道：「這棗樹和葡萄都是房東種下的，房東夫婦二人跟著兒子去了府城陪讀，房子空置了下來，便在牙行掛了號，一個月租金五百文。」因知道施伐柯打破砂鍋問到底的習性，陸池這可以說交待得很清楚了。

五百文，已經不算便宜了，這對房東夫婦施伐柯是聽過的，家中獨子中了舉人，便舉家搬遷了，這房子空置應該有些時日了，因為價格的關係一直無人問津，但如今看這環境倒是不錯，陸池還要參加秋闈，是得有個安靜的地方好好念書。

陸池在說話的時候，已經俐落地將餛飩放在了桌子上，又拿了碗筷來，招呼道：「快來吃。」

施伐柯走過去，便見桌上還用碟子裝了滿滿一碟青棗，清洗過的青棗上還掛著點點水珠，看起來誘人極了，她禁不住誘惑拿了一個，咬一口，又脆又甜，忍不住笑眯了眼，「好甜。」

陸池已經在吃餛飩了，餛飩在湯汁裡泡久了，已經有些軟爛，肯定不如剛出鍋的好吃，但許是因為腹內饑餓，又許是因為別的什麼原因，入口只覺香甜無比，絲毫不曾遜色。

施伐柯見他吃得香甜，也有了食欲，然而吃了一個就覺得沒了胃口，「唔，皮在湯裡泡軟了，不好吃，下回來的話給你帶別的吧，果然餛飩這種東西不適合外帶啊！」

「不會，很好吃。」陸池正吃得香甜，聞言，抬頭看了她一眼，笑道。

施伐柯乍一見他的笑容，雖然已經習慣了，但還是一陣失神。

陸池吃完一碗餛飩，滿足地放下筷子，抬頭便看到施伐柯一面心不在焉地啃著碟子裡的青棗，一面目光灼灼地盯著他看，他頓了頓，白皙的耳根不由自主地攀上了一抹緋紅。

「為什麼這樣看我？」陸池輕咳一聲，略有些不自在地問。

「我在想你這麼好看，當你的娘子也是很有壓力的。」施伐柯沒過腦子，順口就答。

「……」陸池額角跳了跳。意識到自己回答了什麼，施伐柯清了清嗓子，「我是說，我在考慮該給你找個什麼樣的娘子。」不過……作為一個姑娘，有個長得比自己還好看的相公，也著實是壓力很大啊，施伐柯天馬行空的想著，甚是唏噓。

「陸公子，你喜歡什麼樣子的姑娘呢？」抬手支著下巴，施伐柯問。

陸池看著眼前支著下巴的少女，其實施伐柯也不算是特別漂亮的姑娘，但卻生得玲瓏可愛，一雙杏仁似的眼睛又圓又大，水盈盈的清澈見底，這般含笑望著你的時候簡直能把鐵石心腸的人都看得軟了心腸，且嘴角天生微微上揚，就算是不笑都像帶著三分笑，十分的討人喜歡，聽老人說這是十分福氣的長相。

「我喜歡有福氣的姑娘。」陸池微微一笑，道。說著自己倒是先愣了一下，隨即彷彿掩飾什麼似的，默默低頭從碟子裡拿了一個青棗來吃。

施伐柯傻眼……誒誒？有福氣的姑娘？這算是什麼答案？或者美貌，或者知書達理都比有福氣來得更具體一些啊……

唔，莫不是……「你喜歡好生養的？」施伐柯問。

聽到這般語不驚人死不休的話，陸池飽受驚嚇，猛地瞪大眼睛，口中的棗核一下子卡在了嗓子眼裡上不去下不來，白皙的臉頰漲得通紅。

施伐柯嚇了一跳，慌忙跑過去替他拍背，「哎呀這是嗆到了嗎？」

好一番折騰，陸池才將那個差點噎死他的棗核吐了出來，緩了緩，才苦笑著道：「下回吃東西的時候，施姑娘還是莫要說話了。」

咦？她哪裡說得不對嗎？說親的時候，一般婆婆都喜歡有福氣的姑娘，她們口中的福氣，就是好生養啊。

施伐柯一臉無辜地眨了眨圓溜溜的杏仁眼。陸池被她看得沒了脾氣。他有心想跟她說，實在不用費心了，以他如今在銅鑼鎮的口碑和名聲，想娶個媳婦估計不會太容易，但是對上她那雙亮閃閃的眼睛，鬼使神差的，他沒有開口。

想來，她還不知道他此時在銅鑼鎮的名聲……算了，隨她折騰去吧。

「啊！有了。」施伐柯忽然一拍手，興致勃勃地道：「周縣丞家有位小姐，我見過幾回，生得珠圓玉潤，很有福氣的長相，而且她知書達理，性格善良，陸公子你覺得如何？」

陸池無奈地揉了揉額頭，「縣丞家的小姐，怕是看不上在下。」

「不會不會，據聞周縣丞喜歡讀書人，曾放話說想尋個秀才作女婿。」施伐柯越說越覺得是那麼回事兒。

一個喜歡有福氣的姑娘，周小姐看著就是個有福氣的；一個喜歡讀書人，要招秀才為婿，陸池正是個秀才。豈不是天賜良緣？

打定主意，施伐柯便起身告辭了，陸池送她到門口，看著她歡脫的背影，略有些無奈。

施伐柯說幹就幹，晚上大哥回家，就拉著他說了此事。

施大哥和周縣丞交情不錯，琢磨了一下，覺得此事可行，點頭道：「我明日尋縣丞喝酒，跟他透個底兒，問問他意下如何。」

施大哥會攬下此事一方面是出於妹妹的懇求，另一方面也是因為他對這位陸秀才觀感甚佳，此前陸秀才去縣衙辦房屋租賃契約之時正好他當值，為了感謝陸秀才之前對妹妹的相助之恩，施大哥約了他一起喝酒，沒想到這位陸秀才雖然是個讀書人，但全無書生的酸腐之氣，為人很是豪爽，且……酒量非常不錯。

施伐柯覺得此事應該問題不大，心情甚佳。

第二日，天氣晴好，施伐柯心情也甚好，將家中的棉被都翻出來晾曬，正忙得不亦樂乎的時候，忽然有人敲門。

施伐柯嘿嘿一笑，心道莫不是陸池坐不住了，來問周家小姐的事了？

施伐柯笑咪咪地開了門，然後愣了一下，有些意外，站在門外的竟然不是陸池，而是賀可甜。

「怎麼，不歡迎我嗎？」站在門口的賀可甜微微一笑，嗔道。

「啊不……只是有些意外。」施伐柯的心情略有些複雜，但還是側過身道：「進來吧。」

賀可甜看了她一眼，笑著走了進來，「妳看起來真的是一點都不歡迎我呀，枉我還帶了妳最喜歡吃的雪花酥呢。」說著，將手中拎著的一包點心晃了晃，「來福記的雪花酥有多難買妳知道的，這可是我哥讓人一大早就去排隊才買到的呢。」

施伐柯眼睛一亮，伸手接過，「妳坐著，等我去泡茶！」賀可甜輕笑一聲，在院子裡坐下了。

不一會兒，施伐柯便泡了茶來，又將賀可甜帶來的雪花酥擺了一碟，放在院子裡的石桌上，「喝茶。」

倒了一杯茶給賀可甜，施伐柯給自己也添了一杯，在賀可甜對面坐下，喝一口茶，咬一口雪花酥，滿足地眯起了眼睛。

陽光暖暖地照在身上，這就是幸福的味道啊……

「今日怎麼來找我了？」眯著眼睛，施伐柯懶洋洋地問。

「妳都幾日不曾來我家尋我了。」賀可甜捧起茶杯喝了一口，頗有些哀怨地看了她一眼，「妳當真惱我啦？」

對上她哀怨的眼神，施伐柯就是有氣也發不出來了，「算了算了，強扭的瓜也不甜。」

「是嘛，我們才是好朋友，妳何苦為了一個外人來惱我呢。」賀可甜伸手，拉住她的手晃了晃，撒嬌道。

施伐柯拿她沒輒。

正這時，外頭又有人敲門。施伐柯順手將手中剩下的半塊雪花酥塞進嘴裡，起身去開門。

開門一看，門外站著的，正是陸池。

陸池的視線在施伐柯那鼓囊囊的腮幫子上頓了一下，眸中便忍不住帶了笑意。

坐在院子裡的賀可甜看到門外站的那個男子，沐浴在陽光中的男子眉眼含笑，她不由得微微晃了眼，原以為自家哥哥已經是銅鑼鎮最好看的人了，竟不知天底下還有這般好看的人……一時竟是看迷了眼。

「陸公子。」這廂，看到門外站著的人，施伐柯忙狠狠咀嚼了幾下，有些艱難地把口中雪花酥咽了過去。

聽施伐柯喚他陸公子，賀可甜一下子清醒了過來，隨即唇畔便掛了冷笑，原來，他就是那個膽敢上門求娶的窮書生嗎？這人竟是還不死心，追到這裡來了。也是，她平時大門不出二門不邁，如今她難得出一回門，就來堵她了。

「這位，可是陸公子？」賀可甜矜持地開了口。陸池這才注意到院子還坐著一個姑娘，不由得將困惑地目光轉向了施伐柯。

施伐柯也有點懵，原來陸池竟是沒見過可甜？可轉念一想，當日拋繡球隔著那麼遠，人又多，沒看清也是常理之中。

「是賀家姑娘，來找我玩。」施伐柯說得隱諱。

陸池卻是一下子明白了，原來院子裡坐著的那個姑娘就是那日拋繡球的賀姑娘，那日他只是遠遠看了一眼，並未看清這位賀姑娘的模樣。

陸池立刻收回了視線，垂眸對她略拱了拱手，轉而對施伐柯道：「既然妳有客人，在下便先走了。」

施伐柯雖然有心調侃他幾句，但此時賀可甜就在院子裡坐著，顯然不是說話的好時機，便點點頭，笑咪咪地道：「待得了消息，我便去尋你。」

消息？什麼消息？陸池有點莫名，隨即悟了她的意思，頓時有些哭笑不得，這莫不是以為他是上門來打探縣丞家那位姑娘的消息了？

他有些無奈地搖搖頭，此時卻也不便解釋，只道了一聲「告辭」，說罷，轉身欲走。

「陸公子，這便走了？」院子裡坐著賀可甜卻是冷不丁揚聲道了一句，見陸池停下腳步，又笑盈盈地道：「不進來坐坐嗎？」

陸池轉身看了她一眼，一時有些鬧不明白這位賀小姐在想什麼……

「在下不知施姑娘有客，有叨擾之處還請見諒。」陸池垂眸，拱了拱手道，「妳們敘話，在下也不便久留，這便告辭了。」

賀可甜「嗤」地一聲笑了，一臉興味地看著陸池道：「陸公子真會說笑，好不容易來了，怎麼能就這麼走了呢？我都已經給了臺階，你還在拿什麼喬？」

「……」陸池一愣，下意識看向施伐柯，眼睛裡帶了疑惑。這位賀姑娘……到底是什麼意思啊？

「既然來了，就把話說清楚了再走吧。」見他不語，賀可甜自顧自說著，瞥了施伐柯一眼，「我這位妹妹呢，心腸慣是軟和，大概也說不了什麼重話，想來是沒有把我的意思完整轉達給你，所以才導致了你對我賀家還心存妄念。」

啊？陸池一時還沒有反應過來。

施伐柯卻是反應過來，知道賀可八成是誤會了，趕緊道：「可甜，該說的我已經說了，陸公子他並不是……」

「所以既然你來了，我就親自同你說清楚，你且聽好了。」賀可甜不容拒絕地打斷了施伐柯的話，看著陸池，臉上仍然帶著知書達理的微笑，語氣卻是不善，「拋繡球招親不過是我家喜餅鋪子招攬生意的手段，所以陸公子大可不必當真，我賀家也斷不會承認，所以收起你那些小心思，不要再做無用功了。」

陸池此時才反應過來……這位賀姑娘莫不是以為他是因為知道她在施家，這才一路跟過來的吧？他默默歎了一口氣，垂眸應道：「是，在下知道了，斷不會有什麼非分之想。」

賀可甜見他竟然這般輕易就應下了，倒是微微一愣，她看著門外那個形貌昳麗的男子，明明處於下風，明明該是十分尷尬憋屈的場面，不知為何他只那樣站在那裡，便舉重若輕，姿態朗朗，沒有憤怒，也沒有羞慚。

「……陸公子也斷然不要妄想仗著自己有一副好皮囊，就能引誘我。」鬼使神差地，賀可甜又道。

陸池唇角微抽，「是，在下絕不會妄想仗著自己有一副好皮囊，就引誘姑娘。」

賀可甜一下子漲紅了臉。

「那麼……在下就告辭了？」陸池又道。

賀可甜咬唇。

施伐柯揉了揉疼得一抽一抽的腦門，深吸了一口氣，上前道：「你先回去吧，我明日來尋你說話。」這麼說的時候，她看著他，黑白分明的眼睛裡帶著十二萬分的歉意。

陸池微微一笑，點點頭，轉身走了。

賀可甜氣呼呼地看著陸池的背影，唔……連背影都這麼好看呢，隨即又氣惱地咬住了唇，心頭卻是十分不解，明明是她占了上風，為什麼她竟這般憋屈呢？

這廂，待陸池走遠之後，施伐柯才轉身看向賀可甜，「賀可甜妳太過分了！」

賀可甜蹙眉，「我如何過分了？妳身為我的好朋友，竟然替一個來歷不明的窮書生來向我提親，且我分明已經拒絕了這門親事，他知我出府，竟還尾隨而來，誰比較過分？」

「賀家拒親的事情，我早已經同陸公子說清楚了。」施伐柯氣鼓鼓地道，「他今日來，也不是因為妳來的，而是因為我另給他說了一門親事！」因著賀可甜是她的朋友，她才沒有當場給她沒臉。

「什麼？」賀可甜一愣，隨即臉上青一陣紅一陣，半晌，才冷笑著道：「那就拭目以待，看看銅鑼鎮誰家願意把自己好好的閨女嫁給一個來歷不明的窮書生！」說完，拂袖走了。

施伐柯也生氣，對著她的背影大聲道：「陸公子才沒有妳說得那麼差！」

賀可甜「哼」了一聲，頭也沒回。

兩人不歡而散。

賀可甜走後，施伐柯越想越生氣。

這股子氣一直持續到大哥回來，她眼睛一亮，滿身鬱氣一掃而光，滿臉期待地迎上前，「大哥，怎麼樣？周縣丞怎麼說？」

施大哥看著自家妹妹一臉期待的樣子，有些不忍讓她失望，但還是搖了搖頭。

「怎麼了？」施伐柯一愣，「不妥嗎？」

施大哥也是有些費解，「縣丞向來喜歡讀書人，原先聽我說起有個秀才倒是感興趣得很，

連連給我敬酒，還說若是此事成了必給我包一個大大的媒人紅包，可是不知怎地，說著說著就有些不大對了，許是有些酒意上頭，竟是摔了杯子就走，十分惱怒的樣子。」

施伐柯愣住了，為什麼會這樣？哪裡出了問題？隨即又有些擔憂起來，「大哥，我是不是給你惹麻煩了？」

施大哥笑著摸了摸小妹的腦袋，十分爽朗地道：「不會，莫要擔心，縣丞是個公私分明的人，我也不是頭一回同他喝酒，酒桌上的事情不會帶到縣衙裡的。」

施伐柯放下心，又開始糾結要如何同陸池說這件事了。

想想明日不僅要同陸池交待周姑娘的事，還要因為賀可甜的事同他道歉，施伐柯這一夜都在輾轉反側，第二日一早，她便去了柳葉巷找陸池。

敲開大門，看到陸池，施伐柯張了張嘴，在路上想了好多遍的說辭突然卡住了，「你這是……在做什麼？」

晨光裡，他鬢髮微濕，額角帶著細密的汗珠，身上僅著一件秘色的直裾單衣，領口鬆垮垮的，白皙但線條卻極具誘惑力的胸膛隱約可見，隨著呼吸微微起伏。

唔，雖然看著顯瘦，但這胸膛似乎意外的有些可觀呢……施伐柯有些恍惚地想。

陸池看到她這麼早過來，也有些驚訝，「我在打拳。」

「啊對，打拳對身體好，不能光顧著讀書的。」施伐柯回過神，輕咳一聲，撇開視線，十分理解地道。

她想起了自家三哥，三哥也是個讀書人，他每日清晨都會打一套「五禽戲」，說現在科舉考的不只是腦子，還有體力。考試時，要一連幾日都住在狹小的號舍之內，環境可以稱得上惡劣了，因為體力不濟，幾場考試下來撐不住昏倒在考場上的考生也不在少數。

陸池微微一笑，看向她手裡拎著的紙袋，「妳是來給我送早飯的？」

啊啊，果然是來得太早了啊！施伐柯的表情略有些羞窘，不由地將手中拎著的酥餅遞給他，「我帶了酥餅。」

「多謝。」陸池笑了一聲，側過身，「進來吧。」

施伐柯硬著頭皮走了進去，在經過他身旁的時候，只覺得因為打拳而出了一身汗的陸池看起來不似往日那般無害，莫名讓人感覺有些壓力。

陸池頗為有趣地看著她，便見她一雙黑白分明的杏仁眼左顧右盼，就是不看他，他低頭看看自己的衣著，嗯……彷彿是有些不大妥當。

「我去換身衣服，妳稍等。」他道。

「啊……嗯，這早上的天氣還是有些涼的，你身上有汗趕緊去吧，別著涼了。」施伐柯鬆了一口氣，忙不迭地道。

待陸池進屋換了身衣服出來，施伐柯看起來果然自在多了。

「其實我是來道歉的，昨日真的對不起，我已經跟賀可甜解釋清楚了，你根本無意糾纏。」施伐柯面帶愧色地道。

「不必道歉，又不是妳的錯。」陸池坐下，咬了一口酥餅，「嗯，好吃。」

施伐柯的表情卻並沒有釋然，而是更糾結了，「還有一樁事……」施伐柯看了他一眼，期期艾艾地開口。

陸池彎了彎唇角，果然真是個心中藏不住事的姑娘呢，「和縣丞家的親事沒成？」

「誒，你怎麼知道？」施伐柯一下子瞪大眼睛。陸池忍俊不禁，指了指自己的臉頰，「都在妳的臉上寫著呢。」

……這對話莫名有些耳熟呢。施伐柯一下子泄了氣。

「我早有心裡準備，不必介懷。」陸池見她洩氣，溫言安撫道。

施伐柯卻是一下子想起了那日，他說的那一句「縣丞家的小姐，怕是看不上在下。」心火一下子燃了起來，施伐柯猛地一拍桌子，急吼吼地道：「陸公子這樣好的人，一定配得上更好的姑娘！放心，我一定會給你找到一個稱心如意的娘子！」

還真是一個不知道氣餒為何物的姑娘啊，陸池都有點無奈了，「施姑娘，其實妳不必費心了……」

「我已經用媒婆的尊嚴發過誓了，說好你的婚事包在我身上了！」施伐柯義正辭嚴。

陸池挑眉，看了她半晌，忽地笑了，「是，在下早已將終生幸福托與姑娘了呢。」

施伐柯愣了一下，傻呼呼地看著他，不知為何突然打了個寒噤。唔，果然這早春的天氣還是帶了些涼意吧……

見她一副傻呼呼的樣子，陸池感覺有些手癢，忽然很想去捏一捏那張小肉臉，似乎手感會很好呢。

「昨日找妳，其實是想告訴妳，我在鎮上的學堂裡找了一份活計。」陸池攥了攥手心，轉開了話題。

「真的嗎？太好了！那以後你就不必上街擺攤了。」施伐柯果然很快把那點不妥丟開了，一臉開心地道。

還是個特別好哄的姑娘。陸池笑著吃完了手中的酥餅，只覺得無比香甜。

施伐柯說到做到，開始努力給陸池物色好姑娘。

事實上，對於陸池的親事，施伐柯是極有信心的，縱然經過了賀家的出爾反爾和周縣丞的斷然拒絕，也並沒有打擊到她的信心。她相信總有人會慧眼識珠，畢竟，陸池論樣貌，整個銅鑼鎮幾乎無人能出其右，論才華，是前途無量的秀才，如今又在學堂裡當先生，也是個加分項，而且他還這樣年輕，這等條件在銅鑼鎮未婚男子中就是算不得上上等，那也絕對是中上的水準。

然而，現實很快給了她狠狠的一擊……

施伐柯這一回看中的是木葉巷李秀才家的妹妹，這位李小姐身材豐腴，性格開朗，模樣也十分可愛，而且跟著哥哥讀了一些書，想來也和陸池有共同語言，且陸池也是秀才，想必和這位李小姐的兄長比較合得來。

嗯，完美。

施伐柯打探好消息，便登門拜訪了。

這位李小姐的母親是個溫柔和善的婦人，見到施伐柯上門十分熱情，畢竟這年頭家中有姑娘的人家一般都不會得罪媒婆。

施伐柯嘴甜，先是狠狠誇了李小姐一番，又誇這位李夫人兒女雙全好福氣，直誇得李夫人笑眯了眼睛，這才喝了一口茶，一鼓作氣地道：「我說的這位公子相貌堂堂，和令公子一樣也是個秀才，且畫得一手好畫，如今在鎮上學堂裡教書。」

李夫人面上的笑容卻是微微一頓，略有些遲疑地道：「妳說的……莫不是剛搬來銅鑼鎮的那位陸秀才？」

「正是正是，莫非夫人見過他嗎？」施伐柯眼睛一亮，「若是您見過他，想必就知道我沒有誇口了。」

李夫人臉上的笑容卻是一下子消失不見了，她皺著眉頭看了施伐柯一眼。

施伐柯被她看得心下有些惴惴，「夫人，您怎麼了？可是有什麼不妥？」

「實不相瞞，我聽說過這位陸公子，前些日子剛搬來鎮上的，據聞他貪慕賀家的財產，逼娶賀家小姐未遂，人品有瑕不說，身份來歷也很有問題，我李家雖然不是什麼大富大貴的人家，但都清清白白做人，不敢高攀。」李夫人一臉不高興地說著，端起了手邊的茶杯。

端茶送客。

「夫人，妳是不是有什麼誤會？陸公子絕非妳說的那種人。」施伐柯站起身，卻沒有立時就走，「做媒婆這一行全憑良心，我施伐柯絕非那等無良媒人，不知賀家拋繡球招親一事您可曾聽說？」

李夫人一愣，「倒是聽過。」

「當日陸公子經過賀家的喜餅鋪子，被繡球意外砸中，陸公子得了繡球，便按約定請了媒人上賀家提親，然而賀家拒不承認此事，說拋繡球一事不過是賀家喜餅鋪子招攬生意的手段，陸公子對此表示理解，也並未糾纏，這便是整件事情的經過，貪慕賀家財產逼娶賀家小姐之說根本就是無稽之談。」施伐柯十分認真地將事情經過說了一遍。

「施姑娘如何知道得這般清楚？」李夫人表示懷疑。

「因為陸公子當日請托了去賀家提親的媒人，便是我。」施伐柯看著李夫人，面色十分坦然，「再也沒有人比我更瞭解這整件事情的經過。」

李夫人一時語塞，半晌，才搖搖頭，道：「常言道，無風不起浪，還請施姑娘體諒我一個作為母親的心情，這樁親事，不成。」

施伐柯表示理解，「我只再問您一句話便走。」

李夫人也並不想得罪她，只得點頭，「施姑娘請問。」

「這些謠言您是從哪裡聽來的？」

「這……」李夫人有些猶豫，這位施姑娘一臉要去找人算帳的表情，她著實有些不敢開口啊。

「我絕不會說是您告訴我的。」施伐柯保證。李夫人看了她一眼，終於開口，「是前些日子在金滿樓買首飾的時候，聽掌櫃說的，而且當時在場的，不止我一人。」

也就是說，這謠言經過口口相傳，已經快要人盡皆知了？施伐柯氣得直咬牙，她總算知道那日周縣丞惱他大哥的原因了，想來也是把這謠言當了真，見大哥要給他的寶貝閨女說這麼一門親，可不得翻臉嘛，沒有當場打起來都算是人家大度。

「多謝。」施伐柯說完，轉身走出了李家大門。

一走出李家大門，施伐柯便直奔金滿樓。

金滿樓是銅鑼鎮赫赫有名的首飾店，哪家有嫁娶之事，需要聘禮嫁妝什麼的，大多會來這裡挑首飾，因此生意向來很紅火。

施伐柯原是想問問掌櫃為何要傳出那等不負責任的謠言，順便想問問這些謠言究竟從何而來，源頭在哪，但是沒想到，剛到外頭，便聽到裡面有人在講陸公子的壞話。

「聽說那個陸秀才是嵐州人呢……」

「是啊是啊，聽說他是千崖山飛瓊寨出來的。」

「真的假的？好可怕啊，飛瓊寨不是一個山匪窩嘛……他來銅鑼鎮幹嘛？不會引來山匪吧？」這話一出，引來驚呼一片。

「哎呀，我們銅鑼鎮從來都是太太平平的，可不要因為他惹來什麼麻煩……」

「難怪想要逼娶賀家小姐呢，這是覬覦賀家的家財啊，不過你們誰見過那個陸秀才長什麼模樣啊？」

「既然是山匪出身，想來應該是個長著絡腮鬍子，虎背熊腰，滿身都是肉的胖子吧，聽說山匪都長那樣，可嚇人了。」

施伐柯聽得額頭青筋直冒，慢慢走了進去。

「啊，賀家小姐好可憐，要被這樣的人逼娶……」一個胖乎乎的婦人面露憐憫之色。

「若真是這樣的人，怎麼可能是秀才呢？」施伐柯走到櫃檯邊，一邊假意看首飾，一邊若無其事般加入了聊天的群體。

「這個秀才是真的假的還是兩說的呢，也可能是冒充的吧。」一旁有一婦人回答。

「可是冒充秀才不是要被抓進衙門關起來的嗎？」施伐柯又道。

「他都已經是山匪了，還怕冒充秀才這種小罪嗎……」那婦人撇了撇嘴，隨口道。

施伐柯忍了忍，終於沒忍住，「這樣沒根據的事情，怎麼可以隨便亂說！陸秀才在銅鑼鎮租了房子，在衙門裡簽過租賃的契約，他的秀才身份是在衙門裡備過案的！」

那婦人彷彿被她突然加大的音量嚇了一跳，有些詫異地看了她一眼，不滿道：「妳這小姑娘怎麼一驚一乍的，我們又不是衙門裡的青天大老爺，要憑證據抓人，能夠掌人生死，不過只是隨便閒聊幾句而已罷了。」

「誰說只有衙門裡的青天大老爺才能掌人生死了，豈不知眾口鑠金，積毀銷骨。」施伐柯被她這樣不負責任的話氣笑了，「這位夫人，流言可畏，亦能殺人！」

那婦人被她說得有些羞惱，面色不善地道：「小姑娘家家，小小年紀竟是這般伶牙俐齒，小心日後難找婆家。」

施伐柯本不想再同她抬杠，正準備去找掌櫃問個明白，卻見一個十分眼熟的人從二樓雅間走了出來，他身旁陪著的那個笑容可掬的中年男人可不就是金滿樓的掌櫃嘛。

賀可鹹！施伐柯想，不用問了，答案就在這裡。

那廂賀可鹹剛走出雅間，便察覺到什麼似的，扭頭對上了施伐柯的視線，他下意識揚起一抹笑容，卻見施伐柯面無表情地轉頭收回了視線。

「嗯？」賀可鹹眯了眯眼睛，這是什麼表情？還在生氣那日他將她趕出去的事情？他不是已經買了雪花酥讓可甜帶給她了嘛，這是還沒哄好？

來福記的雪花酥是她的最愛，通常一份雪花酥哄不好，兩份一定成。亦或者……該不是那樁事被她發現了吧，想起那件事，賀可鹹摸了摸鼻子，略有些心虛。

唔，不過彷彿前幾日那個不甚安份的新郎官竟還拖著傷殘的身子去尋這傻姑娘了，可見還打得不夠狠。

正想著，便聽樓下，施伐柯揚聲道：「我吃媒人這碗飯，當然得伶牙俐齒！」

……唔，這架勢是在同人吵架？

「妳這小姑娘竟是媒婆？」一旁，有人驚呼。隨即便有人認出了她來，小聲道：「是施家那個小姑娘，娘和外婆都是官媒，上頭有三個哥哥呢，她爹也是個混的……」

官媒雖然也是媒人，但官字兩個口，占了這個字的，一般人都不太想惹，且不說她還有一個極其護短又不講理的爹，還有三個哥哥。認出了施伐柯，便沒人想同她嗆聲了，畢竟多一事不如少一事。

施伐柯雙手叉腰，「對，我是個媒婆，當日陸公子得了賀家的繡球，按約請了媒人上門提親，那個媒人就是我！所以沒有人比我更清楚這整件事情的真相，逼娶之說根本是無稽之談，雖然我也很意外賀家為何拋繡球招親，事後又不認，但陸公子事後根本沒有糾纏此事，何來逼娶之說！」說著，還挑釁地看了站在樓梯口的賀可鹹一眼。

賀可鹹眉頭一抽。「且，我見過陸公子，他是個芝蘭玉樹般的謙謙君子，絕非那等小人！」施伐柯信誓旦旦地道。

賀可鹹死死地盯著那個不知死活的小姑娘，眼睛裡幾乎要迸出火星子來。施伐柯卻是再也不看他，揚眉吐氣地說完，整個人神清氣爽，揚長而去。

「沒良心的蠢丫頭。」賀可鹹捏了捏手裡的首飾盒子，磨著牙一字一頓地道。

「賀公子……」感覺到恐怖的低氣壓，金滿樓的掌櫃抖了一下，這位相貌比姑娘還漂亮的賀公子可是個狠人。

賀可鹹摩挲了一下手裡的首飾盒子，「那些流言是怎麼回事？」

金滿樓的掌櫃支吾了一下，左右看看，這才湊上前鬼鬼祟祟地道：「是我們東家小姐吩咐下來的。」掌櫃口中的那位東家小姐沈桐雲，和賀可甜是閨中密友。

賀可鹹還有什麼不明白的，他的蠢妹妹，又做了一件蠢事。

而他，無端端背了這口黑鍋。

經此一事，施伐柯越發的憋了一口惡氣，打定主意一定要給陸池說門好親事。

但是一連看中幾個姑娘，上門試探無一例外都被拒絕了，只要一提起陸秀才，甭管一開始氣氛有多好，立馬一個個都避之唯恐不及，翻臉比翻書還快。

即便她說清楚那些不利於陸秀才的話都是謠言，即便他們都表示相信她的話，最終也還是毫無商量的餘地，誰都不願意拿自己的親閨女來冒這個險。畢竟，這位陸秀才剛搬來銅鑼鎮不假，且孤身一人，一窮二白。

施伐柯一臉鬱卒地支著下巴，望著牆上那幅已經裱好的畫。

畫裡有楊柳依依，有煙雨綿綿，有泛起漣漪的池塘，有岸邊撐著傘走過的姑娘，極簡的構圖，不過寥寥幾筆，意境卻美好到令人歎息，任誰也想不到這是一張修補過的畫。

人長得那麼好看，畫畫又這麼好看，這麼優秀的陸公子竟然乏人問津，真是太沒有眼光了！

親事一直沒有進展，導致施伐柯最近都不敢去見陸池。

正在施伐柯為了陸池的親事絞盡腦汁、一籌莫展的時候，一封燙金請帖送上門來，施伐柯看著手中的請帖，一臉的不可思議，竟然是銅鑼鎮大戶朱家的帖子。

朱家……請她作甚？向來信心滿滿的施伐柯難得妄自菲薄了一下，畢竟以朱家的門第，若真要請媒人，至少也是她娘這種層次的官媒吧！

據她所知，朱家的確是有一位待字閨中的大小姐，名為朱顏顏，據聞貌如天仙。但實際上這位朱大小姐是個標準的大家閨秀，從來都是大門不出二門不邁，根本沒有人真的見過她。之前施伐柯因為陸池的婚事幾乎把銅鑼鎮所有待字閨中的姑娘都想過了一遍，卻獨獨漏了這朱顏顏，並非是忘記了，而是不敢肖想。

朱家乃是正經的官宦人家，這位朱家大小姐的爺爺官至尚書，是個三品大員，雖然已經致仕返鄉，但這般門第，與商戶之家也是不好比的。

雖然滿腹疑問，但施伐柯仍是拿著請帖，上門拜訪去了。

朱家走的是清貴路線，朱家大院雖然佔據了銅鑼鎮最大最好的一塊地，但內裡的陳設和裝飾都相對比較低調，與此相比，賀家反而張揚許多，一看便是豪富之家。

喝過一盞茶，一位通身氣派的美貌婦人才姍姍來遲，她在侍女的伺候下坐好，這才面帶微笑地看向施伐柯，「妳便是施姑娘？」

施伐柯應了一聲，「是。」

「這樣小小年紀，竟是個媒婆？」她打量了施伐柯一番，似有些不敢置信。

「是。」施伐柯笑了一下，隨即有些疑惑地道：「不知夫人請我上門，所為何事？」

那美婦人頓了一下，似乎在斟酌要怎麼開口，半晌才道：「不知道施姑娘知不知道銅鑼鎮新來了一個秀才，姓陸。」

施伐柯一愣，誒？

「就是那個在學堂裡教書的陸秀才。」見施伐柯不答，那美婦人又道。

「我知道。」施伐柯趕緊點頭。

「讓施姑娘見笑了，雖然一般都是男方托媒，但今日我想向施姑娘托個媒，煩請姑娘幫著說合說合。」

誒誒？施伐柯緩緩眨了一下眼睛，是她聽錯了，還是她理解錯了？莫不是……

「您相中了陸秀才？」她試探著問。

美婦人淺笑點頭，「正是。」

「不知是替誰相的？」施伐柯按捺下激動，又問。

「小女朱顏顏。」

朱顏顏！眼前這位夫人原來是朱家的掌家夫人，朱顏顏的親生母親啊！施伐柯簡直喜出望外，但還是沒有忘記一個媒婆的職業操守，「我可以見一見朱小姐嗎？」

「這……」朱夫人有些猶豫，「小女比較怕羞。」

「遠遠看一眼即可。」施伐柯見她遲疑，退了一步道。

她至少要初步確認一下朱顏顏的模樣品性，不能被朱家這塊金字招牌砸暈了，萬一這位朱小姐有哪裡不妥，豈不是坑害了陸池。

朱夫人招來一個侍女，吩咐了一番，複又對施伐柯道：「我家園子有幾株茶花開得不錯，不如一起去看看？」

施伐柯知道她的意思，點點頭欣然起身。

此時正是春日，百花齊放的時候，朱家的園子有專人打理，十分漂亮。

一片姹紫嫣紅中，有幾株茶花尤為不凡，碗口大的花朵，花瓣一重疊著一重，異常的漂亮，且分明是同一株，卻顏色各異，十分的特別。

「那是五色茶花，小女親自照顧的。」朱夫人這麼說的時候，臉上有著驕傲的神采。

「朱姑娘真是心靈手巧。」施伐柯面露驚豔之色，連連讚歎。

朱夫人引著施伐柯上前幾步，便能看到對面一個涼亭，涼亭裡坐著一個穿著丁香色對襟襦裙的少女，遠遠看去，只覺得是個瓷人兒一般，竟是說不出的漂亮。少女似乎並未發現有人在偷窺她，正在認真給一個花盆鬆土，十分的專注。

「那便是小女。」朱夫人在施伐柯耳邊輕聲道。

施伐柯眼睛一亮。

大概施伐柯的目光太過火熱，少女忽然側過頭來，對上了施伐柯的視線。

施伐柯眨巴了一下眼睛，忙對她笑了一下，便見那少女臉上一下子露出了驚慌的神色，她猛地起身，差點撞翻了桌上的花盆，隨即手忙腳亂地扶好花盆，像一隻受驚的小鹿般拎著裙擺，慌不擇路地跑了。

跑了……施伐柯抽了抽嘴角。

「小女天生自小養在深閨，比較怕羞。」朱夫人略有些尷尬地道。

原來大家閨秀竟是這般害羞的啊……施伐柯點點頭，表示理解。

見施伐柯並未露出什麼異樣，朱夫人的臉色緩和了許多，笑容也誠心了許多，「那便勞煩施姑娘了，這個給姑娘買些茶水喝。」說著，看了一眼身旁的侍女。

侍女微微上前一步，雙手捧著一個荷包。施伐柯知道這是規矩，笑咪咪地受了。

心裡無比的舒暢。

差點以為會糊在她手裡的陸池終於有著落了，而且還是一個真正的大家閨秀，容貌與陸池也甚是相配，真是山窮水盡疑無路，柳暗花明又一村啊！

走出朱家大門，施伐柯沒有回家，而是打算直接去找陸池。這麼些天都沒臉見他，如今總算有成果了，她幾乎是迫不及待地想見他一面，將這個好消息告訴他。看看日頭，這個時候他應該在學堂教書。

這一路，施伐柯的腳步輕快得差點飄起來。

剛到學堂外面，便看到一個有點眼熟的小胖子正在罰站。青豆色對襟短襦，肉乎乎的脖子上金燦燦的金項圈……唔，這不是陸池擺攤那日，十分豪氣地出了五兩銀子請陸池代筆抄寫《孟子》五遍的那個小胖子嗎？

「咦，你怎麼在這？」施伐柯走上前，好奇地問。

小胖子掀開耷拉著的眼皮，生無可戀地看了她一眼，「沒長眼睛啊，小爺在罰站。」語氣很是惡劣。

「你是誰的小爺呢？」冷不丁地，一個涼嗖嗖的聲音響起。

小胖子頓時頭皮一緊，一張小肥臉皺得像個苦瓜。

施伐柯睜大眼睛，看了一眼剛剛從教室走出來站在門口的陸池，又看了一眼苦著臉罰站的小胖子，臉色變得有些詭異起來，唔，該不是正好是她想的那樣吧？

「他……是你的學生？」施伐柯指了指小胖子，忍不住好奇道。

陸池微微一笑，「不錯。」

施伐柯頓了一下，隨即捧腹大笑。這個倒楣的小胖子喲，他大概萬萬沒有想到路上隨便找的一個代筆抄寫的書生，沒幾日竟然成了他的先生！這是什麼樣的緣分啊！

小胖子默默翻了個白眼。

如果此時小胖子知道眼前這個笑得像個傻子一樣的女人腦子裡在想什麼，一定會告訴她，這是孽緣！

「你是為那五遍《孟子》罰的他？」施伐柯邊笑邊道。

「非也，我們早已銀貨兩訖，且那時我又不是他的先生。」陸池搖頭，十分理所當然地道。

一副他很講道理的模樣。

「咦，那是為什麼？」施伐柯好奇。

「背誦沒有過關。」陸池道。

小胖子再次默默翻了個白眼，這個滿肚子黑水的先生，抽他背《孟子》中的梁惠王篇，但《孟子》他看沒看，這個討厭的先生難道心裡沒點數嗎！分明就是故意的，哼。

見那小胖子滿臉憋屈卻又敢怒不敢言的模樣，施伐柯又想笑了。

陸池待她笑夠了，才微笑著道，「幾日不曾見妳，今日怎麼想起來找我了？」

嗯，是錯覺嗎？這話裡怎麼透著一股子幽怨的味道？小胖子賊眉鼠眼地偷覷了自家先生一眼。

施伐柯嘿嘿一笑，「前幾日無甚進展，便不大好意思來見你。」

陸池眉頭一挑，聽這話中之意，她又要給他亂點鴛鴦譜了？以他如今的名聲，這銅鑼鎮居然還有人敢同他說親？

「不過……我這是打擾你上課了吧。」施伐柯探頭看了看教室，教室裡鴉雀無聲，一個個都在認真溫書，不由得下意識放輕了聲音，對陸池道：「你先去上課吧，我在外頭等你。」

「無妨。」陸池看了一眼旁邊罰站的小胖子，「我們外頭說話。」

小胖子送上鄙視的目光。

外頭有一個供先生課餘休息的房間，陸池給她倒了茶水。

施伐柯捧過茶杯，喝了一口，興致勃勃地道：「是朱家的姑娘，我已經瞧過了，生得美貌非常，而且性格十分嫻靜，就是有些害羞，不過姑娘家害羞一些也十分正常嘛。」

「朱家？」陸池揚了揚眉，「莫不是我所想的那個朱家？」

他雖然來銅鑼鎮不久，朱家他卻也是聽過的，學堂裡的其他先生提起朱家無不景仰，朱家那位老先生也是科舉出身，一路官至尚書，也算是讀書人的楷模了，那可是正經的官宦人家。

「正是你想的那個朱家。」施伐柯說起來眼睛都放光，一臉快誇我的表情，「是不是絕好的親事？」

陸池失笑，連商賈賀家都嫌他窮酸，說他高攀，她哪來的信心朱家會看得上他一個來歷不明又一窮二白的秀才？

「你那是什麼眼神？」施伐柯不滿，「你不相信我？」

「並非是不信妳，可是朱家的門第在下實在高攀不上啊。」陸池略有些無奈地看著她。

施伐柯聞言，嘿嘿一笑，得意道：「這門親事可是朱家托我說的媒，指明看中了你，你看吧，我便說總有人會慧眼識珠的！」

是朱家看上了他？這話倒是讓陸池略有些驚訝，只是看眼前這姑娘一副與有榮焉的樣子，陸池又有些心塞。「妳是說，朱家指明看中了在下？」

「是啊！」施伐柯說著，覺得他表情有些不大對，實在是太過平淡了，「這樣好的親事，你怎麼一點都不高興的樣子？」

陸池默默地看著她。

「你放心，我斷然不會坑你的，我已經見過那位朱小姐了，實在是個不可多得的美人兒，而且十分的心靈手巧，她還會種五色茶花呢！」施伐柯對上他的眼神，莫名覺得壓力劇增，話忍不住多了起來。

「妳覺得，我應該高興？」陸池盯著她看了半晌，忽然幽幽地道。

「呃……不、不應該高興嗎？」施伐柯呆了呆。

陸池盯了她半晌，見她眨巴著眼睛，一臉的不明所以，有些氣餒地別開了視線，淡淡地道：「齊大非偶，在下一窮二白，如今又聲名有瑕，朱家乃正經官宦人家，為何竟看上了我，妳不覺得奇怪嗎？」

「那些謠言……你、你都知道了？」施伐柯結巴了一下。

陸池見她一臉驚慌的樣子，忍不住歎了一口氣，「不用擔心，那些流言我並未放在心上，妳不用露出這樣的表情。」看到她這樣的表情，讓他忍不住想做點什麼啊……

「也可能是朱家看中你是個秀才呢。」施伐柯咬了咬唇，辯駁。

「區區一個秀才，才是漫漫科舉之路的起點，向來以科舉晉身的朱家又豈會放在眼中？而且朱家有族學，除了同族的學子，也接納了許多窮困但卻天資出眾的學子，所以朱家的族學也頗有名望，其中秀才更是不在少數。」陸池看著她，「這樣，妳還覺得朱家是看中了我的秀才之名嗎？」

施伐柯卡殼了，她明明是來說服陸池的，但不知為何竟是被陸池說服了……那麼，朱家到底為什麼看中了陸池呢？

「等等啊……待我再捋一下……」施伐柯興致勃勃地來，被陸池一頓忽悠，又莫名其妙地走了。

陸池送她至學堂大門口，看著她頂著一張想不通的臉，糾結地離開，唇角微彎。

轉身回到教室門口，教室裡依然鴉雀無聲，小胖子依然在門口罰站。陸池正準備走進教室，一旁的小胖子冷不丁跳出來刷了一把存在感，「先生，那個小姐姐呢？」陸池回頭看了他一眼。

小胖子挑釁地笑了一下，又道：「先生，你喜歡那個小姐姐吧。」

陸池定定地看了他一眼，直看得小胖子頭皮發麻，兩股顫顫，開始後悔自己為何要作死的時候，才緩緩地笑了，「你說得對。」唔，要是阿柯也有這麼聰明敏銳就好了。

說著，收回視線，走進了教室。

無……無恥！小胖子氣得一噎。竟然承認了！這個無恥的先生！

「可是先生，那個小姐姐……不喜歡你吧。」小胖子看著先生的背影，幽幽地道。

陸池的背影一下子僵住了。

半晌，他回過頭，微笑著道：「不用罰站了，進來吧。」

小胖子一臉戒備地貼著牆，「你、你又想幹嘛……」

「為師想了想，罰站對你的學問並無實際上的幫助，不如還是罰抄吧。」

陸池一臉和藹可親地看著小胖子，溫言道，「一遍記不住，便抄兩遍，兩遍記不住，便抄三遍，久而久之，一定會記住的。」

小胖子一下子如喪考妣。不作不死，他到底為何要作死挑釁先生啊……不過有一件事他確定了，這位先生真的是個不折不扣的大壞蛋！

這廂，施伐柯想方設法打聽了一些朱家小姐的消息，卻發現這位朱家小姐當真是個大門不出二門不邁的大家閨秀，竟是半點消息都打探不出來。

帶著陸池給她的疑慮，施伐柯再次登上了朱家的大門。

這次，施伐柯等了足有一柱香的時間，喝茶喝得都想如廁了，那位朱夫人才姍姍來遲。

「施姑娘可是有好消息了？」在施伐柯上首坐下，朱夫人表情卻並不熱絡，只淡淡問了一句。

雖是問句，但不知為何總有種篤定的感覺，彷彿這樁婚事一定能成似的。

也是，以朱家的門第，若是一般人只怕根本不會細究其中緣由，只會忙不迭地應下這門上好的婚事，畢竟這樁婚事對於一個一窮二白的秀才來說，簡直是天下掉餡餅一樣的存在。

施伐柯覺得這位朱夫人的態度有些奇怪，猶豫了一下，謹慎地試探道：「不知道夫人您有沒有聽過關於陸秀才的流言？」

朱夫人表情微微一頓，沉默了一下，才淡淡一笑，道：「謠言當止於智者，不足為信。」

施伐柯一下子被這句話感動到了，完全忘記自己在這裡枯等了一柱香時間，也忽視了朱夫人略顯冷淡的態度，只覺得這位朱夫人真不愧是書香門第出身，果然有著常人沒有的睿智和遠見啊！

「夫人真是通情達理。」施伐柯誠心誠意地誇了朱夫人一句，然後又道：「實不相瞞，我此次上門是因為陸秀才對於這樁親事尚有些不解和疑慮，婚姻是結兩姓之好，若是心存疑慮反而不美，還盼夫人能夠解惑。」

「哦？」朱夫人微微愣了一下，似乎有些驚訝那位陸秀才竟然會對這門婚事存有疑慮，她頓了一下，才道：「施姑娘請講。」

施伐柯頷首，問道：「從常理上來講，朱姑娘和陸秀才似乎並不是那麼門當戶對，不知道您為何替朱姑娘選中了陸秀才呢？」

聽到這個問題，朱夫人眯了眯眼睛，「這是施姑娘想問的，還是陸秀才想問的？」不知為何，此時的朱夫人粉面含霜，表情有些不善。

施伐柯啞然，不明白朱夫人的情緒起伏為何會這麼大，而且這當然是陸池想要知道答案了，若非如此，她又何必問這麼多……

「是陸秀才想問的。」對著朱夫人略有些不善的表情，施伐柯硬著頭皮道。

朱夫人眉頭一挑，似乎有些意外，她表情有些僵硬地道：「常言都道莫欺少年窮，何況陸公子是個秀才呢，施姑娘應該知道，我公公便是科舉晉身，官至三品，因此朱家選婿並不看重身家如何，只要他有讀書的天份，肯上進，總有出頭之日。」

這回答倒是和施伎柯的想法一樣，可是陸池的那些想法姑且不論，她總覺得朱夫人的情緒和態度都有些奇怪……是錯覺嗎？彷彿總透著一種言不由衷的感覺呢。

「可是據聞朱家族學中，如陸秀才這般的秀才不止五指之數。」施伎柯試探著道：「從朱家族學中挑選一個天資出眾的秀才，知根知底不是更加可靠嗎？」

朱夫人一滯。

半晌，忽地冷笑一聲，「施姑娘所言有理，那這門親事就此作罷，不必再提。」

誒？誒！施伎柯一愣，這是什麼發展？她只是想知道原因，竟然就、就此作罷了？現在提親都這麼兒戲的嗎？

「那麼，施姑娘請回吧。」朱夫人端起手邊的茶杯。

施伎柯有些憋屈，自從接下陸池的婚事以來，這已經是她第三次被人端茶送客了，可是之前兩家她尚能理解，這朱家……不是這位朱夫人自己下的帖子請她來做媒的嗎？為何竟又如此這般出爾反爾呢？

然而，不待施伎柯開口，一旁便有侍女面帶笑容地走上前遞上一個荷包，「讓施姑娘白跑一趟真是抱歉，這是我們夫人請妳喝茶的。」

施伎柯的話被堵在喉嚨裡，更加憋屈了，然而此時她已經意識到即便她再說什麼，也不過白費唇舌罷了，且朱家這門親事本就來得蹊蹺，她根本不知道這其中的緣由，又能說什麼呢？

施伐柯看了一眼侍女手中那一看便分量不輕的荷包，抱著不拿白不拿的心情，默默拿了荷包，轉身走了。

廳堂裡，朱夫人坐在那裡久久未動。

「夫人，就這樣打發了媒人走，姑娘那裡……」一旁，貼身伺候的侍女彩雲略有些擔憂地道。

「哼，一個小小的窮秀才，竟然還敢拿喬，真當我非他不可嗎！」朱夫人一臉怒意。

侍女見狀，垂下頭不敢再說什麼，心中卻是默默腹誹了一句，可是姑娘當真是非他不可啊……

這廂，施伐柯直至走出了朱家大門，才重重地歎了一口氣，垂頭喪氣地看了一眼手中那鼓囊囊、沉甸甸的荷包，從她收到朱家的那封請帖開始，這件事的始末，簡直就是毫無邏輯可言。

若非手裡這只存在感不弱的荷包，她幾乎快以為這只是一場太過真實的夢境了。

捏了捏手裡的荷包，施伐柯長長地歎了一口氣，雖然朱家的親事莫名其妙的吹了，但是這門親事本來就是莫名其妙來的，就如陸池所言，不弄清楚這其中的緣由，即便成了也不算是好事。

罷了，也沒什麼好可惜的。事到如今，施伐柯也只能這般自我安慰一番了。

最終，施伐柯還是忍不住再次長長地歎了一口氣，陸池的婚事……怎麼就那麼難呢！

學堂裡，小胖子再次可恥地留堂了，同窗都已各自回家，只有他還一臉生無可戀地在抄寫《孟子》，先生真的太狠了！不就是調侃了他一下嘛，這都第幾次留堂了！

好在，終於要抄完了。抄完最後一個字，小胖子擱下筆，伸了一個大大的懶腰，然後看著面前寫得密密麻麻的一疊紙，簡直字字血淚啊！

抱著不算薄的一疊紙，小胖子起身走到陸池面前，敲了敲書案。

「嗯？」陸池放下手裡正在看的書本，看向小胖子。

「我抄完了。」小胖子昂著脖子，抬下巴點了點他放在書案上的那疊密密麻麻寫了字的紙張，一臉的揚眉吐氣。

「哦？」陸池垂眸翻了翻放在他面前的那疊紙，令他感到有些意外的是，這小胖子的字竟然沒有想像中那麼糟糕。

字是端正的小楷，蘇軾云：「大字難於結密而無間，小字難於寬綽而有餘。」這個小胖子竟然做到了協調一致，整篇字可圈可點，就他這個年紀來說，已算是十分不錯。

陸池看了他一眼，「嗯，這字倒還算差強人意。」

小胖子是個給他三分顏色就能開染坊的傢伙，聞言，得意地揉了揉鼻子，「我爺爺說字如其人，小爺我可是從會拿筆開始就被逼著練字帖呢。」

喂……被逼著練是什麼值得驕傲的事情嗎？陸池見他又開始「小爺長小爺短」，挑眉道：「不過，這才抄了一遍啊。」

「什麼？一遍還不夠？」小胖子瞪圓了眼睛，急得漲紅了白嫩嫩的小胖臉。就這一遍已經讓他接連幾天留堂了，已經是他的極限了！

「一遍怎麼夠？」陸池微微一笑，伸出手比了個五，慢悠悠地道：「當初為師可是抄了五遍呢。」

這個無恥的先生果然還在記仇！

「那……那個不是已經銀貨兩訖了嘛，能不能不提了啊！」小胖子滿臉悲憤道。

他能怎麼辦？上街找個代筆的書生竟然找到了自己未來的先生頭上，他也很絕望啊！

「唔好吧。」陸池從善如流地點點頭。小胖子一愣，隨即有些狐疑地看著他，這個無恥的先生會這麼好說話？正想著，便聽他又開了口。

「不過……」他就知道！小胖子忍不住翻了個白眼。

「為師記得當時說，這罰抄的意義，便是讓你能夠背誦全文。」陸池看著猛翻白眼的小胖子，身子微微後仰，舒服地靠在椅背上，好整以暇道：「那麼現在，你是已經會背誦了嗎？」

「當然會了，小爺我又不是那些庸才，一遍足矣！」小胖子揚著脖子叫囂，臉紅脖子粗的。

陸池微微揚眉，「『我知言，我善養吾浩然之氣』，出自哪裡？」

「公孫醜。」小胖子飛快地回答。

「敢問何謂浩然之氣？」陸池又問。

「曰：『難言也。其為氣也，至大至剛，以直養而無害，則塞於天地之間。其為氣也，配義與道；無是，餒也。是集義所生者，非義襲而取之也。行有不慊於心，則餒矣。』」

陸池眼中終於有了些詫異之色，又問：「何謂知言？」

「曰：『詖辭知其所蔽，淫辭知其所陷，邪辭知其所離，遁辭知其所窮。生於其心，害於其政；發於其政，害於其事。聖人複起，必從吾言矣。』」小胖子完全不用思索一般，順口就答，且中間毫無停頓，十分順暢。

「大人者，不失其赤子之心者也。」陸池看著小胖子，又問，「出自哪裡？」

「離婁。」陸池若有所思地看著小胖子，久久不言。「怎麼樣？過關了沒？」小胖子等得有些不耐煩了，連聲催促道。

許久，陸池才點頭，「算你過關。」小胖子歡呼一聲，迫不及待地跑了，那速度彷彿後頭有狗在攆他似的，就怕先生突然就反悔了。

陸池看著小胖子歡脫的背影，半晌，嘴角忍不住翹了起來，原來，這個糟心的小胖子竟然是個過目不忘的天才啊！能夠一遍就記住《孟子》全篇，這記憶力著實令人驚歎，只是……不知他家中長輩可知道此事？

正想著，便見那小胖子突然又一路飛奔了回來，「先生先生，你猜我看到了誰？」

「嗯？」陸池還在思索他過目不忘的事，聞言有些莫名地看了他一眼。

「誒，先生，我告訴你外頭是誰，我們就算和解了，好不好？」小胖子眼珠子轉了轉，對陸池笑得一臉討好。

好漢不吃眼前虧，大丈夫能屈能伸，現在一個是先生一個是學生，硬要和他對著幹，肯定是小爺他自己吃虧啊！所以不如示個弱，就當此前那些小小的不愉快通通不存在好了！

陸池似笑非笑地看了滿臉算計的小胖子一眼，「想知道外頭是誰，為師可以自己出去看啊，就不必勞煩你了。」說著，陸池便站了起來。

對於外頭是誰，其實他心中有數。畢竟整個銅鑼鎮，會來學堂找他的，也就那麼一個人。

「先生你這樣真的太不友好了！」小胖子嚷嚷起來，十分不滿地道：「都說大人不記小人過，你堂堂一個先生，幹什麼總和我過不去啊，不如給彼此一個臺階下啊！」

陸池「呵呵」一笑，涼涼地道：「莫不是你還捨不得家去？那不如為師再給你佈置一些作業？」

小胖子不敢置信地瞪大眼睛，一臉深受傷害的模樣，隨即頭也不回地跑了。陸池失笑，也跟著他快步走了出去，剛走出學堂，便看到了正蹲在門口，不知道拿什麼畫著圈圈的施伐柯。

「小姐姐、小姐姐，告訴妳一個秘密。」小胖子衝到施伐柯身邊，神秘兮兮地道。

「嗯？」施伐柯一臉不明所以地抬頭看他。

小胖子湊到她耳邊，冷不丁大喊了一句，「我們先生中意妳！」然後扭頭沖著後頭的陸池扮了鬼臉，頭也不回地跑了。

「……」陸池抽了抽嘴角。這個熊孩子，真的欠虐。

施伐柯有點懵，揉了揉被嚷嚷得有些刺痛的耳朵，隨即扭頭看到了站在門口的陸池，忙拍了拍裙子，站了起來。她看了看已經跑遠了的小胖子，又看了看站在門口的陸池，「……你莫不是又罰他了？」一副心知肚明的樣子。

陸池有點心塞。

「妳怎麼在這裡，不進去？」陸池沒有回答這個問題，轉而問道。

「我怕打擾你教書。」施伐柯笑了一下。一樣是笑，卻沒了早前朱家請她做媒時那股子雀躍勁兒了，陸池一下子明白朱家那門來得蹊蹺的親事應該是吹了。

「找我有事嗎？」陸池勾了勾唇角，問。

「我請你吃飯吧。」施伐柯將手中握著的東西往上拋了一下，又握住，然後遞給他看，「吃頓好的，我有錢。」

陸池這才看清她手裡拿的竟然是一枚小銀錠，上面還沾了些許的泥巴，大概剛剛她就是拿這個在地上寫寫畫畫的……

「這是？」

「朱家給的賞錢。」施伐柯扁嘴。

看她一臉不開心的樣子，陸池微微一笑，「聽說盛興酒樓的松鼠鱖魚是銅鑼鎮一絕，早前一直想試試，既然施姑娘請客，在下就不客氣了。」嗯，盛興酒樓，價格也是一絕，光那道松鼠鱖魚就能吃掉朱家給的一半賞錢。

「好，就去盛興酒樓。」施伐柯十分豪氣地道。

最終，施伐柯不僅帶著陸池去了盛興酒樓，還特別土豪地要了一個上好的雅間，除了那道出了名的松鼠鱖魚，又點了好些菜肴，甚至還要了一壺酒，直至把朱家的那份賞錢花得精光，心中才爽快了些。

那道松鼠鱖魚是廚子親自上的菜，上桌後才澆的滷汁，熱氣騰騰的滷汁澆在炸得金黃的鱖魚身上，發出「吱吱」的聲響，彷彿松鼠的叫聲，因此得名松鼠鱖魚。

「這道菜又叫松鼠桂魚，取蟾宮折桂之意，二位請慢用。」廚子見桌上有個作書生打扮的男人，笑著介紹道，討個好口彩。

「倒是好兆頭，謝謝啊。」施伐柯對那廚子笑了一下，順手夾了一筷子放在陸池的碟子裡，笑咪咪地道：「這個陸公子要多用些。」心情看起來好了很多。

陸池一下子柔和了眉眼，從善如流地吃了一口，「嗯，外脆裡嫩，很好吃。」說著，也給她夾了一筷子，「妳也吃。」

廚子無聲地退了下去，走到門口的時候又回頭看了施伐柯一眼，那個書生他是頭一回見，可是這位施家的小姑娘他卻是見過好幾回了，盛興酒樓雖然價格不便宜，但架不住那小姑娘在家中受寵，不管是那個出了名寵閨女的爹，還是三個恨不能將妹妹寵上天的哥哥，都帶她來過。

不過……這個書生是誰？看這兩人似乎十分熟稔的樣子，同是男人，這廚子哪裡看不出那書生醉翁之意不在酒，暗自笑了笑，帶上門出去了。

施伐柯並不知道那廚子進行了豐富的腦補，她的注意力都放在了桌上的那壺酒上。酒是梅子酒，透著濃郁香甜的梅子味，施伐柯見陸池已經喝了一杯，忍不住有點嘴饞，眼巴巴地看著他，一臉期待地問：「好喝嗎？」

陸池見她一臉饞意，忍不住笑了起來，「妳要試試嗎？」梅子酒十分清淡，而且也沒什麼後勁，於陸池來說根本算不得是酒，最多是帶著甜味和酒味的水罷了。

「可以嗎？」施伐柯眼睛猛地一亮，在家裡，爹、娘和哥哥都不許她喝酒呢！

陸池正想說「當然可以」，但見她雙眼發亮的樣子，不知為何突然覺得有些不妥，便默默將這話吞了下去，十分謹慎地豎起一根手指，「只能嘗一小杯。」

施伐柯高興得直點頭。在家裡，酒這種東西，她是連一口都碰不得的，她早就想試試酒是什麼味兒了。

陸池雖然覺得有哪裡不太對，但想著不過一小杯，又是清淡的果酒，應該沒什麼問題……吧？於是，就給她倒了淺淺的一小杯。嗯，只淺淺的一層，準確來說，連半杯都不到。

這也是出於陸池的謹慎心理，因為總覺得凡事一旦和這位施姑娘搭上關係，總會向著離奇的方向發展……

施伐柯眼睛亮晶晶地看著酒杯裡那層紅梅色的酒液，真漂亮啊！聞了聞，果然很香。施伐柯試著輕啜了一小口，嗯……十分濃郁香甜，有梅子的味道，又另有一種奇異的芬芳，果然十分好喝，難怪爹和哥哥他們都愛喝酒！

她小心翼翼品嘗的樣子讓陸池有了些不太美妙的想法，她，該不是頭一回飲酒吧？正想問她，便見她已經一仰頭，十分豪爽地將杯子裡的酒液一飲而盡了。

陸池小心翼翼地觀察了她一番，見她面色如常，氣息穩當，白皙粉嫩的臉頰連一絲微紅都沒有。

唔，果然是他多慮了吧，畢竟只是一小杯清淡的梅子酒，怎麼可能會有什麼問題。陸池這麼想著，終於放下了微微提起的心。

施伐柯喝完酒，默默咂了咂嘴，似在回味一般，看得陸池一陣好笑，這姑娘是有多愛喝酒啊。

但畢竟是在外頭，出於謹慎考慮，陸池忍住了心軟，沒有再給她倒，而是默默將酒壺挪到了離她比較遠一些的地方。

施伐柯眼饞地盯著酒壺看了半晌，見陸池再沒有要心軟的意思，只得低頭可憐巴巴地吃

菜。她在家裡被管酒管得狠了，根本沒想過這是在外頭，陸池也並非她的父母兄長，酒也是她掏錢買的，按理，陸池是根本管不著她的，她完全可以喝個夠的。可惜，施伐柯沒有意識到這一點。

陸池嘴角翹了翹，覺得她真的是越發可愛了。

吃著吃著，施伐柯突然放下筷子，看向他，「陸公子，我對不住你。」

「嗯？」陸池一愣，被她這樣鄭重其事地道歉，不禁有些慌，「怎……怎麼了？」

施伐柯長長地歎了一口氣，「朱家的親事……怕是不成了。」啊？就這事……？陸池抽了抽嘴角，但還是安慰道：「不必放在心上，此事原就不妥。」

「可是我想不通啊！明明是朱家下帖子跟我托的媒，為何他們又出爾反爾，那麼輕易就放棄了呢？」施伐柯鼓著腮幫子，十分生氣地道。

「妳說了什麼，他們才放棄的？」見她執意要談此事，陸池在心底歎了一口氣，只得捨命陪君子了。

「就按你的想法說的啊。」施伐柯頓了頓，忽然看著陸池，道：「從常理上來講，朱姑娘和陸秀才似乎並不是那麼門當戶對，不知您為何替朱姑娘選中了陸秀才呢？」後面這句話來得突兀又莫名其妙，陸池愣了一下，一時竟有些跟不上她跳脫的思緒。

卻見她突然面色一肅，眯了眯眼睛，神色不善地道：「這是施姑娘想問的，還是陸秀才想問的？」陸池默了一下，此時才反應過來……她這是在情景重現當時在朱家時的情形？

正想著，便見施伐柯又變了一個臉，道：「是陸秀才想問的。」說著，她又自問自答，斂了斂衣袖，做出一個十分端莊的模樣，板著一張小臉，正襟危坐道：「常言都道莫欺少年窮，何況陸公子是個秀才呢，施姑娘應該知道，我公公便是科舉晉身，官至三品，因此朱家選婿並不看重身家如何，只要他有讀書的天分，肯上進，總有出頭之日。」

倒是將朱家夫人那副端莊又刻板的模樣模仿得入木三分，只是……眼前這張肉乎乎的小臉蛋著實不適合擺出這副端莊又刻板的模樣啊！看著簡直令人發噱。

說完，她又擺了一副試探的樣子，帶著一副小心翼翼的表情，看著陸池道：「可是，據聞朱家族學中，如陸秀才這般的秀才不止五指之數，從朱家族學中挑選一個天資出眾的秀才，知根知底不是更可靠嗎？」然後，她突然坐在那裡不動了。

陸池失笑，搖搖頭，正準備說些什麼的時候，施伐柯突然看著陸池，冷冷地笑了一聲，直笑得他毛骨悚然。

「施、施姑娘……？」他下意識叫了她一聲。

「呵，施姑娘所言有理，那這門親事就此作罷，不必再提。」施伐柯看著陸池，一邊冷笑一邊道。嗯……可以說神態語言非常之惟妙惟肖了。

至此，施伐柯終於演完了整場，坐在那裡可憐巴巴地望著他。

「……」陸池默默地看了一眼她手邊那只空空如也的酒杯，他忽然意識到……她這是醉了吧？

能夠醉得如此不動聲色又別開生面……陸池能怎麼辦，他也很無奈啊！即便是現在，除了言語行為有些異常之外，她面色也十分正常，無一絲紅暈，看起來彷彿根本沒有一絲醉酒的跡象。

且，才一小杯清淡的梅子酒而已，即便是從未喝過酒的人也不至於這樣吧……陸池揉了揉有點發疼的腦袋，想起那個喝了一杯酒就醉成話癆的施大哥，陸池有些頭痛地想，施家這是祖傳的酒量，一杯倒嗎？

「就這樣，朱家的親事，沒了。」那廂，施伐柯扁了扁嘴，泫然欲泣。

「是朱家出爾反爾，此事與妳無關，乖啊不要哭啊……」陸池生怕她哭，忙不迭地哄道。

「可是、可是……」施伐柯吸了吸鼻子，委屈極了，「陸公子你的親事怎麼就那麼難呢！」陸池抽了抽嘴角，「讓妳費心了，真是抱歉啊……」

施伐柯演完這一場，冷不丁撐著桌子站了起來，她搖搖晃晃地走到陸池身邊，低頭盯住他的臉。陸池被她看得有些發毛，輕咳一聲，稍稍後退了一些，「怎、怎麼了？怎麼這樣看著我？」

施伐柯幽幽地歎了一口氣，冷不丁地伸出手，輕輕撫上他的臉，「真好看啊，我早就想摸摸看了……這眉毛、眼睛、鼻子……嗯嘴巴……」她一邊說，一邊用指尖輕輕撫過他的眉毛、眼睛、鼻子、嘴巴。

陸池已經僵在原地不會動了，感覺全身都在發麻，沒了知覺，只有那只不規矩地在他臉上輕輕撫摸四處流連的小手……觸感無限放大。

「……真是無一處不好看啊。」施伐柯一臉認真地感歎。陸池感覺被她撫過的地方都在微微發燙，那種感覺十分奇妙和新鮮，就彷彿身子和靈魂都已經不屬於自己了一般，只想隨她而去。

可是，她的手不太對了！她的手已經撫過他的下巴，觸到他突起的喉結……

按理說，喉嚨這種危險的地方，陸池是絕對不會讓人輕易碰觸的，若是旁人他大概早已經出手將之甩出去了，可是眼前這人是施伐柯……他僵坐在原地，任由那只小手撫過他的喉結……喉結上下滑動了一下。

「咦，會動？」施伐柯一臉新奇。

「……」察覺到身體某處已經開始發生可恥的變化，陸池猛地抓住了她的手，覺得不能任由她繼續下去了。

「阿柯，妳醉了。」他有些困難地開口，聲音微啞。說完，忽覺眼前閃過一道流光，他微微側頭，便看到她如凝雪般的皓腕上戴著一隻十分眼熟的玉鐲。咦？那不是他娘交代要留給兒媳婦，結果他一時不慎被當鋪坑了再也贖不回來的那只玉鐲嗎？為何會戴在阿柯手上？

正在怔愣間，施伐柯突然彎下腰湊近了他的臉，「我沒有醉。」她在他耳邊說，吐氣如蘭。

陸池感覺半邊身子都酥了。

唔，好吧，醉鬼從來不肯承認自己喝醉了，當初她大哥也是這樣的。

施伐柯為了表示自己沒有喝多，又毅然決然、搖搖晃晃地回到自己的位置坐下了。

「陸公子，你這樣好看，為什麼找個娘子會這麼困難呢？」施伐柯雙手支著下巴，看著陸池那張堪稱風華絕代的臉，一臉認真地露出困惑的表情。

陸池眼角微抽，在下長成這樣，還找不到娘子真的是對不起妳啊！不過……他眼神微微一轉，盯住了她因為支著下巴，而露出來的那一截纖細潔白手腕，還有腕上那只玉鐲。

這玉鐲果然是傳家之寶啊，竟然會自己擇主呢。唔，太好了，玉鐲有主，他回去跟娘也有了交待，不必擔心會被打斷腿了。

「阿柯。」仗著她喝醉了，陸池看著她，忽然開口道。

「嗯？」施伐柯眨了眨有些朦朧的杏仁眼，十分乖巧地應了一聲，絲毫沒有覺得陸池這樣喚她有什麼不對。

「你覺得，我長得……很好看？」陸池微微一笑，有點無恥地問。

施伐柯用力地點點頭，「陸公子是我見過最好看的人！比賀可鹹還好看！」

……比賀可鹹還好看是什麼鬼？陸池嘴角微抽，莫名有點不爽。

「那你喜……」誘哄的話還沒有說完，雅間的門突然被大力踹開了。

「施伐柯！」一聲怒吼。

施伐柯抬起有些朦朧的眸子，努力看清了那個一臉怒氣衝衝站在門口的人，「賀……可鹹？」

呢。

賀可鹹？陸池立刻捕捉到這個十分敏感的名字，不由得挑眉，還真是說曹操，曹操就到

踹門進來的賀可鹹看到施伐柯一副醉態可掬的樣子，簡直氣瘋了，大步上前，怒道：「妳竟然敢喝酒！還和一個陌生男人跑來酒樓喝酒！施伐柯妳是瘋了不成？」

要不是他今日剛好也在酒樓吃飯，要不是他也要了松鼠鱖魚，要不是剛好是同一個廚子，要不是那個廚子說施家那個小姑娘也要了這道松鼠鱖魚，說要給那書生模樣的男子取個好兆頭，他都不知道這個傢伙膽大包天到敢和一個陌生男人跑來酒樓，還單獨要了一個雅間！

而且，看這模樣，竟然還喝酒了！她竟然敢喝酒？

「不是陌生男人。」施伐柯一臉認真地搖頭否認，指著陸池，煞有介事地點點頭，道：「他是陸公子，是個好人。」

被發了好人卡的陸池臉一黑，並沒有很高興。賀可鹹則是氣樂了，上前拉了她便要走。施伐柯身子軟綿綿的，被他拉得一個踉蹌。

陸池眸中一寒，上前一步，握住了賀可鹹那只礙眼的手，「放開她。」

賀可鹹這才看了那個他從頭到尾都沒有放在眼裡的男人一眼，眼中怒氣翻湧，「該放開她的是你。」

四目對視，一瞬間火花四濺。

半晌，賀可鹹冷笑，「陸秀才？」陸池頷首，禮尚往來道了一聲：「賀公子。」

賀可鹹上上下下將他打量了一番，才冷笑道：「倒果真是一副好相貌。」陸池眉頭一挑，

「彼此彼此。」

賀可鹹一噎。可甜說得不錯，這個臭書生果然如此討厭！

要問賀可鹹為何知道眼前這個十分礙眼的男人，就是那個曾不自量力上門提親的陸秀才，一是因為可甜上次自從在施家見了那陸秀才一面，回來便有些魂不守舍，他便尋了個機會去他做先生的那家學堂門口遠遠瞪了他一眼；二是因為最近施伐柯和可甜鬧翻了，施伐柯再也沒有來賀家玩，而是整個人整顆心都撲在這個可惡的臭書生身上，整日為這個臭書生的親事忙碌，除了他再不會和旁人在一起。

偏這臭書生是個扶不起的阿斗，整個銅鑼鎮沒有一家願意把女兒說給他！當然，賀可鹹拒絕承認這是他的蠢妹妹導致的。

陸池同賀可鹹兩人正僵持不下，忽然聽到一陣極細微的鼾聲，扭頭一看，那個始作俑者已經趴在桌上，甜甜地睡著了。

不知道做了什麼美夢，還甜甜地笑了一下。

「……」「……」

這時，門外有腳步聲傳來，一個娃娃臉少年走了進來，他一襲青衫也作書生打扮。

娃娃臉少年走進門後，看了看賀可鹹，又看了看陸池，再看看兩人交握在一起的手，臉上露出了一個微妙的笑容。

嗯，一切盡在不言中。

「我剛回來，路過酒樓聽說我妹妹在這裡，便來接她回家。」那少年笑咪咪地解釋著，然後上前扶起睡得跟豬一樣香甜的施伐柯。

「你們繼續，繼續啊。」說著，施施然帶著施伐柯走了。

陸池和賀可鹹對視一眼，臉瞬間黑了，隨即猛地鬆開了彼此的手，十分嫌棄的模樣。

「那人是誰？」陸池見施伐柯被帶走了，有些不放心，問賀可鹹。

賀可鹹冷哼一聲，根本不屑搭理他，拂袖也走了。見他這樣，陸池反倒放下了心，隨即想起那日施伐柯說她三哥在外遊學……想來，那個娃娃臉就是她三哥了。

第三章　魂牽夢縈

施伐柯這一覺睡醒，已經是第二日上午了，一睜開眼，便看到一堆人圍在她身邊。

「爹、娘、大哥、二哥……三哥？」施伐柯猛地坐了起來，一臉驚喜地看著那個離她最近的娃娃臉少年，「三哥你什麼時候回來的？」

「在妳醉得像頭小豬的時候。」施重海笑咪咪地道，「小阿柯真不乖，偷喝酒哦！」

施伐柯抖了一下，上頭三個哥哥裡她和三哥年紀相差最小，大哥二哥都會讓著她，三哥卻最喜歡捉弄她，因此她最怕三哥了……而且三哥雖然長著一張人畜無害的娃娃臉，但是切開裡面芯子全是黑的！

「不許欺負小阿柯。」這時，一隻蒲扇般的大手扇了過來，伸手推開了那張可怕的娃娃臉，拯救了施伐柯。

正是愛女如命的施長淮。

那力道之大，將那張娃娃臉擠得都變了形。然後他自己擠到了施伐柯面前，一臉關切地問：「阿柯，怎麼樣？頭痛不痛？有沒有哪裡不舒服？」

施伐柯忙順勢伸手按住額頭，軟綿綿地撒嬌道：「爹，我頭暈，想睡覺……」

「還睡？妳知道妳睡了多久？」陶氏沒好氣地道。

「娘子別生氣，那喝了酒是這樣的嘛……」施長淮忙打圓場。

誰知他不說還好，這一說，陶氏越發惱了，瞪著躺在床上的施伐柯道：「妳那點酒量妳自己心裡沒點數？是一滴都不能沾的，聞一聞都會醉，還敢在外頭偷喝酒？」

「我就嘗了一點點……是很清淡的梅子酒。」施伐柯縮了縮脖子。

「好了好了，阿柯也不是故意的。」施長淮看得心疼，忙打圓場，「阿柯說頭暈呢，我們先出去，讓她再休息一會兒。」說著，連哄帶騙地拉著陶氏出了房間，順便給了三個兒子一個眼神，示意他們趕緊滾出來。

「好好休息。」大哥摸了摸她的腦袋出去了。二哥給了她一個意味深長的眼神，施伐柯忙討好地對他笑了笑，二哥拍拍她的腦袋，也出去了。

三哥卻是沒有要出去的意思，見大家都出去了，反而一屁股在床邊上坐了下來，笑咪咪地望著她。施伐柯縮了縮脖子，一下子鑽進了被窩裡，假裝沒看到。

施重海看著眼前這個整個人都縮進被子裡，完美詮釋了「掩耳盜鈴」這個典故的傢伙，嘴角高高地翹了起來，正伸手準備去戳那棉被……

「老三你還杵在裡面幹什麼！」施長淮的大嗓門在院子裡響了起來。施重海幽幽地歎了一口氣，似乎是十分遺憾的樣子。

施伐柯聽到腳步聲出去，這才偷偷地將腦袋從棉被裡伸出來，然後，冷不丁地，便對上了一張笑咪咪的娃娃臉。

娃娃臉笑咪咪地，故作驚訝地道：「呀，小耗子出洞了。」施伐柯嚇得驚叫了一聲，整個人又縮回了被子裡。

施長淮聽到寶貝女兒的驚叫聲，氣得跑了進來，一把擰住了施重海的耳朵，「你這個糟心的小兔崽子，才剛回來就欺負你妹妹！給我滾出來！」說著，將痛得齜牙咧嘴的施重海拖了出去。「疼疼疼……爹你輕點！」

一陣雞飛狗跳，施大哥和施二哥默默看著老三作死，陶氏揉了揉被吵得有點痛的腦袋，去煮醒酒湯了。

房間裡，施伐柯長長地吁了一口氣，望著床頂發呆，事實上根本沒有一絲睡意。

她開始回憶發生了什麼，朱家的親事沒了著落，她心中鬱鬱，拿了朱家給的賞錢去找陸池，然後兩人去了盛興酒樓吃飯，叫了松鼠鱖魚和梅子酒……

嗯？梅子酒？

梅子酒真好喝啊……施伐柯意猶未盡地咂咂嘴，啊不對，重點歪了，後來發生了什麼呢？施伐柯努力地想了想，然後抱住了頭，喝了酒之後所有的記憶都是一團漿糊，至於發生了什麼……她是一點都不記得了。

所以，她是怎麼回來的？還有三哥，三哥什麼時候回來的？

想了半天，還是沒有一絲頭緒，施伐柯有些糾結地咬住了被子，唔……喝了酒之後她應該沒有失態吧？啊對了……陸池呢？她失去意識的那一段時間裡，究竟發生了什麼啊！

正糾結著，突然聽到外面響起一個有點耳熟的聲音，「陶姨，阿柯好久沒來找我玩了，我便來瞧瞧她……阿柯在睡覺嗎？沒事，我進去瞧她一眼，不會吵著她的。」

賀可甜？她來做什麼？自上次不歡而散之後，她們便沒有再見過面了。施伐柯下意識拖起被子蒙住了頭。

輕巧的推門聲，極輕微的腳步聲，她慢慢走到床前。「我知道妳沒有睡著，不要裝了。」賀可甜看著那個鼓起的錦被，隨著呼吸聲一起一伏，她輕嗤一聲，道。

施伐柯堅持了一下，沒有伸出腦袋，執著地裝睡。賀可甜毫不客氣地伸手去拉被子，一拉……沒拉動。

施伐柯兩手握拳，將被子攥得死緊。兩個人彷彿在較勁一般，一個死命地攥一個死命地扯。

最終，賀可甜終於放棄了，她狠狠地瞪著那一堆鼓起的錦被，「施伐柯，妳如今幾歲了？這麼幼稚有意思嗎？」

賀伐柯慢吞吞地拉開被子，看向氣得面頰微微泛紅的賀可甜，「妳來做什麼？」

賀可甜輕哼一聲，完全不顧她大家閨秀的風範了，一屁股在床沿上坐下，沒好氣地道：「妳當我樂意來？」

「莫不是誰請妳來了？」施伐柯撇嘴。

賀可甜扭頭瞪了她一眼，「我哥說妳喝醉了，有點不放心，讓我來瞧瞧妳。」

施伐柯愣了一下，「賀大哥怎麼知道……」

賀可甜輕哼一聲，「我哥當時正好也在那裡吃飯，施伐柯妳怎麼想的？妳是不是當媒婆當傻了，忘記自己也是個還未嫁人的姑娘家了？男女授受不親不知道嗎？竟然敢單獨和一個男人去酒樓喝酒，還喝醉了？」

賀可甜劈頭蓋臉一頓罵，施伐柯被罵得有點懵了，當時，賀可鹹也在？她怎麼完全沒印象？

「我跟妳說，那個陸秀才不是什麼良人，妳趁早放棄替他做媒的打算吧，銅鑼鎮是沒有人願意和一個來歷不明的窮秀才結親的！妳自己也離他遠點，當心他娶不到媳婦就把主意打到妳身上。」賀可甜皺著眉頭，一臉嫌棄地道，說著說著，忽地頓了一下，面露糾結之色。

「唔……雖然說他長得還不錯，但是妳可不能被那張臉迷惑了，長得好難道能當飯吃嗎？」說完，賀可甜就暗自啐了一聲，也在暗暗警醒自己可不要被那張臉迷惑了！

賀可甜不說還好，一說施伐柯就惱了。

「來歷不明的窮秀才？妳是不是忘記那些流言是從哪裡傳出來的了？」施伐柯說著說著，簡直氣不打一處來，「陸公子哪裡對不起妳了，他不過就是得了妳的繡球，然後上門提親了嘛，妳賀家不承認，他也沒有不依不饒地繼續糾纏啊！怎麼到了妳嘴裡就成了貪慕賀家財產上門逼娶了？」

說到這個，賀可甜的面色略有些不自然起來。那日她在施家鬧了個不大不小的烏龍，有些下不來台，心中十分羞惱，便約了好友沈桐雲去金滿樓看首飾。她是金滿樓的常客，也是因此認識了他們東家小姐沈桐雲，常來常往成了閨中密友。

當時，她和沈桐雲抱怨了此事，當然有些……嗯誇大其詞，但是誰能想沈桐雲也是個嫉惡如仇的，覺得不能就這麼便宜了那個可惡的陸秀才，轉頭就讓金滿樓的大掌櫃把這些話傳了出去……

說到底……她也不是故意的啊，她哥還因為這個好好教訓了她呢。賀可甜十分鬱悶，卻又因為心虛，不太敢直視施伐柯有些犀利的眼神，左顧右盼之後，賀可甜突然一愣，視線落在了牆上掛著的一幅畫上。

天啊！她看到了什麼！臨淵先生的畫！

賀可甜一時顧不上和施伐柯抬槓了，她疾步走了過去，癡癡地看著牆上那幅畫，那搖曳生姿的垂柳，細細密密、纏纏綿綿的雨絲，池塘裡繾綣的漣漪，岸邊撐傘的少女……簡直太完美了！

賀可甜看得如癡如醉，雙頰生暈，恨不得把這幅畫立刻據為己有。

「可甜？」施伐柯見她走到牆邊，盯著陸公子送給她的那幅江南煙雨圖，好半晌都沒有動彈，不由得蹙眉叫她。這一聲，一下子驚醒了賀可甜，她猛地轉過頭來看向施伐柯，雙目灼灼發亮，「阿柯，妳怎麼會有臨淵先生的畫？」

呃？施伐柯一愣，隨即失笑，「這是陸公子畫的。」

賀可甜呆了呆，什麼？那個窮秀才畫的？怎麼可能？她不敢置信地回頭又看了一遍牆上掛的那幅江南煙雨圖，不可能，她因為十分喜歡臨淵先生，曾經仔細研究過他的筆法和畫風，也看過無數臨摹的仿品，她有自信能夠一眼認出真假，而眼前這幅……絕對不可能是假的。

臨淵先生的畫是有靈魂的，那種感覺沒有辦法模仿，而她眼前這幅畫，帶著臨淵先生個人獨特的味道，它掛在那裡，在她眼中彷彿在閃閃發光一樣。她敢以性命擔保，這幅畫乃是臨淵先生親筆，絕非仿品！

「一千三百兩。」賀可甜忽然開口。

「什麼？」這一次，輪到施伐柯愣住了。

「我家裡臨淵先生畫的那幅《林海》妳是見過的，我哥花了一千三百兩從京城買回來的。」賀可甜看著施伐柯，眼中帶著一絲對陸池的不屑和不滿，又道：「我不知道陸秀才從哪裡弄來了這幅臨淵先生的真跡，還敢舔著臉說是自己畫的，但我們是朋友，我不坑妳，我願意用和《林海》一樣的價格買下它。」

一千三百兩對施伐柯來說絕對不是小數目了，但這一次，施伐柯真的笑了，她搖搖頭，想不到陸池的畫讓一向自詡十分喜歡臨淵先生的賀可甜都看走眼了。

那說明了什麼？說明陸池的畫技真的厲害到可以假亂真的地步了啊！施伐柯頗有些與有榮焉的感覺。

見施伐柯搖頭，賀可甜心裡一慌，以為施伐柯不願意賣畫，但她真的是非常非常喜歡這幅畫，因為這幅畫中的意境比《林海》更美啊……這種勢在必得的感覺讓她狠狠心，道：「一千五百兩。」施伐柯還是搖頭。

賀可甜急了，拉著施伐柯的衣袖晃了晃，撒嬌道：「好阿柯，妳就讓給我吧！我們是好朋友我才告訴妳這是真跡的啊，要不然我能隨意哄了妳去，我真的很喜歡這幅畫，妳就讓給我吧……一千五百兩是我所有的私房錢了，要不然，要不然我跟我哥說說，讓他再借點錢給我？」說著說著，她的表情已經變得有點可憐巴巴的了。

施伐柯看著自己被拉得皺巴巴的袖子，有些哭笑不得，「我們是好朋友我才沒有坑妳，這次妳真的看走眼了，這幅畫是我親眼看到陸公子畫的。」

「什……什麼？」賀可甜懵住了。

「陸公子之前擺攤賣過畫，這幅畫也是其中的一幅，當時畫中只有柳樹，只是後來這畫不小心沾了湯水被弄髒了，陸公子想丟掉，我覺得十分可惜，陸公子便將這畫修補一番送給我了。」施伐柯頓了一下，見賀可甜仍是不信的樣子，有些無奈地補充道：「他是當著我的面修改的，我親眼所見。」

賀可甜瞪大了眼睛，「妳親眼所見？」施伐柯點頭。

賀可甜不自覺又走到那幅畫前，一臉苦大仇深的表情，不可能啊……她絕對不可能看走眼的，對於臨淵先生的畫，她有絕對的自信不會看走眼。她仔細盯著眼前這幅江南煙雨圖，想從中看出什麼蛛絲馬跡來，可是沒有，一點破綻都沒有，她甚至根本看不出來這畫有修改過的跡象，一切都是那麼的完美無缺……

作為友人，賀可甜知道施伐柯不會說謊，可若是施伐柯沒有說謊，那麼……就只有一個可能了，而這個「可能」太過驚人，以至於賀可甜下意識便想回避，可是若這個「可能」是真的，那麼，一切竟然都豁然開朗。

那個「可能」就是……陸秀才便是臨淵先生本人！

天啊，陸秀才就是她心心念念的臨淵先生啊！賀可甜豁然開朗，整張臉都亮了起來。可隨即她又猛地僵住，她想起自己之前拒了臨淵先生的提親！賀可甜懊惱地咬了咬唇，後悔不迭，早知陸秀才就是她心心念念的臨淵先生，當日她就該順勢應下那門親事的啊！

想起那日施伐柯替臨淵先生來她家中提親的時候，說她要給自己說的是一位「飽讀詩書、胸有丘壑，且十分儒雅的公子」，還真是一點都沒有說謊啊！

可怎麼辦……她非但拒了臨淵先生的親事，好像還將他給得罪慘了……一想起那日在施家，她對臨淵先生說的那些話，她就忍不住捂住了臉，只覺得一張臉十分燙手，她怎麼能對臨淵先生說出那樣的話呢？好想回去那個時間掐死那個自己啊！

不過，那日她於高臺之上拋繡球，台下那麼多人，卻為何偏偏就砸中了臨淵先生呢？可見這是天賜良緣呢，雖然中間橫生了種種誤會，可既然是天賜良緣，那最後就一定會終成眷屬的吧，話本裡不都這麼寫的嘛……

哎呀，她和臨淵先生原來竟還有這樣的緣份，想想還有點害羞呢！

施伐柯坐在床上，目瞪口呆地看著賀可甜捧著臉站在那幅畫前，臉上的表情那叫一個變幻莫測，一時苦大仇深，一時嬌羞滿面，這一時羞一時惱的……在想什麼呢？

而此時，施家又來了一位客人。這位客人不是旁人，正是對施伐柯有些放心不下的陸池。

昨日在盛興酒樓，施伐柯被她三哥帶走之後，他還悄悄打探過一番，確定那個娃娃臉是施伐柯的三哥施重海，這才將一顆心放回了肚子裡。

今日學堂的課業結束之後，他便買了幾樣禮物，打算登門拜訪。

此時的陸池，心中是略有些惴惴不安的，畢竟換位思考一下，他帶著人家閨女去酒樓喝酒，還喝醉了……唔，他該不會被打出來吧？懷揣著這份不安，陸池敲響了施家的大門。

去開門的是老二施重山，待他打開門一看，忍不住跳了出來，指著他的鼻子驚叫，「傻書生？你來做什麼？」

陸池抽了抽嘴角，也立刻認出了眼前這人是當鋪裡那個坑過他的司櫃，而且據那個小朝奉所說，這個司櫃還是他們當鋪的少東家。

不過，當鋪的少東家為什麼在施家？還有傻書生是什麼鬼？敢情坑了他不算，還背後給他起了這般「雅號」？

而施重山卻是立刻反應了過來，這個傻書生和自家小妹是認識的，還托過媒！

不過，他來幹什麼？賀家不是已經拒親了嗎？還是說……他聽說賀可甜在這裡，這才尾隨而來的？

可隨即，施重山便想起了一件非常重要的事情，那便是他親手裱的那幅江南煙雨圖！眼前這個傻書生，很有可能就是臨淵先生本尊啊！想想那日他背在背上的那一簍子的畫，眼神立刻熱切了起來。

陸池被他看得抖了抖，這是他熟悉的……看肥羊的眼神啊。

「好巧，你也來施家……？」陸池試探著道。

「不巧，這是我家。」施重山露出了熱情的笑容。他打定了主意，反而鎮定了下來，心想反正那玉鐲是定了死當的，要贖回去是不可能的，那他還怕什麼呢？

陸池呆滯了一下，「……你家？」

「是啊，不知公子您為何來我家啊？」施重山明知故問。

呵，明明剛剛還說是傻書生的呢！不過此時的陸池卻已經沒有心思去吐槽了，他有點稀裡糊塗地道：「呃……在下來探望施姑娘。」

「啊，原來是來探望我妹妹的啊，來就來了，還這麼客氣做什麼。」施重山十分熱絡地接過他手裡提的東西，笑咪咪地道：「快快請進，還未知公子貴姓啊？」

妹妹？陸池的眼神一下子清明了起來，他見過施大哥，昨日在盛興酒樓帶走施伐柯的娃娃臉是她三哥，那麼眼前這個……應該就是施家老二。他一下子明白為何那只玉鐲會出現在阿柯的手腕上了。

「在下陸池。」微微一笑，陸池道。可以說非常的彬彬有禮了，畢竟眼前這人很可能是他未來的二舅哥呢，且還是他的神助攻啊！

「哦，你就是小妹提起過的那個陸公子啊。」施二哥此時並不知道陸池心中打著小算盤，因為惦記著那些畫，臉上的表情恰如其分地又熱絡了三分。

各自心懷鬼胎的兩個人竟然莫名其妙就熟悉起來了。

這熱情的態度簡直讓陸池有些受寵若驚，畢竟他本來以為自己會被打出去的，還是說，施家老三並沒有告訴他們昨日施伐柯醉酒的時候和他在一起？

「施姑娘提起過在下？」禁不住誘惑，陸池忍不住問。好想知道阿柯跟她的兄長是怎麼說起他的啊！嗯，沒錯，陸池已經暗搓搓在心底叫上阿柯了。

見他如此在意阿柯說了什麼，施二哥的眼神猛地有些犀利了起來，他又想起了他送給阿柯的那幅畫，該不是……這個傻書生的醉翁之意不在酒，而在他家阿柯身上吧？

不過這犀利的眼神立刻被他掩去，很快恢復如常。

兩人都有意拉近距離，感情迅速升溫，彷彿一下子就成了相見恨晚的好友。

正這時，施大哥和老三施重海聽到聲音也走了出來。

「陸公子？」施大哥見到陸池十分高興，上前大力拍了拍他的肩。施大哥的力道，施家老二和老三都是清楚的，大概是因為「纖纖」這個名字的關係，施大哥自小受了不少嘲笑，因此一門心思地往壯裡長，一身肌肉疙瘩令人望而生畏，力氣也是極為驚人的，這一連幾巴掌下去，便是連施家老二和老三瞧著都有點心驚肉跳。

可是，陸池卻是面帶微笑，連臉色都沒有變一下。咦，有點意思，明明應該是個手無縛雞之力的書生不是嗎？

「施大哥，好久不見。」陸池彬彬有禮地道。

「是啊好久不見了，今日可巧，我三弟回來了，家中備了些好菜，留下吃飯吧，我們好好喝一杯。」施大哥也十分喜歡陸池的性子，因此十分豪爽地道。

不……喝酒還是不必了，你們施家人祖傳的酒量有點……一言難盡呢。

施大哥沒有瞧見陸池一言難盡的神色，回頭興致勃勃地對老三道：「三弟，這位是陸公子，你還沒見過吧，雖然是個書生，可是性格一點不磨嘰，是個很不錯的人呢！」

施重海那張娃娃臉上露出了一個意味深長的笑容，看得陸池一陣心驚肉跳。「不，我們已經見過了，昨日盛興酒樓，他和阿柯一起喝酒呢！」施家老三看著陸池，慢悠悠地開口道。

「什麼？」施家大哥和施家二哥齊齊變了臉色，同時還有另一個咆哮之聲響起，正是剛來不久，只聽到了最後一句的寵女狂魔施長淮。

陸池立刻感覺到了危險……巨大的壓力讓他有種想瞬間拔腿就跑的衝動，可是不能慫，這一刻他遲早得面對……

「爹！」千鈞一髮間，施伐柯的聲音響了起來，成功地阻止了一場即將發生的慘劇。

聽到施伐柯的聲音，陸池下意識便看了過去，見她臉色看起來紅撲撲的，精神很好，並沒有什麼不適的樣子，稍稍放下了心。隨即，陸池頭皮又是一麻，因為，他看到了那位賀家大小姐。

陸池心中暗暗叫苦不迭，賀家小姐為什麼這麼巧也在這裡啊？她該不會又以為他是尾隨著她來的吧？

其實，當時施伐柯閨房裡的情況是這樣的。

兩人一早聽到了陸池的聲音，面面相覷間，表情是如出一轍的糾結，施伐柯的糾結之處在於她不知道昨日她有沒有酒後失態；而賀可甜則是被「陸秀才就是臨淵先生」這個巨大的發現壓住，一時不知道該怎麼面對他。

但是，雖然賀可甜一時不知道該怎麼面對他，卻還是非常想見他啊！一想到他就是臨淵先生本人，賀可甜恨不得立刻飛奔出去與他相見！

正在兩人萬分糾結的時候，那一聲巨大的怒吼讓施伐柯頭皮一麻，生怕陸池被暴怒的爹和哥哥們暴打，趕緊衝了出去。

見施伐柯衝出去了，賀可甜那被僅剩的一絲矜持死死壓抑住的渴望一下子被釋放出來，於是忙不迭地也跟了出去。

此時，見到自己魂牽夢縈的臨淵先生，賀可甜激動得手都在微微顫抖，還好寬大的衣袖掩住了她的雙手，讓她不至於失態。

強壓住內心裡的激動，她見臨淵先生看了過來，忙上前一步，「陸……」話還沒有說完，便見陸遲稍稍後退了一步，擺出了涇渭分明的姿態。

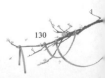

「在下知道，先前拋繡球招親不過是賀姑娘家中喜餅鋪子招攬生意的手段，在下不會當真，不會有什麼小心思，也不會對姑娘、對賀家產生任何非分之想。」陸池拱了拱手，垂下眸，一鼓作氣地道。

不要啊！請你當真啊！你可以對我有小心思，你可以對我有非分之想啊！賀可甜在心中大喊。

見賀家小姐仍然站在原地，目光灼灼地看著自己，陸池歎了一口氣，想了想，又道：

「……在下也不會妄想仗著自己有一副好皮囊，就來引誘姑娘。」

不不不……快、快來引誘我……

賀可甜幾乎快哭了，心裡淚水已經流成了大河，她能怎麼辦，她也很絕望啊！這些都是她先前對他說過的話，現在彷彿在啪啪啪的打自己的臉，她的臉都快被打腫了啊！可是怎麼辦，臨淵先生真的好有風度，好瀟灑、好俊俏啊……

陸池感覺到施家父子在一旁虎視眈眈，賀家小姐又彷彿要不依不饒，知道今日自己斷然是沒辦法再待下去了……算了，來日方長。

「那麼，在下就不打擾了，先告辭。」陸池說完，向著施家父子拱了拱手，又看了施伐柯一眼，果斷先撤了。

連背影……都這麼好看呢！賀可甜默默地捂住了鼻子。

然而饒是陸池故作淡定地撤了，卻也改變不了他見勢不妙腳底抹油溜了的事實。

「阿柯，妳昨日是和那個傻書生一起喝的酒？」一陣寂靜之後，施長淮冷不丁地開口，聲音是難得的嚴肅。施伐柯頭皮一麻。「阿柯！」施長淮難得沉下臉，作為一家之主，施長淮認為有必要讓女兒瞭解這件事情的重要性！

於是，露出了超凶的表情。

施伐柯委屈地扁了扁嘴，看向從來沒有凶過自己的爹爹，「爹……」清澈的杏仁眼裡很快蒙上了一層薄薄的霧氣，看起來可憐極了。

「誒？阿柯妳不要哭啊……」施長淮見狀，立刻慌了手腳，「乖啊乖啊不要哭了，哎喲，爹爹不是在凶妳啊，妳不要哭了啊……」

施伐柯還在扁嘴。

「不就是喝酒嘛！喝喝喝，爹床底下還藏了一壇好酒，回頭都給妳好不好？」

施伐柯還在扁嘴。

「不就是和那個傻書生一起喝了酒嘛，沒事的沒事的啊！不哭了，哎喲，爹的心肝寶貝乖乖，妳可別哭了……」

施大哥、施二哥、施三哥默默站在一旁，看著這神一樣的發展，均默契地面癱著臉。嗯，反正他們都是撿來的，他們都習慣了，自家老爹對著阿柯，什麼原則都可以丟到一邊不管的……原則？那是什麼東西？不知道的，不存在的。

「哦？原來你床底下還藏了酒？」正在施長淮竭盡全力，使出十八般武藝哄女兒的時候，一個陰測測的聲音冷不丁在背後響起。

施長淮一下子僵住了，提心吊膽地緩緩回過頭，便看到了雙手叉腰，面帶微笑的陶氏。

「娘子妳聽我解釋……」「好，你解釋，我聽著。」

「誒？」施長淮頓時傻眼，只覺得這發展不太對啊……難道不應該是我不聽我不聽嗎？

「不知道要怎麼解釋嗎？」陶氏微笑，「不著急，走，我們先去看看你藏著的那壇好酒，

然後你再跟我好好解釋。」施長淮垂頭喪氣地跟陶氏去房間裡解釋了。

施伐柯有點心虛地往後挪了挪，唔……一不小心好像坑爹了？剛挪了一小步，身後便多了一堵牆。「小阿柯……」三哥的聲音幽幽地在她背後響起。

這一回，施伐柯真的有點想哭了……

施大哥蹙了蹙眉，上前一把拉過施伐柯，瞪了三弟一眼，「不要嚇唬阿柯。」嗚！大哥！施伐柯眼睛亮閃閃地看了身形偉岸的施大哥一眼，關鍵時刻還是大哥最靠得住了呢！

卻不防施大哥忽然回過頭，看著她，一臉嚴肅地問，「阿柯，妳和那個書生，究竟是怎麼回事？」施伐柯一下子萎了，見大哥、二哥、三哥均虎視眈眈，知曉今日不說清楚大概是逃不過了，只得囁嚅了一下，道：「昨日……」

「昨日阿柯其實是為了我才去的盛興酒樓。」自陸池走後就一直沉默著當背景板的賀可甜冷不丁開了口，打斷了施伐柯吞吞吐吐的解釋，見成功引來了他們的注意力，她笑了一下，略有些不好意思地道：「所以還請你們不要怪罪阿柯了，而且昨日我哥也在盛興酒樓，當時要了一壺梅子酒，阿柯好奇只嘗了一小口，不想竟是醉了，我哥也覺得沒有照顧好阿柯十分過意不去，這才遣我來瞧瞧阿柯。」

施伐柯一臉驚詫地看著賀可甜，之前在房間裡的時候她可不是這麼說的，現在……這是在幫她？明明在房間裡還是一副咄咄逼人的樣子，怎麼突然就善解人意了起來？

施三哥饒有興趣地看了一眼面露異色的妹妹，又看了看賀可甜，好奇道：「哦？原來竟是為了賀家妹妹的事，什麼事啊？」施重海剛歸家，並不知曉賀家拋繡球招親之事，以及之後引發的一連串事件。

賀可甜聞言，白皙的臉頰上微微浮起了一層緋色。

「好了。」施大哥是個厚道人，見賀可甜面露羞意，趕緊打斷了自家弟弟打破砂鍋問到底，「阿柯，妳帶賀姑娘去房間裡坐坐吧。」

施三哥被打斷了也不生氣，只笑咪咪地道：「是啊阿柯，賀家妹妹好心來看妳，於情於理都該吃過飯再回去。」施伐柯還在思索賀可甜究竟在搞什麼鬼……一時竟沒有反應過來。

「不了。」賀可甜擺擺手，甜甜地笑了一下，「我哥還在家中等我回去呢，他也掛心阿柯，如今阿柯無礙，我得回去讓他安心。」

施伐柯總覺得她反常，見她執意要走，不待幾位哥哥挽留，趕緊拉了她的手道：「我送妳出去。」說著，在施家三兄弟的注目禮下，施伐柯和賀可甜狀似姐妹情深地手挽著手，雙雙走出了施家大門。

一出大門，施伐柯就丟開了賀可甜的手，目露警惕：「賀可甜，妳又在打什麼主意？」

見她變臉如此之迅速，說話又如此不客氣，賀可甜氣得額角青筋一蹦，隨即卻奇跡般忍了下來，面上卻還是帶了三分不滿，「我可是剛剛才幫了妳，妳便是這樣報答我的？」施伐柯一噎，狐疑地看著她。

「好啦，我們不是從小一起長大的好姐妹嘛，哪有隔夜的仇。」賀可甜放下身段，主動又挽起她的手，軟軟地撒嬌道：「看在我剛剛幫了妳的份上，我們和好，好不好？」

施伐柯簡直有些毛骨悚然了，這麼快放下身段來求和好，簡直不是賀可甜的作風啊！

「妳那是什麼眼神？」賀可甜終於還是沒忍住，白了她一眼。

「……妳吃錯藥了？」

「妳才吃錯藥了呢！」賀可甜嬌嗔著輕輕推了她一把，又道：「不跟妳鬧了，我得回家去了，我哥還在家等我呢。」

施伐柯更驚悚了，這樣都不生氣？居然還嬌嗔！

賀家的馬車就停在門口，賀可甜沖呆若木雞的施伐柯揮揮手帕，轉身上了馬車。

「對了。」坐在馬車上，賀可甜忽然拉開車簾，笑盈盈地對施伐柯道：「我哥新得了一套水玉棋子，甚是漂亮，妳有空來找我下棋啊。」

施伐柯可恥地心動了。唔……要不，明日去賀家找她下棋？

「咦，賀家妹妹莫不是有什麼把柄落妳手上了？」冷不丁地，施三哥的聲音幽幽地自背後響起。

施伐柯嚇了一跳，炸毛道：「三哥，你走路沒有聲音的嗎！」

「明明是妳自己心不在焉，這才沒有聽到我的腳步聲啊。」施三哥甚是委屈，只那委屈臉不過曇花一現，立刻又換了一臉笑，「我才出門遊學多久，彷彿錯過了許多有趣之事呢，來同三哥講講啊。」

「講、講什麼……」施伐柯小小地後退了一步，明明沒有做什麼虧心事，但面對三哥那張不懷好意的臉莫名其妙就開始心虛。

「講什麼？妳是個臭棋簍子自己心裡沒點數嗎？但凡妳說要下棋，連向來妳要星星就不給月亮的爹都吃不消，賀家妹妹竟然主動邀妳下棋？」施三柯笑嘻嘻地道，「禮下於人，必有所求。她若不是有什麼把柄落妳手上了，便是有求於妳吧！」

「三哥你討厭！」施伐柯氣哼哼地白了他一眼，雖口中說著討厭，卻不由自主地扭頭去看那輛已經遠去的馬車。

不過……賀可甜確實怪怪的啊。

而此時，坐在馬車裡的賀可甜捂著胸口，雙頰生暈，只覺得心口處鼓脹脹的，這心情酸澀又甜蜜，彷彿懷揣了一個巨大的寶藏，又害怕被別人發現，她曾無數次對著臨淵先生的畫作想像他的模樣，卻不曾想她與臨淵先生竟有這般奇妙的緣分呢。

她閉著眼睛，滿心滿腦都是陸池的模樣，先前只當他是個一無所有的窮秀才，尚且無法自制地為他的容貌所迷惑，如今知曉他竟是她一直所仰慕的臨淵先生，更覺得他全身上下無一處不好，一顆心晃晃悠悠地鼓噪個不停，竟是完全不由自主了。

「小姐回來了嗎？」賀家，賀可鹹問他的小廝。

「回少爺……小姐還未回來。」小廝眼觀鼻鼻觀心地回答，心底卻是默默歎了一口氣。

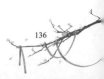

這一上午，自小姐出門之後，這位爺就坐在大堂裡眼巴巴地等著小姐回來，這一番問答短短半個時辰之內就重複了無數次……往常少爺雖然也寵著小姐，但也不曾如此詭異啊！

「什麼時辰了？」賀可鹹又問。

「巳時三刻……」

巳時三刻，賀可鹹終於坐不住了，他起身走了出去，邊走邊道：「備車。」

可甜這個時辰還不回來，八成是留在施家吃飯了，他正好可以去尋她，順便瞧瞧那個蠢丫頭去，嗯，毫不突兀毫無破綻，賀可鹹如此這般打算了一番，甚是滿意，結果剛走到大門口，便看到了賀可甜的馬車正停在那兒……

於是賀可甜一下馬車，便看到了自家哥哥行色匆匆一副要出門的樣子，不由愣了一下，「哥？你要去哪兒？」

賀可鹹把臉一板，努力維持住了兄長的威嚴，「妳怎麼這個時辰才回來？我見妳遲遲不歸，正打算去接妳呢。」

賀可甜和施伐柯從小一起長大，往常也不是沒有留在施家用過膳，且不說今日她去施家之事根本就是賀可鹹授意的，所以她即便是留在施家吃飯其實也是沒什麼不妥，眼前賀可鹹這番作態著實是有些莫名其妙，賀可甜向來聰慧，若是往常定能發現一些貓膩來。

但……今日不同。

此時她滿心滿腦都是陸池的模樣，根本分不出心去察覺她哥的異常，只有些含糊地道：「阿柯宿醉才醒，我留下陪她說了一會兒話。」

……果然宿醉了吧！賀可鹹咬牙切齒地想，這些年她的酒量根本就是毫無長進，竟然還敢和陌生男人在酒樓裡飲酒，簡直不知死活！當然，在賀可鹹的眼中，除了施伐柯的爹和三個哥哥，以及他自己，其他男人都屬於陌生男人的範疇。

「聊了什麼？有沒有問她昨天是怎麼回事？為什麼會和那個窮秀才去盛興酒樓喝酒？她還記不記得喝了酒之後發生了什麼？」賀可鹹連珠炮一樣地問，隨即又皺了皺眉頭，一臉糟心地道：「妳沒有讓她離那個窮秀才遠一點嗎？看那窮秀才長著張禍水一樣，會蠱惑人心的臉便知不是什麼好人，竟然還約了姑娘單獨喝酒，簡直居心叵測。」

賀可甜完全無視了前面那些連珠炮一樣的問題，她的注意力全在那句「看那窮秀才長著張禍水一樣，會蠱惑人心的臉便知不是什麼好人」，不由得默默看了一眼自家哥哥。

嗯……頂著這樣一張臉，義憤填膺地說出這樣的話，著實沒什麼信服力呢。

拜託照一下鏡子啊，哥哥！

「陸公子才不是那樣的人。」賀可甜忍無可忍地反駁道。陸公子才不是窮秀才，他是才高八斗的臨淵先生，他一幅畫便價值千金！

賀可鹹愣了一下，沒想到蠢妹妹竟然反駁他，還替那個窮秀才說話，下意識便問了一句，「妳吃錯藥了？」

賀可甜一下子怒了，這一個兩個都說她吃錯藥了，簡直忍無可忍。

「你才吃錯藥了！你們都吃錯藥了！」說著，瞪了蠢哥哥一眼，提起裙擺氣鼓鼓地踏進了自家大門。

賀可鹹被罵懵了。

明明先前把那個陸秀才踩到泥裡，嫌棄得一無是處的人是她自己啊，這會兒又是唱的哪一出？還真是女人心海底針呢……誒不對！話還沒有說完呢，她還沒有回答他的問題呢！昨天到底發生了什麼事，蠢丫頭為什麼會和那個窮秀才去盛興酒樓喝酒？重點是……那個蠢丫頭到底還記不記得喝了酒之後發生了什麼啊！

賀可鹹糟心極了，忙追了上去。

「可甜，妳還沒有回答我呢，她有沒有說昨天究竟怎麼回事，她喝了酒之後……」

賀可甜猛地停下腳步，扭頭瞪向自家兄長，終於發現他的態度有些奇怪，似乎擔憂得過了頭……

「哥，你怎麼回事？不就是喝了點酒嘛，阿柯的爹和三個哥哥反應都沒有這麼大，你看起來有些奇怪啊。」她瞇著眼睛道。

賀可鹹一僵，隨即板著臉，一本正經地道：「什麼叫不就是喝了點酒？一個姑娘家和陌生男人在外面喝酒居然說得如此輕描淡寫，都說近朱者赤，近墨者黑，可甜，妳這心態不對啊！」語氣可以說是非常之語重心長了。

見他又開始說教，賀可甜收回了懷疑的眼神，敷衍了一句，「阿柯不過是喝了一小口，誰知道酒量能差能成那樣，我的酒量才不會那麼差。」說完，扭頭跑了。

賀可鹹面無表情地站在原地，沒有再追上去。

不過是喝了一小口酒，他的反應為何這麼大？

呵。

一般人喝醉了之後會怎麼樣？酒品好些的可能會倒頭就睡，略次一些的會拉著人絮叨個不止，話比平時多了一倍。酒品差的呢？有可能會大哭大鬧，借酒裝瘋，甚至出手打人的都有。

當然，這些都是常人醉酒之後可能出現的狀況，而施伐柯非常人，她醉酒之後可以說相當的別具一格、出類拔萃了！

她會調．戲．人！

不要問他為什麼知道的……往事不堪回首！

話說賀家兄妹從會走路開始便是銅鑼鎮一霸，早些年賀可甜也還不是這麼淑女的，因為自己相貌並不出眾，且還有一個長得比自己漂亮的同胞兄長，賀可甜著實壓力不小，因此養成了個腹黑又暴力的性子；同理，賀可鹹壓力也不小，明明是個男孩子，卻長了一張比女孩子還漂亮的臉蛋，任誰見了他都喜歡親親抱抱舉高高……作為一個自詡為男子漢的男孩子，賀可鹹也是一肚子怨氣。

後來這兩兄妹便以暴脾氣而聞名於銅鑼鎮，大概九歲的時候吧，已是遠近聞名的人憎狗嫌之輩了。

施伐柯比他們小三歲，賀可鹹第一次見到她的時候她才六歲，穿著一身桃紅色的小襖，圓圓的臉大大的眼，說起話來軟軟糯糯的，特別可愛。

她娘是媒婆，陪客人來賀家的喜餅鋪子挑喜餅，施伐柯像個小尾巴一樣跟了來。

當時大人們都忙著談生意，施伐柯有些無聊，左右看看，便發現了帶著妹妹來鋪子裡的賀可鹹，登時眼睛一亮，她邁著小短腿噔噔噔走上前，十分熱情地道：「我叫施伐柯，伐柯如何，匪斧不克的伐柯，你們叫什麼啊？」

雖然講話文縐縐的有點掉書袋，但她長得甜甜的，聲音也是甜甜的。不得不說，這樣的小姑娘，完全滿足了賀可鹹對妹妹的全部幻想……而自家妹妹，最喜歡幹的事情便是和他對著幹呢。

於是，刺兒頭一樣的賀可鹹居然乖乖地回答了一句，「賀可鹹。」

「賀可賢？是思賢若渴的賢嗎？」她歪了歪腦袋，一臉可愛地問。

思……思賢若渴！小小年紀不學好，這是在調戲他嗎？

「不，是可鹹可甜的鹹！」賀可鹹微紅了臉，大聲道。

賀可鹹長得漂亮，膚色又白，這樣白皙的臉頰上染上了一絲淺淺的緋色，便愈發地顯得好看了，直看得施小姑娘微微直了眼。

「你長得真好看！」小姑娘發自肺腑地讚美道。

賀可鹹卻是一下子黑了臉……長得真好看，是他心裡的痛！

小姑娘沒有注意到他一下子變得有些不善的表情，而是扭頭看向了一直默默站在一旁的小姑娘，一臉可愛地問，「妳叫什麼名字啊，小妹妹？」

賀可甜小時候頭髮稀疏且微黃，而且長得瘦小，明明已經九歲了，看起來卻還是像五六歲，因此最忌諱別人說她小，此時看著這個明顯要年幼於自己的小姑娘竟然叫自己「小妹妹」，一下子沉了臉，「妳幾歲？」

「六歲，妳呢？」

「九歲。」賀可甜陰著臉道。

「哎呀，妳看起來像是比我小呢。」施伐柯小姑娘一臉天真地道。

賀可甜感覺胸口猛地中了一箭。

「妳叫什麼名字啊？」絲毫沒有察覺到自己已經得罪人了的小姑娘執著地問。

見她一副得不到答案就不甘休的模樣，賀可甜磨了磨牙，「賀可甜。」

「咦，可鹹可甜，你們是兄妹嗎？」施伐柯看了看賀可鹹又看了看賀可甜，一臉天真地說出了一句戳中了她死穴的話，「你們長得不太像呢！」

「長得不像真是抱歉了，我們不僅僅是兄妹，還是雙生子呢。」賀可甜氣極，反而甜甜一笑，道。

於是，施伐柯和賀家兄妹的初識便死死點中了兩人的死穴，將賀家兄妹得罪狠了。然而施伐柯本人卻絲毫沒有得罪人的自覺，並且還十分開心，覺得自己又認識了兩個好朋友，畢竟她的朋友可是很少的。

就在施伐柯不停作死的時候，大人們的生意已經談好了。臨分別，施伐柯還在依依不捨，「你們真好，認識你們好開心，以後我會再來找你們玩的，你們也要來找我玩啊，我家住在東街居家坊，找姓施的人家就可以了！」

後來，賀可鹹才知道施伐柯是真的缺朋友。

在認識賀家兄妹之前，褚家那個書呆子可以說是她唯一的朋友了，這也就解釋了施伐柯說話為什麼喜歡掉書袋，完全是近墨者黑啊！

可誰讓她有一個聲名狼藉的爹呢……她爹是施長淮，那個開了當鋪和地下錢莊，兇殘之名在外的男人，因此懾於她爹的凶名，敢與她相交的小孩並不多。

賀可鹹倒是對此產生了一些興趣，他很想成為施長淮那樣的男人，聲名狼藉又怎麼樣，至少再沒有人敢對著他親親抱抱舉高高了，哼！

後來施伐柯便常常來找賀家兄妹玩，甩都甩不掉。

一來二去，賀家兄妹倒被她纏得沒了脾氣，又因為賀可鹹想成為施長淮那樣具有威懾力的男人，也常去施家作客，以便近距離觀摩學習。

這一日，他們在施家玩捉迷藏……不要問賀家兄妹為什麼會同意玩這種無聊至極的遊戲，因為玩這個遊戲本就是賀可甜主動提議的，而賀可鹹無比瞭解自家妹妹，在她一反常態地主動提議要玩這個她往常嗤之以鼻的無聊遊戲時，定然是不懷好意的。

然而遊戲一旦開始……賀可甜便玩得有些忘乎所以了，她玩得太過投入，以至於差點忘記了自己的居心叵測。

賀可鹹看著自己的蠢妹妹沉迷於遊戲，不由得露出了慈父般的微笑，往日裡蠢妹妹因為容貌之事太過上心，導致她性格陰沉又喜怒無常，無法和同齡人相交，很難看到她這麼孩子氣又幼稚的一面。她會因為施伐柯違反遊戲規則而氣急敗壞，也會因為找到了躲起來的施伐柯而笑得見牙不見眼，輪到她躲的時候，她仗著自己體型瘦小，竟然鑽進了床底下，可以說非常認真了……

可是鑽到一半，她爬不進去了。因為床底下擺著一個酒罈子擋住了她，直接導致她躲藏失敗，很快被找過來的施伐柯發現了。

「可甜，妳趴在床底下幹什麼？」施伐柯蹲下身，歪著腦袋好奇地問。

「妳床底下藏了什麼東西啊！」躲藏失敗的賀可甜氣急敗壞道。

「噓，小聲點，這是我爹藏的酒。」施伐柯看了一眼，有些緊張兮兮地道，要是被娘發現就慘了。爹會很慘！

賀可甜眼睛微微一轉，將那個酒罈子拖了出來。

「哎呀，不要拿出來……」施伐柯忙小聲道。

賀可甜看了她一眼，也小聲道：「妳喝過酒嗎？」

「我爹說酒又苦又澀，不好喝。」施伐柯搖搖頭，不太感興趣地道，「快把它放回原位，我們繼續玩吧，這一回輪到我來躲了哦！」

賀可甜怎麼可能聽她的，一本正經地道：「妳爹騙妳的，酒可好喝了，如果不好喝，妳爹

幹嘛要藏著它。」

說得好像很有道理……施伐柯咽了一下口水，眼睛亮亮地看著賀可甜抱在懷裡的酒罈子，好奇地道：「妳喝過嗎？」

「當然了，我早就喝過了。」賀可甜大言不慚。

說著，她打開酒罈，拿起一旁的酒端子，從酒罈裡提出了一些酒來，不懷好意地誘惑道：「要嘗嘗嗎？」

酒罈一打開，便有香味撲鼻而來。施伐柯在賀可甜期待的視線中喝了一小口。

「怎麼樣？」賀可甜一臉期待地看著她。

施伐柯咂咂嘴，舔舔唇，眼睛騰地一亮，「好喝！」

賀可甜一愣，這發展不對啊，「……好喝？」她抽了抽嘴角，問。

關於喝過酒這一點，賀可甜倒是沒有撒謊，那時候她爹和客人喝酒，推杯換盞熱鬧得很，她好奇那酒液的味道，偷偷嘗了一小口，當時被辣得眼淚都出來了。

她讓施伐柯嘗酒著實是不懷好意，等著看笑話的。誰知道……這發展出乎她的意料之外啊。

在她發愣的時候，施伐柯已經把酒端子裡剩下的酒喝完了，還舔著唇一副意猶未盡的樣子，賀可甜登時覺得有些無趣，便拍拍裙子站起身，「無聊，我回去了。」

「咦，不玩捉迷藏了嗎？」施伐柯眨巴了一下眼睛，問。

想起剛剛自己竟然沉迷於一個愚蠢的遊戲，賀可甜頓時有些下不來台，她輕哼了一聲，

「誰要玩那麼無聊的遊戲。」

明明剛剛玩得十分認真呢……賀可甜被施伐柯直白的眼神看得有些不自在，招呼站在一旁看熱鬧的哥哥，沒好氣地道：「哥，走了。」說著，彷彿後頭有什麼在追一樣，頭也不回地跑了，賀可鹹忍了笑忙追上去。

走到半道的時候，賀可鹹忽然停下了腳步。

「怎麼了？」賀可甜側頭看向他，問。

「我們就這麼走了，是不是不太好？」賀可鹹遲疑了一下，道。

「有什麼不好的？」賀可甜一臉奇怪。

賀可鹹也說不上來是哪裡不太妙，即便是偷喝了施長淮私藏的酒，可是施長淮是出了名的寵閨女，想來也不會責備她。

那究竟是哪裡不對呢？賀可鹹一時想不起來，但鬼使神差地，他還是打算回頭去瞧瞧，賀可甜對自家哥哥杞人憂天的行為表示嗤之以鼻，丟開他自己先回去了。

這廂，待賀可鹹折返回施家的時候，便見那小姑娘正抱著酒罈子，低頭拿酒端子從裡頭舀酒，他眼角微微一抽，終於知道哪裡不對了！分明是第一次喝酒，她竟然癮頭這麼重，若是他沒有折返回來，她豈不是一個人喝光了這整壇酒？她年紀小又是頭一回喝酒，那是真的要醉死的。

想想那後果，賀可鹹忍不住出了一身冷汗，趕緊上前一把奪過了她手中的酒端子。

小姑娘愣了一下，抬起頭看向賀可鹹。

「賀大哥？」小姑娘眨了眨分外水潤的杏仁眼，甜甜地笑了一下，道：「你來找我玩嗎？」

賀可鹹沒有被她甜得發膩的可愛笑臉所迷惑，沉著臉把酒封上，重新塞回了床底下，就在他起身準備訓斥這個不知輕清重的小姑娘時……

一回頭，便撞上了她的腦袋。

原來她見他彎下腰去放酒罈，好奇也跟著蹲了下來，這一回頭，兩人便撞上了。這一下正好碰到了他的鼻樑，他疼得倒抽一口涼氣，鼻子一陣酸痛，眼眶裡一下子被逼出一絲水意。

「啊！疼不疼？」小姑娘見狀，忙問。

這不是廢話嗎！賀可鹹咬牙切齒，感覺自己是不是和這小姑娘八字不和，碰上她總要吃點暗虧。

「別哭啊……」小姑娘一臉緊張地湊上前。

混蛋，小爺才沒哭！賀可鹹使勁眨了眨眼睛，眨去了眼中因為疼痛分泌出來的水意，然後惡狠狠地瞪了她一眼。

「我幫你吹吹，吹吹就不痛了啊。」小姑娘愈發地湊近了他，輕輕吹了吹他的鼻樑。吐氣如蘭，帶著酒意的香甜。賀可鹹聰慧早熟，已知男女之別，當時略有些不自在地推了推她，「離、離我遠點。」

小姑娘卻忽然定住不動了，一雙水潤潤的杏仁眼直直地望著他。她的眼睛十分清澈，清楚地倒映出了他的模樣，賀可鹹愈發的不自在了，往後避了避，奈何身後就是床，這一避……他便直接倒床上了。

還不待他起身，便見施伐柯手腳俐落地爬上了床，趴在他身上，一臉認真地繼續盯著他看。

「快起來，妳幹什麼！」賀可鹹動怒了。

施伐柯卻是完全沒有膽怯的樣子，非但沒有害怕，還十分得寸進尺地伸出小手去摸他的臉，一臉誠懇地道：「小哥哥你長得真漂亮啊，讓我摸摸……」

賀可鹹僵住，隨即大怒，起身便要將她掀翻，她卻像個無尾熊一樣攀在他身上，怎麼也甩不掉……直把自己累到氣喘吁吁，那小姑娘還是牢牢地掛在他身上。

許是因為強烈的憤怒，又許是因為動作有些劇烈，他白皙的臉上緋紅一片……看起來彷彿被欺負狠了一般。

便聽小姑娘軟軟糯糯地道：「小哥哥你害羞了嗎？」

賀可鹹咬牙切齒地看著這個掛在他身上的小姑娘，往日她雖然難纏，但也沒有這般色膽包天，隨即他微微一愣，一下子醒悟了過來，她這莫不是……喝醉了？因她一直神色如常，臉頰白皙，完全沒有酒意上頭的樣子，他便一直沒有意識眼前竟是個小醉鬼！

和一個醉鬼發怒……除了快要把自己氣死之外，顯然是沒什麼用的。

「阿柯？」他忍了忍，放軟了聲音，試著喊她的名字。

「嗯？」她眨巴了一下水潤潤的杏仁眼，十分乖巧地應了一聲。

還好，還知道自己是誰。

「男女授受不親，妳爬到我身上像什麼樣子？快些下來吧。」他按捺住自己的暴脾氣，好聲好氣地哄道，真真是用了十二萬分的耐心。

「男女授受不親？」施伐柯歪了歪腦袋，一臉茫然的樣子倒是十分可愛，可是賀可鹹卻是沒什麼心思去欣賞她的可愛，只忍氣吞聲地磨了磨牙，耐著性子道：「是啊，所以快放開我下來吧。」

誰知道施伐柯非但沒有自動自覺地爬下來，還手腳並用，將他又纏得緊了一些，擲地有聲地道：「我不放！」

賀可鹹額角的青筋歡快地蹦了蹦，他感覺自己已經快忍不住要掐死這個不知死活的小姑娘了。

整個銅鑼鎮敢爬到他身上作威作福的熊孩子，除了眼前這個，再無他人！「你到底想怎麼樣！」明知道和醉鬼沒什麼道理可講，但是賀可鹹已經氣到失去理智了，怒道。

「我爹說，看中了的美人就要眼疾手快地抱回家，不然就變成別人的媳婦了。」施伐柯一臉鄭重地看向賀可鹹道：「美人，我很中意你，跟我回家吧。」

賀可鹹看著眼前這個不停作死的小姑娘，在極大的憤怒之後竟然沒什麼生氣的力氣了，只想趕緊把她從自己身上扯下來。

「男女授受不親這種事不需要擔心的，既然我壞了你的名節，我自然會娶你過門的。」施伐柯不知死活地繼續大言不慚道。

賀可鹹冷笑，「要娶也是我娶妳，妳只能嫁給我。」

「好啊！」施小姑娘很知道打蛇隨棍上的道理，立刻順杆爬。可憐賀可鹹長到九歲，頭一回見這陣仗，居然有個小姑娘說要嫁給他，他一時竟是反應不過來，呆住了。

「小哥哥，你笑一下嘛。」施小姑娘湊近了他，道。

鬼使神差地，賀可鹹竟然真的笑了一下。賀可鹹長得漂亮，笑起來尤其好看，還有酒窩，他知道自己笑起來是什麼樣子，故而少年老成，往日裡總喜歡板著臉，並不常笑的。此時，也不知是被灌了什麼迷魂湯，竟是當真笑了一下。

然後，一隻纖細的、軟軟的小手，精准地戳中他的臉頰，準確說，是精准地戳上了他臉頰上的酒窩。

「我早就想戳戳看了。」施小姑娘酒後吐真言，說出了自己的心聲，「你的酒窩，真可愛。」

賀可鹹一下子爆紅了臉。他確定，他被一個小醉鬼調戲了！

嗯……往事不堪回首。

不遠處，小廝心驚膽顫地看著自家少爺站在明晃晃的日頭底下，表情陰晴不定……小姐不是回來了嗎？為什麼少爺看起來更奇怪了啊！

這時，府上的車夫套了馬車出來，躊躇半晌，到底不敢去問站在日頭底下發呆的少爺，而是湊近了那小廝，低聲道：「馬車已經備好了……少爺還出去嗎？」

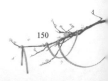

小廝瞪了馬夫一眼，「小姐已經回來了，你說少爺還出不出去？」沒眼力勁兒。

恰這時，賀可鹹自回憶中抽離出來，定定看了那小廝一眼，把那小廝看得直發毛，正在他反省自己是不是哪裡說錯了的時候，賀可鹹已經大步踏進了大門。

得了，這是確定不出去了。小廝揮揮手，讓那馬夫退下了。

中午吃飯的時候，施長淮顯得有些萎靡不振。作為始作俑者的施伐柯則是十分心虛，因為她的坑爹行為，導致她爹私藏了許久的佳釀全都充了公……

陶氏看得有些好笑，拿了一小壺酒出來，「今日給重海接風，許你小酌一杯。」她道。

施長淮的眼睛一下子就亮了，若是有尾巴，此時大概已經歡快地搖動起來了，「娘子果然最是善解人意了！」

陶氏啐了他一口，當著孩子們的面胡說八道什麼呢，真是個老不羞。心裡卻是美滋滋的。

這番膩人的景象，兄妹幾個雖覺得有些沒眼看，但看著看著也都習慣了。

陶氏給他們父子幾個每人倒了一杯，無視了施伐柯期待的眼神。

「娘，我……」施伐柯見陶氏已經收起酒壺，完全沒有要讓她也滿上一杯的意思，小小聲提醒。

陶氏瞥了她一眼。施伐柯頓覺有刀鋒刮過她的臉皮，生生一個激靈，雖然饞酒，也不敢再開口了。也是，畢竟宿醉帶來的後遺症還未完全消退，此時腦袋還在嗡嗡地脹著，竟然還敢饞酒，著實有點作死了。

「娘子……」施長淮看著自家寶貝閨女眼巴巴的樣子，有點心疼，意欲求情。

「嗯？」陶氏挑眉看向他。

施長淮猛地噎住，只得投給寶貝閨女一個愛莫能助的眼神，然後美滋滋地去品酒了。當真是小口小口地品著，因為他也就得了一小杯，根本捨不得大口喝完。

施伐柯蔫了吧唧地吃完飯，便十分自覺地躲回房間貓著了。

歇了個午覺起來，昨日醉酒帶來的後遺症終於消失得一乾二淨，端的是神清氣爽。

腦袋清明了，便又想起了賀可甜堪稱詭異的舉止，只是雖不知她在打著什麼歪主意，但不管怎麼樣她那些話的確是解了她的燃眉之急，畢竟孤男寡女一起去酒樓喝酒，和做為媒婆去酒樓洽談業務，本質上是完全不同的兩件事。

……雖然結果都是她喝醉了回來。

若是沒有賀可甜那番話，只怕今日的午膳不會善了，她會被娘和幾個哥哥念叨死吧……這麼一想，竟是生生打了個激靈，對賀可甜詭異地生出了幾分感激之情來。

不過，賀可鹹居然當時也在？她竟然一點印象都沒有，看來果然醉得不輕啊……正糾結著，忽然聽到窗子「呀」地一聲響，施伐柯側頭一看，便見窗子被推開，探進來一個腦袋。

看到那張陰魂不散的娃娃臉，施伐柯抽了抽嘴角，有門不走，竟然翻窗，這是什麼毛病啊！

「醒啦？」施三哥被逮了個正著也不慌，沖她咧嘴一笑，身手俐落地從窗子跳了進來。

「你翻窗做什麼……」

「找妳聊天啊，三哥出門遊學這麼久，妳都沒掛念我嗎？」施三哥大喇喇拖了張椅子來，在施伐柯面前坐下，雙手環胸，好整以暇地道。

不……我問的是你翻窗做什麼啊！但施伐柯沒有執著於這個問題，因為她知道三哥插科打混的本事有多厲害，很容易不自覺就被牽著鼻子走了，所以乾脆放棄了掙扎，從善如流地問，「聊什麼？」

「聊聊賀家妹妹的事啊。」施三哥怪模怪樣地沖她擠了擠眼睛。

……賀可甜？施伐柯謹慎地看了他一眼，雖然之前鬧了些不愉快，但賀可甜是她的好朋友，於情於理她都覺得不好在背後談論她……且還是在一個男人面前。

雖然三哥是她的兄長，但對於賀可甜來說，也是需要避嫌的男人吧。

「聽說我出門遊學這段時日發生了不少事啊。」施三哥靠在椅背上，一副興致勃勃的樣子，「賀家妹妹拋繡球招親了？」

「……」對於這個話題，施伐柯完全不想接話。

「昨日盛興酒樓裡另一個男人就是得了賀家繡球的那個陸秀才？」沒有得到回應，也完全沒有影響施三哥聊天的興致，施三哥又道。

「你怎麼知道？」施伐柯憋不住了，下意識問，隨即察覺不對，「我昨日到底怎麼回來的？」

「咦，我沒有說過嗎？是我親手拖回來的啊。」施三哥嘿嘿一笑，在「拖」字上加重了音，「可沉可沉了，不過誰讓我是妳三哥呢，大恩不言謝。」

……還真是謝謝了！施伐柯磨牙。

「誒不對啊，你昨日剛歸家，怎麼知道我在盛興酒樓，還特意趕來接我回家？」施伐柯忽然覺得有些不大對，疑惑地問。

施三哥摸了摸鼻子，「不要在意那些細節。」嗯？施伐柯瞪大眼睛。

「我們繼續說重點啊，那陸秀才先前是找了妳來托媒嗎？」

「……」這一刀紮得有點狠，施伐柯一想起這事兒就糟心。

從來沒有哪次做媒這麼失敗過！而且陸公子滯銷至今，自己吹下的牛，哪怕是流著眼淚也要實現啊！

「賀家翻臉否認了拋繡球招親一事，拒絕了陸秀才的提親？」即便施伐柯不開口，施三哥也自顧自地連珠炮一樣說得很熱鬧。

施伐柯抽了抽嘴角……還聊什麼，這起因、發展、結果不是全都知道了嘛。八成是二哥告訴他的，她該說什麼呢？她的哥哥們還真是一如既往的八卦呢。

「聽聞賀家妹妹拒絕了陸秀才的提親之後，妳們鬧了些不愉快啊。」見施伐柯沉默著，完全一副不合作的樣子，施三哥也不惱，只笑嘻嘻地支著下巴，沖她眨了眨眼睛，拖長了聲

音，道：「妳便不好奇她今日的態度為何如此奇怪嗎？」

施伐柯當然好奇，但是……

「我猜啊，賀家妹妹定然是被陸秀才的容貌所迷惑，想反悔了，這才討好於妳。」不待施伐柯開口，施三哥忽然又神秘兮兮地道。

什麼？施伐柯一下子瞪大了眼睛。還真是語不驚人死不休呢。

「不可能。」施伐柯斷然搖頭，賀可甜向來極有主意，心氣又高，她瞧不上陸公子來歷不明，身無長物，不管她怎麼解釋都沒有用，如今怎麼可能那麼輕易就動搖了。

倒是三哥……施伐柯有些懷疑地看了他一眼，忽然驚覺，他是不是對賀可甜的事情熱情過頭了？

施三哥不知為何被她看得有些發毛，抖了抖身上的雞皮疙瘩，一臉狐疑地問：「妳為何這樣看著我？」施伐柯十分意味深長地道：「可甜心氣太高了，若非門當戶對，於她而言便不算是良配。」她雖與賀可甜是朋友，但施家與賀家卻著實不算是門當戶對的，都說抬頭嫁女，低頭娶媳，照目前這個架勢，賀家甚至說不準會讓賀可甜嫁去京城。

因此，她點了點三哥。

卻沒有說破，畢竟這種事一旦說破，總覺得會讓人有點下不來台呢，何況她的三哥向來驕傲。

施三哥有些費解地眨了眨眼睛，是他領悟錯什麼東西了嗎……為何突然覺得後背有些涼颼颼的？但施三哥向來是個萬事不上心的性子，很快便把那種詭異的感覺拋到了腦後，只定定地瞧了施伐柯半晌，把她盯得也發了毛，這才似笑非笑地道：「我還有一事不解，願妹妹為我解惑。」

「嗯？」

「既然妳說賀家妹妹沒有對陸秀才的容貌有什麼非分之想，也沒有後悔當日拒親之事，那麼……昨日妳為何要去盛興酒樓？」

施伐柯一下子卡殼了，感覺自己入了套。是啊！如果不是為了賀可甜的婚事，如果不是因為她後悔了想回心轉意，那麼賀可甜替她辯解的那個理由就完全站不住腳啊！畢竟是早就已經拒絕了的親事，根本沒有必要再去酒樓面談啊。

對上三哥饒有興致的眼睛，施伐柯忽爾咧嘴一笑，甜甜地叫了一聲，「三哥。」

施三哥抖了抖身上的雞皮疙瘩，懶散的表情倏地警惕了起來，「嗯？」

「你這次出門遊學，倒是收穫頗豐啊。」施伐柯意有所指。

「啊？」施三哥一時間沒有反應過來，傻乎乎的「啊」了一聲。

「看你剛剛有大門不走，非要翻窗進來的那個俐落勁兒，感覺平日裡沒少爬窗戶呢……你說，我要不要和娘去探討一下此事？」施伐柯呵呵一笑，又道：「又或者，我們討論一下為何你一回銅鑼鎮便出現在盛興酒樓？」

施伐柯才不信他是特意來接她回家的鬼話呢！分明是去酒樓喝酒剛好碰到了吧。

施三哥不敢置信地瞪大眼睛，「阿柯妳變了！」竟然學會威脅他了！

「都是三哥教得好。」施伐柯十分謙虛地道。

……算你狠。施三哥和施伐柯對視一眼，瞬間以眼神達成和解，一個不許再談醉酒之事，另一個也不能去找娘親告黑狀。

心照不宣的兄妹兩人各懷鬼胎，總算暫時相安無事。

從施家離開的這天夜裡，陸池做了一個有些不可言說的夢，導致第二日在學堂裡頻頻走神。這日散學後，他沒有急著離開。學生離開後，他隨手拿了本書看，只是視線雖然落在書上，思緒卻早已經放飛了。

他又想起了那只白皙細膩、柔若無骨的手，以及腕上那只水汪汪的鐲子。

甚至……是那只纖細柔軟的手留在他臉上的撫觸感，他一時有些分不清是夢是幻，是那日醉酒之後她留下的真實觸感，還是昨夜那個不可言說的夢境留下的幻想。而後，那只柔荑般的小手一路不太安分地下滑，輕輕撫過他的喉嚨……

那日酒樓裡，便就此打住。

可是昨夜那個不可言說的夢裡，卻將一切繼續了下去。

陸池感覺鼻頭微熱，趕緊打住有些不受控制的遐思，暗暗唾棄自己真是太無恥了！道貌岸然！衣冠禽獸！

正在他狠狠唾棄自己的時候，一個白胖白胖的小臉倏地湊近了來。

「先生，你在想什麼？」小胖子眨巴著一雙黑亮黑亮的眼睛，好奇地看著他。

陸池一下子回過神，按下心底的燥熱，看向那張不懷好意的小胖臉，蹙眉道：「散學了還不走，可是為師佈置的作業不夠多？」

「……先生你這便沒意思了啊，學生也是關心你。」小胖子不滿地撇嘴道。

陸池涼涼地看著他。

小胖子嘿嘿一笑，賊兮兮地指了指他手裡拿著的書卷，「先生，你可是有什麼心事？」陸池垂眸一看，手上的書竟是倒著拿的，他也不多此一舉地掩飾什麼，乾脆放下了手裡的書。

陸池其實沒什麼表情，但小胖子就腦補了他此時定然是有些窘迫的，小肉臉上的笑容越發的深了，「先生，我瞧你今日頻頻走神，可是在為終身大事煩惱？」

陸池笑了，「我瞧你前些日子抄寫的效果挺好，不如把《春秋》和《左傳》也抄一抄？」

小胖子的臉一下子僵住了，那得多少字啊！先生真是太狠了！小胖子哆嗦了一下，趕緊道：「先生，我家中還有個四姐姐，知書達理、美貌溫柔……」

「所以？」

「先生不信？若是不信我可以帶你回家去瞧瞧。」小胖子拍著胸脯道。

「……不是，令姐知書達理、美貌溫柔於我何干？」陸池一臉匪夷所思地道。還瞧瞧？這熊孩子……八成要被家裡人打斷腿的。

「先生，學生只是想說，天涯何處無芳草啊！」小胖子一臉的語重心長，「雖然你被賀家

拒了親，又被周家、李家回絕了親事，啊對還有……還有朱家，但是不要放棄希望啊，我還有個四姐姐你考慮一下啊？」

「……」陸池抽了抽嘴角。他莫不是在臉上寫了「很想成親」四個大字？不然怎麼一個一個的都迫不及待地給他介紹物件？還有這賀家、周家、李家、朱家……這熊孩子竟一個個如數家珍，是皮癢了嗎？

「你彷彿知道得很多？」陸池皮笑肉不笑地看著不知死活的小胖子，道。

「咦？」小胖子後知後覺地察覺到了危險，這句臺詞好耳熟，話本裡，反派每次殺人滅口之前都會說呢……

「好啊。」就在小胖子被強烈的求生欲嚇得快要拔腿逃跑的時候，便聽到他的先生如是說。

「咦咦？」小胖子瞪大眼睛。

「不是邀請我去你家中嗎？」陸池挑眉。

「……是、是啊。」不知為何，小胖子有了些不太美妙的預感。

「我同意了。」陸池微微一笑，「不如就明日吧，高興嗎？」

「高興……吧？」小胖子有些不太確定地道。心裡那股子毛毛的感覺是怎麼回事？小胖子狐疑地看了自家先生一眼。

「還有事？」對上小胖子狐疑的眼神，陸池問。

「沒……沒了……」小胖子一個激靈，趕緊跑了。

陸池看著小胖子那雙倒騰得飛快的小短腿，嘴角抽了抽，視線挪回了放在自己面前那本被他倒著拿了許久的書冊上，卻是無意中正翻到晏幾道的一首詞《長相思》。

長相思，長相思。

若問相思甚了期，除非相見時。

長相思，長相思。

欲把相思說似誰，淺情人不知。

陸池怔怔看了許久，才恍然驚覺……這就是魂牽夢縈的感覺啊。

陸池一直覺得自己是個十分理智的人，凡事都會站在相對客觀的立場進行考量，仔細權衡利弊，很少會感情用事……即便是喜歡，也甚是克制。

說難聽了，叫薄情。

嗯，「薄情」這個評語是他老爹給的。他老爹向來看不上他，說他雖然看起來孝敬父母、友愛兄弟，甚至品性溫和，但實際上是個極為自負的人，目下無塵，萬事不入眼，不過心。

陸池緩緩撫了撫自己的心口，感覺酸酸的、脹脹的，有點難受，又有點飽足感。於是他決定順從自己的心意，去施家瞧瞧那個讓他生平第一次牽腸掛肚、魂牽夢縈的姑娘。

畢竟晏幾道也是這般寫的，若問相思甚了期，除非相見時。

嗯，陸池心安理得。

他說走就走，在路過一家糖餅店時，有新出爐的糖酥餅看起來甚是香甜，陸池想阿柯定然愛吃，便買了一包，拎著去了施家。

一路興沖沖地趕到施家，待到了施家大門口，他卻又略有些躊躇了起來，心想著阿柯的三位兄長和爹……可都不是好惹的，也不知氣消了沒？不會當真把他當登徒子打一頓吧？

複又想起昨晚那個有些不可言說的夢，又覺得若是被打了……彷彿也是應該？因為太過糾結，以至於他完全沒有注意到賀家的馬車就停在大門外不遠處。

正在陸池萬分躊躇之時，門忽然開了。

一個娃娃臉男人站在門口，看到陸池先是一愣，隨即臉上露出了熱情的笑容，「哎呀，陸公子，你怎麼不敲門呢，快請進。」

施三哥？怎麼如此熱情？這和事先想好的不一樣啊……陸池不知為何心裡略有些發毛。但不管怎麼樣，非但沒有將他打一頓，還讓他進了門……總是好事吧？

「施公子，叨擾了。」於是陸池彬彬有禮地拱了拱手，跟著他走了進去，結果剛走進大門，便聽到身後關門的聲音，他扭頭一看，便見施三哥已經關上大門，插上了門閂，那動作行雲流水般俐落，彷彿怕他跑了似的。

……唔，應該是錯覺吧？總不會是誘敵深入，關門放狗吧？這樣的疑慮一閃而過，然後便拋到了一邊，因為他看到了正坐在院子裡下棋的阿柯，她穿著一襲茜色的春衫，一手捏著棋子，一手支著下巴，正蹙著眉頭冥思苦想，一副陷入苦戰的模樣，並沒有發現他的到來。

唔，真是十分可愛。陸池正盯著施伐柯以慰相思之苦，那廂施三哥關好門笑盈盈地走了過來，「陸公子是來見賀家妹妹的嗎？」

誰？賀家妹妹？陸池一時腦袋裡還沒有轉過彎來，直到施三哥揚起嗓子喊了一聲，「賀家妹妹，陸公子來看妳了！」

陸池這才注意到那個正和阿柯下棋的姑娘，她穿著一襲丁香色的對襟齊胸襦裙，聽到施三哥的喊聲，那姑娘飛快地回過頭，只見她鬢似烏雲，膚若凝脂，硬生生讓那張本不十分出眾的臉龐顯得光彩照人了起來，看得出是精心打扮過了。

待陸池看清了那張臉，心下便是一個咯噔，然後暗暗叫苦不迭……竟是賀可甜！

想起施三哥剛剛喊的那一嗓子，他下意識看了過去，便見施三哥對他燦然一笑，這一刻，他陡然明白了施三哥剛剛關上大門的深意。

簡直惡意滿滿！

賀可甜卻是十分驚喜的，她雖然邀了施伐柯去賀家玩，但等到中午仍不見她來，到底忍不住帶著說好的水玉棋子作藉口，自己來施家了。

可是很快賀可甜就後悔了，她知道施伐柯是個臭棋簍子，但不知道竟能臭成這樣，陪她下棋簡直是莫大的痛苦，她苦苦煎熬著，試圖將話題往陸秀才身上引，可總是她剛起了個頭，便被施伐柯打斷，還一本正經地告誡她，下棋要專心。

專心？賀可甜簡直氣得想掀了這局漏洞百出、亂七八糟的棋，她閉著眼睛都能贏好嗎！要不是為了哄她高興，她至於這麼痛苦地維持著這亂七八糟的棋局嗎？

……可是，所有的痛苦在看到陸秀才出現的那一刻，全都煙消雲散，她也曾想過會不會在施家再見到陸秀才，可到底是不敢抱希望的，饒是如此，她仍是精心打扮了一番，萬一能遇見呢？她之前留給他的印象實在太糟糕了，她想抓住一切可能的機會來挽回自己在他心目中的形象。

而現在，陸秀才真的出現在她面前了。

這不是心有靈犀是什麼？賀可甜情不自禁地站起身，只覺得天空格外高遠，連施家小院的空氣都變得分外清新起來，她面頰微微泛紅，嬌嬌軟軟地喚了一聲，「陸公子。」

「哎呀，可甜妳快坐下，這正下棋呢，妳尊重一下對手啊！」施伐柯一邊苦大仇深地盯著棋盤，一邊嘟囔。

賀可甜嘴角抽搐了一下，勉強維持住了臉上的笑容，軟軟地抱怨道，「陸公子，你看阿柯這個臭棋簍子，棋癮倒是不小。」話語中，滿是女兒家的嬌氣。

陸池聞言，看了一眼正苦大仇深地盯著棋盤頭也不抬的施伐柯，竟是下得這般認真，連他就站在她面前都沒有發現？這麼一想，不禁有些酸溜溜的，酸過了，又有些護起短來，只覺得這位賀小姐話中之意透著一股高高在上，瞧不起阿柯棋藝的味道。

這位賀小姐瞧不上陸池，陸池是無所謂的，可是瞧不上阿柯，他就不能忍了。心下一動，他走上前，站到施伐柯身後，看了一眼那難住阿柯的棋局。

這一看，陸池便僵住了，咳，即便是他心悅阿柯，他也不能昧著良心說賀小姐瞧不起阿柯的棋藝了，因為就這局棋來看……阿柯她根本沒有棋藝啊！

理智告訴他，這局漏洞百出的棋，也是難為賀小姐能夠陪著下了這許久了……但是他現在毫無理智可言啊！於是他輕輕拍了拍施伐柯的肩。

施伐柯抬頭一看，「咦？陸公子你怎麼來了？」

唔……果然沒有發現他來了啊。陸池好脾氣地笑了一下，「就在剛才，妳冥思苦想的時候。」

施伐柯略有些不好意思地摸摸鼻尖，「讓你見笑了，這棋局很難呢！」這一次，陸池難得和賀可甜思維同步了，均詭異地沉默了一下。

「嗯……不如我來幫妳下？」陸池建議。

施伐柯眼睛一亮，「可以嗎？你會下棋？」

陸池微笑著看向站在對面的賀可甜，「如果賀小姐不介意的話。」

賀可甜怎麼可能介意！活色生香的臨淵先生就站在她面前，還要和她下棋！她只覺得自己一顆心撲通撲通跳得飛快，跟懷裡揣了個兔了似的，歡喜極了。

因為太過激動，一時竟沒有回答。

「賀小姐？」見賀可甜站在原地眼睛發直，陸池疑惑地又喚了她一聲。賀可甜一下子回過神來，勉力維持住端莊的表情，頷首道：「當然不介意，陸公子請。」雖然袖中的手因為激動在微微顫抖，但她掩飾得極好，並沒有失態。

施伐柯趕緊起身讓開了位置，讓外援入場。

陸池撩起袍擺坐下，順手將手中包著糖酥餅的袋子遞給她。「你棋藝如何？」施伐柯拖了個小板凳過來，在他身旁坐下，一邊吃著糖酥餅，一邊好奇地問。

陸池執起一枚棋子，微微一笑，「尚可。」美貌的人總是佔便宜，就如此時陸池一笑，竟讓賀可甜的腦袋化作了一團漿糊，一時竟不知今夕何夕，不知自己身處何地，完全無法思考了，所以說美色誤人啊……

且，陸池說他棋藝尚可，著實是謙虛了。

謙虛到什麼地步呢？他接手了那盤亂七八糟、漏洞百出的殘局，不過須臾，便已經扭轉了局面，待賀可甜有所警醒的時候，早已經無力回天。

陸池端的是殺伐果斷，絲毫沒有憐香惜玉，很快便將賀可甜殺得毫無還手之力。這期間，施伐柯甚至沒有來得及吃完一個糖酥餅。

賀可甜怔怔地看著眼前已經慘敗的局面，一時有些不敢相信……這麼快？就結束了？

「陸公子，你好厲害！」施伐柯眼睛亮亮地看著陸池，眼睛裡全是崇拜的小星星。陸池嘴角微彎，心情十分愉悅。若是讓飛瓊寨的人知道他竟然欺負一個小姑娘，並為此感到愉悅，八成會全體一起鄙視他。

但這並不能影響陸池此時的好心情，他享受著施伐柯崇拜的目光。那雙亮晶晶的杏仁眼裡彷彿藏著許多小星星，漂亮又神氣。

正沐浴在施伐柯崇拜的目光裡，徹底放飛了自我的陸池沒有發現，坐在對面那位被他在棋盤上毫不留情地狠狠虐了一番的賀小姐，眼睛裡也全是崇拜的小星星。

果然不愧是臨淵先生呢，不僅畫技超群，連棋藝都這般高超！

站在院子裡的施三哥雙手環胸，看了看陸池，又看了看賀可甜，末了，再覷了一眼自家那個傻乎乎什麼都不懂的妹妹，露出了一個意味深長的笑容來。唔，他似乎發現了什麼了不得的事情呢。

大概是施三哥的眼神太過詭異，正美滋滋的陸池猛地打了個寒顫，他看了一眼明顯有些不懷好意的施三哥，終於注意了賀可甜的異樣之處，她一直默默望著他，欲言又止似的，當下心下一凛，撇開了視線，心裡暗暗叫糟，他彷彿有些得意忘形了，賀小姐可千萬不要又鬧什麼么蛾子啊……

便聽那廂，賀小姐道：「陸公子，不如我們再來一局？」陸池簡直騎虎難下。先前那一局是為了給阿柯救場，眼下他著實是不想繼續同這位賀小姐下棋了……萬一賀小姐突然翻臉，眼下這種種豈不是他居心叵測的明證？

且，天可憐見，他現在只對阿柯有居心啊。

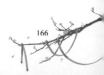

在施三哥的插科打諢、添油加醋之下，陸池好不容易才脫了身，從施家大門走出來的時候，簡直有一種劫後餘生的感覺。

「陸公子。」正在陸池緩緩吐出一口氣的時候，身後突然傳來了賀可甜的聲音，陸池當時便是後脊樑一緊，他緩緩轉過身，眼觀鼻鼻觀心，拱手道了一聲：「賀小姐。」

「先前多有冒犯，還望陸公子不要介意。」賀可甜看著他，輕聲道。

可惜陸池十分守禮，一直垂眸望著自己的腳尖，彷彿能看出一朵花兒來似的，就是不看她，不與她對視。

「原是在下初到此地，太過不知天高地厚，賀小姐海涵。」陸池十分謹慎地道。賀可甜有些氣餒，她急於與他交好，卻總是不得其法。

「那在下這便告辭了。」陸池說著，拱了拱手，轉身離開。如果不是腳步略有些急促，看起來倒也沒什麼奇怪之處，甚至那背影仍是風度翩翩的，一點也不像是落荒而逃呢。

賀可甜望著臨淵先生幾乎是有些迫不及待離開的背影，有些懊惱地咬住唇，隨即輕輕跺了跺腳，轉身上了自家的馬車。

陸池疾步走了一陣，身後突然駛過一輛有些眼熟的馬車，定睛一看，可不就是剛剛停在施家門口那一輛嘛！

馬車很快駛遠。陸池總算是鬆了一口氣，放慢了腳步。

第二日休沐，陸池去了一趟朱家。

沒錯，就是之前曾和他說過親的那個銅鑼鎮大戶朱家。他當然不是為了朱大小姐來的，他是為了他的學生朱禮而來。那小胖子大名叫朱禮，是銅鑼鎮朱家二房的嫡子，之前和他說過親的那位朱小姐是朱家大房的姑娘。

朱家二房的情況略有些複雜，朱禮出生之時，生母便因為難產而亡，現在二房的夫人是後進的填房，且是朱禮的姨母。又是繼母又是姨母的這位朱二夫人對朱禮向來有求必應，十分的寵溺，硬生生將朱禮養成一個不通文墨又囂張跋扈的小霸王。而頗為耐人尋味的是，那位朱二夫人過門之後，誕有一子，卻是個性格端方的書呆子，如今在朱家的族學之中上學，小小年紀便已經考中了秀才，前程可期。

這番情況，陸池登門前已經打探清楚了。

今日休沐，小胖子朱禮難得沒有出去玩耍，他一早便跟母親說了先生要登門拜訪之事，還說要將四姐姐說給先生當媳婦。

小胖子口中的四姐姐是二房的庶女朱寧芝，這位朱四小姐長得十分漂亮，也頗有才氣，這般出挑的庶女，旁人家的主母也許會看作眼中釘肉中刺，但朱二夫人向來賢慧，十分寬和，對繼子庶女都一視同仁。

「母親妳不知曉，那先生壞得很，待他成了我的姐夫，想來就不會在學堂裡為難我了。」小胖子笑嘻嘻地異想天開道。

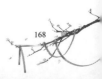

聽聞繼子要將自家庶姐許配給學堂裡的先生這種荒唐事，朱二夫人也不曾責備，只笑著嗔了一句，「頑皮。」而後竟真的吩咐人喚了四小姐過來。

朱四小姐雖是庶女，但很得父親的寵愛，平日裡朱二夫人也不大管她，因此養出了一身嬌縱脾氣，聽說自己那個不靠譜的便宜弟弟竟然妄想將她許配給自己的先生，簡直氣壞了。雖如此，到底不敢真的違抗母親，她雖然嬌縱，但也知曉那個表面慈和的母親並不是個大度的，因此氣鼓鼓地來了。

約摸巳時兩刻的時候，陸池登門來訪。

聽到門房來稟，小胖子樂壞了，他差點以為先生是敷衍他的，如今總算是放了心。

「為人師表者，品德如此敗壞，簡直是誤人子弟。」朱四小姐看了一眼笑得見牙不見眼的弟弟，冷冷地道。

朱禮瞥了她一眼，嘿嘿一笑，「待妳見了我先生的模樣，便不會這樣說了。」竟是十分自信的樣子，把朱四小姐氣了個仰倒。

然而她很快便知道這個便宜弟弟為何如此自信了，看到那個男子款款而來的時候，朱四小姐彷彿聽到了春暖花開的聲音。分明只是穿了極普通的沙青色長衫，卻那樣豐神俊朗，如春日柳，如秋時月，容色竟是她生平僅見的美貌，朱四小姐怔怔地看著，一時竟捨不得挪開眼去。

「先生！」小胖子的聲音歡快地響起，打破了朱四小姐的幻想。朱四小姐面頰微微泛起一層緋色，原來朱禮的先生……竟是這樣一個人啊，若是他的話，也並無不可……

「先生快請坐。」朱二夫人笑盈盈地道。

陸池拱了拱手，「您是？」

「這是我母親。」不待朱二夫人回答，朱禮便搶著說了，隨即拉了陸池的手，指了指坐在一旁微紅著臉的朱四小姐，得意洋洋地道：「這是我四姐朱甯芝，漂亮吧？」朱四小姐的臉愈發的紅了，心中卻又暗自生惱，這混世魔王……當著她的面如此輕佻，豈不讓這位先生看輕了她。

陸池沒有去看朱四小姐，而是神色漠然地看向了得意洋洋的小胖子。

小胖子後知後覺地打了個寒噤，「怎、怎麼了……先生？」

「長輩說話時隨意插言搶話，是誰教你的規矩？」陸池面無表情地看著他，道。

小胖子一呆，「不……不能這樣嗎？」從來沒有人教過他啊。一旁，朱二夫人雖面帶微笑，袖中保養得極好的纖纖玉指卻是緊緊攥住了。

「擅自告知外男家中姐妹閨名，又是誰教你的規矩？」陸池又道。小胖子有些不安地看了一眼母親，卻發現母親並沒有如往常那般面帶慈和的微笑，而是微微沉了臉，不由得更加無措了。

「先生言重了，我家禮兒向來天真純善，他也是一片好意。」朱二夫人扯了扯嘴角，「他同我說先生幾番說親都未能成事，這才想著將家中姐妹介紹於你，也算成就一番好事。」

陸池肅容看向朱二夫人，「朱禮天真純善不假，可夫人怎會同意如此荒唐之事？」

朱二夫人臉上終於連虛假的笑意都沒了，她面有薄怒之色，「荒唐？既然荒唐，先生今日又為何登門？」在朱二夫人看來，這位先生不過是虛有其表，若是一早不同意此事，他今日又何必登門，如今不過是既想攀上朱家這門好親，又不想落人口實，這才先發制人，擺出一副道貌岸然的嘴臉罷了。

「在下登門與此事何干？」陸池擺出詫異的神色。

「莫非你不是為了親事而來？」朱二夫人面有諷色。

「夫人您怎會有如此奇怪的想法？」陸池驚訝道，「在下今日登門，乃是有事求見朱老太爺。」

朱二夫人一鯁。

小胖子朱禮眨巴了一下眼睛，為了不落先生的面子，勉強掩飾住了臉上的意外之色，先生竟然是來見他爺爺的？為何竟從未對他講過？朱禮面上的異色卻是沒有逃過朱二夫人的眼神，她心中越發篤定這個道貌岸然、虛有其表的先生不過是裝腔作勢罷了，因此冷笑一聲，「來人，帶這位先生去見老太爺。」

「可是夫人，老太爺修身養性，輕易不肯見外人的呀……」一旁，有侍女怯怯地道。

「無妨，便說是禮兒的先生登門求見。」朱二夫人淡淡地道，她倒是要看看這位先生見了老太爺能說些什麼。

那侍女便低頭領命而去。一旁坐著的朱四小姐再也坐不住了，既羞且惱，亦掩面疾步而去。陸池和朱二夫人仍是面色如常，彷彿沒有看到這一幕似的，一時氣氛略有些詭異起來。

「先生不如坐下等？」朱二夫人臉上又有了笑容。老太爺雖然如今已經致仕，但身上官威還在，也並不是個平易近人的性子，平時家中晚輩也不敢在他面前討好賣乖，即便是朱禮這個小霸王，也不敢在他面前放肆，她等著看這不知天高地厚的先生被打出去。

陸池似乎一點都不慌，老神在在地謝過，還當真坐下了。

過了一陣，那侍女回來稟報，說朱老太爺在書房等著，要先生去見他。陸池便施施然起身，謝過朱二夫人，面色平靜地跟著侍女去了書房。

朱二夫人擰了擰眉，不知為何心下有些不安，又派了人去老太爺的書房外候著。

陸池在朱老太爺的書房裡待了約有一柱香時間便走了，誰也不知道他和朱老太爺說了什麼，竟然有人聽到書房裡傳出了老太爺爽朗的笑聲……陸池臨走時，老太爺竟然還留了飯。

酒足飯飽地走出朱老太爺的院子，陸池面色甚是和煦。在院子外頭，他看到了急得團團轉的小胖子。

小胖子見先生走了出來，趕緊上前，「先生你沒事吧？我爺爺可凶了，他沒打罵你吧？」

……倒真的是個天真純善的性子，便讓為師來教你認清這人世間的險惡吧。陸池很是感慨了一番，伸手摸了摸他的腦袋。

這動作太過溫柔，導致小胖子一時有些恍惚，先生今日看起來彷彿分外的溫柔呢，是發生什麼事了嗎？

……這樣溫柔的先生莫名令人有些毛骨悚然呢。

「沒什麼事，你爺爺叫你進去呢，為師先回去了。」陸池收回手，若無其事地道。

「啊？」小胖子傻眼，一臉緊張地道：「爺爺找我？可曾說是什麼事？」

「你進去不就知道了。」陸池不負責任地說完，揮揮手走了。

小胖子只得站在原地，眼睜睜看著先生揮揮手走了，然後端著一張難得嚴肅的小胖臉進了老太爺的書房，因為爺爺向來不喜歡他嘻皮笑臉的樣子。

不遠處的涼亭裡，朱家大夫人看到了這一幕，「那人……便是陸池？」

「是。」一旁，侍女低聲回答。

「倒果真是有一副好相貌。」朱夫人眉頭輕蹙，一個男人容貌過盛可不是什麼好事。因為向來膽小又聽話的女兒突然執拗起來，非陸池不嫁，朱夫人自是查探了一番，也知道陸池在鎮上一家學堂裡當先生，剛巧二房的朱禮在那家學堂上學。

自那日她反悔跟施家那個當媒婆的小姑娘拒了親之後，朱顏顏便日漸消瘦，近日竟是虛弱到連床都下不得了，看得她著實焦心。今日聽到有下人嚼舌說朱禮要將他四姐說給他先生，又聽到那位先生已經登門相看，朱大夫人自是急了，便親自來了。

「當真是來相看四姑娘的？」朱夫人又問。

「以訛傳訛罷了，奴婢打聽清楚了，這位陸先生是有事來求見老太爺的。」那侍女說著，又湊上前，附在朱夫人耳邊說了當時客廳裡的情況。

朱夫人聽罷，嗤笑一聲，「那位二夫人可真是越來越……」真是越來越什麼，她卻並沒有說，只是這話中之意，已是十分的鄙薄了。朱大夫人向來瞧不上朱二夫人，不過是個自作聰明的蠢材罷了，只是此時她卻並沒有心情去管那糊塗的二夫人，她已經自顧不暇了。

「顏顏今日可好些了？」

「小姐今日只喝了一些清粥，還都吐了出來，這麼熬著實在傷身……」貼身的侍女彩雲有些欲言又止。

「兒女都是債啊。」朱夫人長長地歎了一口氣，「罷了，豁出我這張老臉，再給施家那小姑娘下個帖子吧。」

「夫人風華正茂呢。」見夫人鬆口，那侍女的表情也歡喜起來，隨即又輕聲感歎了一句，「小姐可算是有盼頭了。」

朱夫人搖搖頭，轉身走了。

這廂，小胖子硬著頭皮踏進書房，便看到了坐在書案後頭的朱老爺子，朱老爺子十分注重保養，因此雖然已近古稀之年，但身體依然十分健朗，只那張刻板嚴肅的臉上滿是溝壑，著實不是個平易近人的性子。

「爺爺。」平時在外頭張牙舞爪的小胖子老老實實地叫人。

朱老爺子靠在椅背上，眯著眼睛打量眼前這個其貌不揚的胖小子，這是他的孫子朱禮，素日被老二媳婦寵得不知天高地厚，養成了一副驕縱蠻橫的性子，十分不討人喜歡。當日，入族學第一天便鬧得雞飛狗跳，還出手打了先生，被勒令退學，後來不得已才進了鎮上的學堂。作為朱家嫡系子孫竟然不能入朱家族學，簡直是恥辱。

曾經官至三品的朱老爺子人老成精，即便一時不察，時間久了又哪裡能看不出來二房媳婦那點捧殺的拙劣手段，只不過等他發現的時候已經遲了，且他一個公公也不好直接出面訓斥兒媳婦，但凡提起，朱二夫人總是抹著眼淚說繼母難當，待他太好說是捧殺，待他不夠好又說是苛待。

他也曾對二兒提起，但老二卻是不以為然，只說那不成器的兒子是個天生的禍胎，久而久之，朱老爺子便對這孫子有點心灰意冷了。直至今日鎮上學堂裡的先生上門，竟說這個看起來不成器的孫子是個過目不忘的天才……

小胖子不知道老爺子在想什麼，正被他若有所思的目光盯得瑟瑟發抖，便見老爺子推了一本書過來，看書面寫的是《抱樸子》。

「看過嗎？」朱老爺子問。小胖子戰戰兢兢地搖頭，只以為爺爺又要訓斥他不學無術了。

「看看。」朱老爺子用手點了點那書，道。

小胖子不明所以，但仍然不敢違抗，乖乖上前拿起書本，翻了起來。書房裡十分安靜，小胖子雖然心中惴惴，但仍然努力將書頁上對他來說有些晦澀的內容努力讀了下去。

剛翻過兩頁，便聽朱老爺子敲了敲書案，「好了，放下吧。」小胖子如蒙大赦，趕緊放下了書。速度之快，看得朱老爺子直皺眉，這是有多不願意看書……

見老爺子皺眉，小胖子心下又有些惴惴了起來。

「把剛才看的內容講給我聽。」朱老爺子道。小胖子一愣，越發的不明所以了，但這卻是難不住他的，因此俐落地背了出來，「抱樸子曰：有懷冰先生者，薄周流之棲遑，悲吐握之良苦。讓膏壤於陸海，愛躬耕乎斥鹵，秘六奇以括囊……」

朱老爺子一開始還有些漫不經心地靠在椅背上，聽著聽著眼神越來越亮，他不自覺坐直了身子，看著那個站在他面前一板一眼地背誦的胖小子，心情驟然激動起來。連那張因為過於肥胖而顯得有些其貌不揚的臉似乎也變得清秀了起來。

「……萬物不能攪其和，四海不足汨其神。」小胖子還在背。朱老爺子平復了一下激動的心情，打斷他，「你以前可曾看過這本書？」小胖子一臉茫然地搖頭。

朱老子瞇著眼睛看了他半晌，起身從書架上拿了一本《天工開物》，隨意翻了一頁遞給他，「看。」

小胖子吸了一口氣，有些憋屈地又低頭去看。看了兩頁，老爺子抽走了他手上的書，「背。」小胖子這次有經驗了，眨巴了一下眼睛，一板一眼地將剛剛看到的內容背了出來，「凡菽種類之多，與稻、黍相等，播種收穫之期，四季相承。果腹之功在人日用，蓋與飲食相終始……凡大豆視土地肥磽、耨草勤怠、雨露足慳，分收入多少……」背誦得十分流利，完全沒有磕巴。

朱老爺子知道這個孫子讓老二媳婦教成了一個不學無術的紈絝，平日最怕看書，即便曾看過《抱樸子》，也不可能去看《天工開物》這樣講手工和農業的書籍。

雖然心中有數了，但朱老爺子難得犯了小孩子脾氣，猶如發現了一個新奇有趣的玩具一般，又找了好些書，幾乎每本都讓朱禮一一試了過去，越試他越心喜。

那位陸先生所言非虛，他的孫子朱禮果真是個天才！他有過目不忘之能！這對於一個讀書人來說有多麼重要啊！知道自家這個看起來不成器的孫子竟然是個過目不忘的天才，朱老爺子簡直煥發了人生中的第二春。

他科舉出身，好不容易爬到三品官位就到了致仕的年紀，對此不是不失落的，偏子孫中並無成大器者，曾經有多風光，如今就有多失落，如今得知朱禮竟然是個過目不忘的天才，朱老爺子焉能不激動，簡直如獲至寶，當即決定要親自教導這個孫子，不能讓他毀於二房那個蠢婦之手！

而另一邊，朱二夫人沒有等到那位道貌岸然的陸先生被老太爺打出朱家，反而還聽說與老太爺相談甚歡，老太爺甚至還破天荒留了飯，臉一下子青了。不知為何，她總感覺自己中計了。

不過這些，都與陸池無關了。

在小胖子陷在朱老太爺的書房裡水深火熱的時候，酒足飯飽的陸池已經施施然離開了朱家。

離開朱家之後，陸池看天色還早，又想起昨日去見阿柯，卻因為施三哥和賀家小姐的關係，都沒有能單獨和她說上話，便又去了施家。

結果走到施家大門口，便看到了一輛十分眼熟的馬車，陸池一時不由得十分鬱悶。

賀家小姐……今日這是又來了？糾結半晌，權衡了一番，陸池還是在被發現之前轉身離開了。

而此時施家的院子裡，賀可甜正陪施伐柯下棋，並不知道她心心念念的臨淵先生就在大門外，來了又去……

賀可甜陪施伐柯下了一整日的棋，直至日落才走。今日施伐柯沒了超強力的外援，輸得額頭直冒汗，但也過足了棋癮，要知道，往日她想找個人陪她下棋有多難！

「這麼晚了，不如留下用過晚膳再走吧，正好我們可以再下一盤。」施伐柯意猶未盡地道。

「不了，我明日再來吧。」賀可甜笑得有點勉強。她今日實在撐不下去了，再和她下下去她會折壽的！還是等明日再戰吧……明日睡醒精神滿滿又是一條好漢。

施伐柯見她執意要走，便也沒有強行挽留，目送賀可甜的馬車離開，還在暗自嘀咕呢，為什麼可甜看起來有點奇怪，彷彿十分失落的樣子。

賀可甜在失落什麼？當然是在失落沒能見到臨淵先生了！她一早便打聽過，今日學堂休沐，她原以為會再見到他的，結果一直等到日落，也沒見他來。

雖然她也知道日日見他不可能，可是昨日就見到了，還同他下了棋，今日不免心中生了奢望。她也曾假裝無意和施伐柯提起他，可是施伐柯根本不接話，滿心滿眼都在棋盤上。

也許找施伐柯下棋是個錯誤的決定……

雖這麼想，但次日，賀可甜又來了。

施伐柯雖也疑惑她近日來得勤快了些，但仍是十分高興，因為今日只有她一人在家，連三哥都出門會友去了，她卻還因為之前的醉酒事件被禁足在家……是的，當時雖然有賀可甜幫忙說項，但最終陶氏還是勒令她在家反省。

她無聊到逗狗勝玩，還差點被狗勝啄傷了手，正是百無聊賴的時候賀可甜來了，她當然高興。

賀可甜帶了些家中廚娘做的栗子糕來，她痛定思痛，今日沒有帶上那副水玉棋子，只推說那水玉棋子被賀可鹹討要回去了，因為她實在是不想再同施伐柯下棋了！

「那水玉棋子是我哥尋來的嘛，他寶貝得很，只肯借我玩兩天，便又要回去了。」賀可甜毫無心理負擔地讓賀可鹹背了一口黑鍋。

「這麼小器？」施伐柯有些驚訝，心裡還在嘀咕賀可鹹看起來可不是小器的人啊，而且他向來對賀可甜十分大方，連價值一千三百兩的畫都給可甜送了，如今竟捨不得一副棋子？這有點不合邏輯啊。

「是啊，小器得很。」賀可甜隨口附和道。只要能不陪她下棋，休說只是說她哥一句小器，便是再狠些也是可以的，反正她哥也不是頭一回幫她背鍋了，賀可甜簡直得心應手，料想她哥也應該已經得心應手了吧。

此時賀家，正在書房翻看帳本的賀可鹹突然鼻子一癢，打了個噴嚏，忍不住心生疑竇「……該不是那兩個臭丫頭又在說我的壞話吧。」賀可鹹十分懷疑地喃喃自語。

想起施伐柯那個蠢丫頭，賀可鹹便有些牙根癢癢，那日盛興酒樓之事她也絲毫沒有想著要給他一個交待，這些天也不曾再登他賀家的大門，竟彷彿就這般不了了之了……賀可鹹才不承認自己在家裡主動等她登門來解釋呢。

可是竟然沒有！哼！

他向來心眼小又記仇，怎麼可能能忍下這口氣，這些日子也憋著一股氣，不曾主動去施家尋她算帳，而是默默將一筆筆的帳記在了心裡的小本本上，只等來日收拾她。

可偏偏賀可甜最近也奇怪得很，施伐柯那蠢丫頭不來賀家玩，她卻破天荒地日日往施家跑，非但如此，竟然還要走了他那套水玉棋子，說是要陪施伐柯下棋！施伐柯那個臭棋簍子，陪她下一盤棋起碼折壽半年，他那個蠢妹妹到底圖什麼？

唔，賀可鹹突然摸了摸下巴，心道莫不是……問題出在施家三兄弟身上，可甜她看中了施伐柯的哥哥？不過施老大粗俗，施老二市儈，肯定入不了賀可甜的眼，而且以前她雖然也常去施家找施伐柯玩，但也沒有最近這般異常……那麼問題莫不是出在施老三身上？

賀可鹹心裡一個咯噔，突然想起那日那個光明正大將施伐柯從酒樓帶走的娃娃臉，心中敵意頓生。

是了，施家老三出門遊學剛剛歸家，時間對得上，而且還是個讀書人，長得也還清秀，倒是符合了自家蠢妹妹一貫的品味。賀可鹹感覺自己坐不住了，一下子站了起來，大步走出了書房。

「備車！」嗯，他是為了自家蠢妹妹才去施家的，才不是為了旁的什麼原因呢。賀可鹹才踏上馬車，突然又頓住了，回頭看向正一臉膽顫心驚地望著他的小廝。

「少爺……您？」您這是又怎麼了啊？可憐的小廝心中險些崩潰了，自家少爺最近不知道怎麼了，整日裡喜怒無常的，他們這些伺候的人很為難、很辛苦啊！

「今日買到雪花酥了嗎？」賀可鹹挑眉，問。

「買到了……」對，少爺日日遣他去買來福記的雪花酥，買回來也不吃，就乾放著，雪花酥不經放，當日不吃掉肯定就壞了，於是每日傍晚時分，少爺總是怒氣騰騰地讓他去把雪花酥扔掉！少爺啊！貴且不說了，您有錢您任性，可是您知道雪花酥有多難買嗎？他日日排隊也是很辛苦的啊！

他自然是捨不得扔的，於是這些天他日日吃雪花酥，吃得……快吐了。饒是再好吃的東西，也架不住日日這樣吃啊，少爺！

「還愣著幹什麼？吃上癮了？快拿來給我啊！」賀可鹹見自家小廝傻呼呼的樣子，豎起了眉頭，怒道。小廝淚流滿面地滾去拿了。

賀可鹹拎上雪花酥，終於出門了。

這廂，賀可甜還不知道，她隨口一句黑鍋已經心靈感應般引來了她哥哥，正為自己的機智暗自喝彩呢，心道終於不用陪施伐柯下棋了！卻見施伐柯神秘兮兮地對她眨了眨眼睛，「不要緊，妳等我一下！」說著，她轉身回了屋子。賀可甜頓時有了些不太好的預感……

果然，便見施伐柯從房間裡抱了兩個藤編的棋罐出來，獻寶一般遞到了賀可甜面前，裡頭裝的是一副用黑白瑪瑙製成的棋子。

「這是我爹從鋪子裡搜羅到的，知道我喜歡便給我帶回來了，我們今日便用這副吧！」

……賀可甜幾欲吐血。

在賀可甜忍辱負重陪施伐柯下棋的時候，她心心念念的臨淵先生正在學堂裡授課。

陸池雖然脾氣有些奇怪，但架不住他相貌好啊，因此他的課總還是令人賞心悅目的，只是今日課堂上，總有一道幽怨的眼神緊緊相隨。

當然，對此陸池是毫無心理負擔的。

散學後，他慢悠悠地整理完書本，一回頭便對上了一張氣鼓鼓的包子臉，不是小胖子朱禮又是誰？

「先生！」見陸池一直無視他，小胖子憋不住先開了口。隨即又咬住唇有些懊惱，總覺得先開口就輸了呢！

「嗯？」陸池波瀾不驚地看了他一眼，彷彿沒有發現他眼中熊熊怒火似的。

「先生，你昨日是不是跟我爺爺告狀了！」小胖子瞪著他，一臉悲憤地道。枉費他一片

真心，還想把自家才貌雙全的四姐姐介紹給先生當娘子，可原來昨日先生登門竟不是為了相看四姐姐，而是為了去找他爺爺告狀啊！

人心怎麼能這麼黑暗！難怪昨日在爺爺的書房外，先生難得溫柔得讓人毛骨悚然，想起那一幕，小胖子氣得眼圈都紅了，天知道他昨天在爺爺的書房裡經歷了什麼。

陸池輕笑一聲，十分坦然地點點頭，「是啊。」

小胖子一下子漲紅了臉，不敢置信地瞪大眼睛看向毫不羞愧的先生，這是完全不要臉了啊！告狀還能承認得如此的理直氣壯，簡直天理何在啊！

「還有事嗎？」陸池彷彿絲毫沒有感覺到小胖子的憤怒，頂著小胖子憤怒的眼神也毫無壓力。

「你……究竟跟我爺爺說了什麼？」小胖子氣呼呼地瞪著毫不知恥的先生。

「我告訴朱老爺子，他孫子朱禮是個過目不忘的天才。」陸池微微一笑，道。

小胖子呆住。他向來調皮搗蛋、神憎鬼厭，母親生的弟弟已經考中了秀才，他卻連族學都進不去，他不是不知道所有人提起他就搖頭，但母親說人分許多種，有些人像他弟弟一般是個書呆子，除了讀書什麼都不會；也有人生來讀不進書，就譬如他……但他生來富貴，旁人不過是嫉妒罷了，讓他不必在意旁人的眼光。自此，他便越發的調皮搗蛋放飛自我了。

可是現在，他的先生說……他其實是個過目不忘的天才？他下意識覺得先生在說謊，可是他知道先生不會說謊也不屑說謊，那也許……他真的是個天才？這麼一想，竟又有些喜滋滋起來。

陸池看那小胖子的眼神便知道他在想什麼，不由得露出了一個十分微妙的笑容。陸池難得沒有潑他冷水，且讓他高興一陣吧，畢竟他即將要面臨人生中最黑暗的日子了……朱老爺子如今知道自家這個向來不受重視的孫子實則天賦異稟，正如獲至寶，摩拳擦掌地誓要掰正這棵被養歪了的小苗，正所謂愛之深責之切，朱老爺子既然對他寄予了厚望，那麼必然會用上雷霆手段。

曾經的逍遙快活都將成為過眼雲煙，他每天要面對的再也不是有求必應，意欲將他捧殺，養成一個廢物點心的繼母，而是朱老爺子那張讓人望而生畏的黑臉。

想想竟有點小期待呢。

小胖子朱禮此時還沉浸在自己是一個天才的美好想像裡，完全沒有體會到先生森森的惡意，也並不知道自己水深火熱的日子即將來臨。

而這一切，都是因為眼前這個笑得十分微妙的男人。

很多年後，朱禮身著朝服，頭戴三枝九葉頂冠，跪在太和殿前聽宣，宣曰：「第一甲第一名朱禮，賜進士及第。」

而那，僅僅是他輝煌的起點。

朱禮雖長於繼母之手，但這一生也算順遂，幼年繼母意欲捧殺，比起自小便被母親逼著讀書，讀成了一個書呆子的弟弟來說，他的童年可以說是十分的逍遙自在了。待到少年之時，在他人生最重要的轉捩點，他遇到了他的先生陸池……

後史記載，朱禮一生極為輝煌，最終官至宰相，掌丞天子，助理萬機，達到了所有讀書人最渴望的巔峰，是為天下讀書人的楷模。

若說此生是誰最得朱禮感激，又是誰最令他恨得牙癢癢，那一定是他的先生，陸池。

不過，那些都是後話了。

而此時的朱禮，將要面對他人生最黑暗的時刻……

第四章　非君不嫁

施家小院裡，機關算盡最後還是逃不過的賀可甜，耐著性子陪施伐柯又下完了一局棋，施伐柯毫無懸念地輸慘了。

「阿柯，休息一下吧，一直下棋妳不膩嗎？」忍無可忍地，賀可甜道。她就不明白了，為什麼會有人一直輸棋還能一直保持著這般興致勃勃的心態啊！

「不膩啊。」施伐柯眨了眨眼睛，一臉天真地道，「難得有人願意和我下棋呢，可甜妳真好。」賀可甜抽了抽嘴角，即便是被誇獎了，也完全沒有覺得開心呢！

「可是我膩了。」賀可甜的耐心終於告罄，她沉下臉，伸手把棋子一推，擺出了拒不合作的態度。

棋盤上頓時亂作一團。

施伐柯看了一眼亂作一團的棋盤，複而抿唇看向她，臉上的表情有點奇怪。賀可甜被她看得有些發毛，猶豫著要不要服軟，畢竟她還有求於她呢，萬一把她惹毛了也不好收場。

正猶豫、糾結著，便見施伐柯突然「噗嗤」一下笑開了。「終於忍不住啦。」施伐柯笑得見牙不見眼，一副樂不可支的樣子。

賀可甜被她笑懵了，「怎、怎麼了？妳什麼意思？」施伐柯卻是哈哈笑得有些停不下來。

賀可甜雖不知道她在笑什麼，但無疑是自己娛樂了她，這個認知讓她臉上發紅，不是羞的，而是惱的。

終於，在賀可甜怒意勃發之前，施伐柯好不容易止住了臉上的笑意，邊擦笑出來的眼淚邊道：「我一直在想，妳可以忍我多久，看來今日果然就是妳的底限了。」

賀可甜一下子瞪圓了眼睛，「妳……妳知道……」

「我當然知道啦，我自己是個臭棋簍子，妳真當我自己心裡沒數嘛。」施伐柯說著說著忍不住撐著桌子又笑了起來。

「妳是故意的！」賀可甜反應了過來，很是生氣，感覺自己被愚弄了。

「是啊，我還和三哥打了個賭呢。」施伐柯笑咪咪地道。

「……賭了什麼？」

「我賭妳最多忍我三天。」施伐柯說著，又有些忍俊不禁。

到今日，可不正好是三天嘛。三哥非說賀可甜所圖甚大，最少會忍她五天，她卻知道賀可甜能忍她三天便已是極致了，畢竟賀可甜可從來都不是個好脾氣的。她和賀可甜也算是從小一起長大的，當然要比三哥更瞭解她。

看吧，果然是她贏了。

「……妳太過分了！」賀可甜咬牙切齒地瞪著施伐柯。

「好啦好啦，別生氣了。」施伐柯一手支著下巴，一手擺弄著棋盤上被弄亂的棋子，「那麼，妳這幾天奇奇怪怪的，到底是怎麼了？」賀可甜一下子頓住。

「我三哥說妳有求於我，且所圖甚大。」施伐柯眨巴了一下眼睛，「我想了許久也沒什麼頭緒，既然已經說破了，妳不如直接告訴我？我們是好朋友，又何必如此迂回呢？能幫的忙我是一定會幫的啊。」

賀可甜咬唇，她當然知道施伐柯的性子，可……若是不能幫的忙呢？

先前施伐柯來賀家說親的時候，她可是把她得罪慘了，還四下放出了不利於陸秀才的謠言，這些都是犯了她大忌的……如今她想說自己回心轉意了，她大概也不會信吧。

即便是信了，也未必會幫她。

可是，也沒有比此時更好的機會了，不管怎麼樣她最後總是要說的，不說出來又如何成事呢。

賀可甜狠狠心，下定了決心正準備開口的時候，突然聽到外頭有人敲門。

……有人敲門！莫非這便是山窮水盡疑無路，柳暗花明又一村嗎？

賀可甜的眼睛一下子就亮了，急急地起身想要去開門，但想了想又覺得這樣實在不夠矜持，只得站在原地輕咳一聲，「阿柯，外頭有人敲門呢。」

施伐柯自然也聽到了，略有些奇怪地看了過於激動的賀可甜一眼，起身去開門。

賀可甜亦步亦趨地緊緊跟著施伐柯走到門前，打開門一看，亮閃閃的眼睛立刻迅速黯淡了下去，整個人彷彿被霜打蔫了的花朵般，瞬間枯萎了。

門外站著的，並不是賀可甜心心念念想見的臨淵先生，而是一個相貌普通的中年僕婦。

「您是……？」施伐柯遲疑了一下，覺得這僕婦有些面熟。

「不敢當，施姑娘，我是朱家的婆子。」那僕婦笑容可掬地說著，雙手遞上了一張十分眼熟的燙金請帖，態度十分的客氣。施伐柯看著那張十分眼熟的燙金請帖，一下子想起來了，上回朱家的帖子彷彿也是這僕婦送來的。

只是，朱家為何又下帖子了？之前朱夫人不是已經拒了親嗎？施伐柯接了帖子，目送那婆子離開，若有所思。

「朱家？朱家為什麼給妳下帖子？」一旁，賀可甜雖然失望，但還是忍不住好奇，問道。

銅鑼鎮中姓朱的人家，且連家中的僕婦都這般氣派，賀可甜一下子便知道是哪一家了，不過，施伐柯什麼時候和那個朱家扯上關係了？

施伐柯搖搖頭，並沒有回答她，媒婆的職業操守她還是有的，這些事情涉及到姑娘家的閨譽，輕易不好對人言。

賀可甜也只是隨口一問，見她不回答也沒有想要打破砂鍋問到底的意思，只是她此時並不知道朱家大小姐也對臨淵先生虎視眈眈，若是知道大概就不會如此平靜了。

有了這樣一個小插曲，賀可甜好不容易下定的決心又開始搖搖欲墜，一時覺得不知該從哪裡開口好。施伐柯倒是沒有急著問她，而是回房收好了帖子，又倒了一壺茶出來，打算配著賀可甜帶來的栗子糕吃。

賀府廚娘的手藝不錯，栗子糕十分的鬆軟細膩，配著茶水正適口。

吃完一塊栗子糕，見賀可甜還沒有要開口的意思，施伐柯不禁有些奇怪，「……究竟是什麼事啊，很難說出口嗎？」

賀可甜默默看了她一眼，是很難說出口啊！對上賀可甜的眼神，施伐柯抽了抽嘴角，「……那妳究竟要不要說了？」

賀可甜默默低頭喝了一口熱茶，平復了一下心情，這才咬了咬唇，鼓足了勇氣開口道：「其實……」結果剛開了個話頭，便聽到外頭又有敲門聲。

賀可甜又條件反射一般唰地站了起來，爾後輕咳一聲，看向施伐柯，「阿柯，又有人敲門呢……」施伐柯默默看了她一眼，總覺得賀可甜哪裡都奇奇怪怪的啊。

外頭敲門聲還在繼續，賀可甜有些急了，終於耐不住性子，自己跑去開門了……心中自我安慰道，她在施家做客，施伐柯一時沒空開門，她去幫忙開個門也沒什麼嘛。

這麼一想，便心安理得了。

結果做了好一番心理建設，打開門一看，賀可甜滿是期待的臉一下子垮了。

「哥！怎麼是你？」賀可甜沒好氣地道。

站在門外的賀可鹹親眼見證了自家蠢妹妹精彩的變臉，從滿是期待到失望透頂……「怎麼不能是我了？還是說妳在等誰？」賀可鹹揚了揚眉，十分犀利地反問。

賀可甜眼神閃爍了一下，略有些心虛地道：「才、才沒有。」隨即又有些狐疑地看著自家哥哥，「倒是哥哥你為什麼會過來？」

「我來看看妳，順便帶了妳最喜歡吃的雪花酥。」賀可鹹說著，揚了揚手裡拎著的紙

盒，正是來福記的雪花酥。

賀可甜興致缺缺地看了他手中的雪花酥一眼，那明明是施伐柯喜歡的東西好嘛！這真是她親哥？

賀可甜白了蠢哥哥一眼，伸手接過，大步走到施伐柯身邊，將裝著雪花酥的紙盒塞進了施伐柯手裡，「喏，給妳。」

「謝謝賀大哥。」施伐柯捧著雪花酥喜滋滋地道。她是真的很喜歡來福記的雪花酥，可是又很難買，每次都要排很長的隊。

賀可鹹背著手施施然走了過來，看了她一眼，似笑非笑地道：「喲，施姑娘這回可算是認得我啦。」

施伐柯笑意一僵，知道他說的是那日在金滿樓，她明明看到他卻沒有搭理他的事……可當時的場景她現在想來也是十分生氣的。金滿樓那些不負責任的謠言，害得陸池娶妻成了艱難的事情，萬一陸池以後娶不著娘子，她這個媒婆不要面子的？

「賀大哥，你若不提，我便也當此事過去了，可是你既然提起，我們便好好說道說道。」施伐柯一臉正色地看著他，「當日提出拋繡球招親的是你賀家，最後拒不承認的也是你賀家，陸公子得了繡球按約上門提親，被拒絕了也十分坦然，何來逼娶之說？你們不願結親也就罷了，又何必結仇呢？」

賀可鹹尚且還沒有什麼反應，一旁的賀可甜已經是焦急得如同熱鍋上的螞蟻，這真是哪壺不開提哪壺，此事她心虛啊！

……而且是在這樣的節骨眼上，「阿柯妳誤會了，怎麼會結仇呢……」賀可甜拉住了她。

「怎麼不會？妳應該去鎮上聽聽那些人是怎麼詆毀陸公子的，流言之惡毒，簡直令人髮指！」施伐柯不提便罷，提起此事便是一臉怒色。

簡直把一個前程錦繡的秀才說成了一個無惡不作、邪惡歹毒的山大王！

「可這流言之事……誰也控制不了啊。」賀可甜小小聲地道。言下之意，此事與賀家無關，賀可甜決定這件事是怎麼也不能承認的，萬一陸公子知道當初放出流言的人是她，她還能有什麼指望啊！

施伐柯扯了扯嘴角，皮笑肉不笑地看向賀可鹹，「這就要問妳哥了。」

賀可甜愣了一下，目光有些茫然，「啊？」

「流言是從金滿樓傳出來的，我可是親眼看到他和金滿樓的掌櫃在一起，你們兩家本就交情匪淺吧，你說金滿樓為何無緣無故要詆毀陸公子呢？」施伐柯指著賀可鹹道。

賀可甜怔了怔，隨即立刻便明白施伐柯這是誤會了，當日那些流言是因為自己對金滿樓的大小姐沈桐雲抱怨了此事，說起來始作俑者的確是她，可是……

賀可甜眼珠微微一轉，當機立斷地轉身看向自家哥哥，一臉不敢置信地道：「哥，真的是你？」

賀可鹹此行明明是想來管教妹妹，順便好好跟施伐柯算算帳，並且教導她什麼是男女授受不親，以及跟陌生男人一起去酒樓喝酒更是大大的不妥，誰知道他剛說了一句話，還沒開好頭呢，便被迎面而來的指責打了個措手不及，然後又被自家親妹妹扣了一口大黑鍋……整個人都不好了。

「哥，你真的太過分了！」賀可甜一臉悲憤地道，「陸公子孤身一人來銅鑼鎮，人生地不熟的，我們賀家怎麼能這樣欺負人呢，不行，回頭我得同他好好道個歉。」

賀可鹹臉皮一抽，只覺得這蠢妹妹是越發的無恥了。

賀可甜說著說著，卻是突然豁然開朗，這是一個多好的機會啊，還可以趁機接近陸公子，破冰兩人之間的關係，也順便表達一下自己本質還是善良可愛的，並沒有嫌貧愛富什麼的。

總之，所有的壞事都是她哥哥做的，她還是一朵純白無辜的小白花。

「……」賀可鹹默默地看著蠢妹妹作死。

「阿柯，此事原是我們賀家做得不地道，我一定會好好向陸公子道歉的。」賀可甜眼神飄忽了一下，避開了哥哥略顯犀利的眼神，一臉誠懇地對施伐柯道。

施伐柯雖有些奇怪賀可甜怎麼突然這麼通情達理了，但能夠認識到錯誤，並且願意去道歉、去改正總是好事。

正說得熱鬧，施家大門外又響起了敲門聲。

賀可甜聽到敲門聲，心跳一下子又加快了，都說事不過三，這一次總該是臨淵先生了吧……剛好她可以趁熱打鐵和他道個歉，先挽回一些形象，這麼想著，她下意識便想轉身去開門，可隨即又意識到哥哥就在這裡，著實不好做得太過明顯，且她剛剛給他扣了一口黑鍋，按他的性格一定正等著揪她的小辮子呢。

這麼一想，她便又生生按捺住了那顆雀躍的心，等著施伐柯去開門。

然而這一幕並沒有逃過賀可鹹的眼睛，對於蠢妹妹坐立難安卻又故作鎮定的行為，只能用四個字來形容：欲蓋彌彰！

賀可鹹注意到她眉目含羞帶怯的，竟是一副春心萌動的樣子，不由得心下大為警惕，蠢妹妹這是要被登徒子拐跑了？以及，她到底在期待誰？

「阿柯。」賀可鹹忽然開口，叫住了要去開門的施伐柯。

「嗯？」施伐柯看他一眼。

「妳三哥在家嗎？」賀可鹹問，這麼問的時候，他看了賀可甜一眼。

賀可甜聽著外頭的敲門聲，又見蠢哥哥竟然還纏著施伐柯說話，有些心急，催促道：「阿柯，快去開門啊。」

門外的敲門聲顯得十分克制，敲兩下，似乎等了等，又敲了兩下。這一下一下的彷彿敲在賀可甜的心門上，若不是礙於蠢哥哥在場，她恨不能飛奔去開了門。

施伐柯看了看賀可甜，又看了看賀可鹹，總覺得今日這對兄妹真是說不出的奇怪……

雖然奇怪賀可鹹為什麼會在這當頭問她這個問題，但她還是回答道：「我三哥今日出門訪友去了。」說著，又對賀可甜道，「別急，我這就去開。」

賀可甜一噎，嘟囔了一句，「我才沒有急。」可是她止不住往門口飄的眼神說明了她的口是心非。

施可鹹卻是一下子悟了……果然，施重海不在家！所以，賀可甜日日來施家，果然是為

了施重海吧！

賀可鹹覺得自己真相了。

在賀可鹹為了猜測是誰勾走了他家蠢妹妹的心而思緒放飛的時候，作為主人家的施伐柯已經走到大門口去開門了，心裡也忍不住在猜測這次來的又是誰，今日不知怎麼，如此熱鬧，訪客似乎很多的樣子呢。

這樣想著，施伐柯打開了門，然後愣了一下。

門外站的是一個她完全沒有想到的人。

「褚逸之？」施伐柯一臉驚訝地看著那個站在門外，看起來略有些拘謹的人，「你怎麼來了？」

他穿著一身毛月色的長衫，彷彿消瘦了許多，那長衫穿在他身上顯得有些空蕩蕩的，看起來竟有幾分可憐。

聽到她叫他「褚逸之」，褚逸之眼睛微微一亮，雖是連名帶姓地喚他，但總也好過上一回喚他「褚公子」那般戳心……所以，阿柯的氣應該已經消得差不多了吧？

他卻不知，施伐柯有些事情一旦下定了決心，便不會輕易更改。

不過當日那一聲「褚公子」也的確有賭氣的成分在，因為曾被褚母帶著兒媳婦當街為難，連她一聲「褚姨」都不肯應，還說出「不敢當施姑娘這樣的稱呼」的話來……明明也是看著她長大的長輩呢，施伐柯不可能不難過。

那時這股子惡氣便沖著褚逸之發了出來。

只是此時，她卻已經十分平靜，面對褚逸之也已是心如止水，人總要長大的嘛，而年少時的有些東西總會隨著時光的流逝而漸漸變淡、消失……最終再也尋不見。雖然可惜，但這也許就是成長吧。

「阿柯，妳總不來見我，我便來尋妳了。」褚逸之近乎貪婪地看著她，動了動唇，略有些乾澀地道。那日他因心中不安，硬是拖著傷重的身體來見她，雖說得了她的親口原諒，但不知為何他心中總是不踏實，總有種已經失去的感覺如影隨形，而後他臥床養傷，日日期盼著她會來看他，她卻始終沒來……

施伐柯一愣，「我為何要來見你？」彷彿他問了一個極其荒謬的問題般。

褚逸之怔了一下，隨即表情有些慌了，「妳果然還在生氣，是不是？」

「……」施伐柯一時有些丈二和尚摸不著頭腦，這都是哪跟哪啊？怎麼就篤定她還在生氣了？

她以為他們已經掰扯乾淨了，再不相干了啊……

「往日妳經常來尋我的，可是這一次妳卻怎麼也不來，我日日等著妳……」褚逸之一把拉住她的手，急急地道。

「等一下，打住。」施伐柯忍不住打斷他的話，有些不適地動了動，想要抽回自己的手，「你先放開我。」

褚逸之卻是緊緊地攥著她的手，十分執著地不肯放，「妳原諒我好不好？阿柯妳就原諒我這一回……」他緊緊握著她的手，許是因為心中突然湧起一種已經失去什麼的錯覺，他神態張惶，說話也有些顛三倒四起來。

他因為激動，手上力氣很大，施伐柯的手被他握得生疼，她不由得沉下臉來，「我沒有生氣，我早已經說過，我已經原諒你了。」

「那妳為何不來看我？」褚逸之追問。

「我為何要來看你？」施伐柯看著他，眼神有些發冷。褚逸之被她看得心下一沉，動了動唇，一時竟說不出話來。

「褚逸之。」施伐柯看著他，認真道：「往日我來尋你玩，是因為我們年紀尚小沒有男女之別，可如今你家中已經娶妻，便該學會避嫌了。」

「不是，我們從小一起長大的……」褚逸之訥訥地道。

「那又如何？」施伐柯眼神清明，清冽冽如一汪泉水，又清又冷，「我一個姑娘家，以什麼立場去尋你？」

「妳就像我妹妹一樣的……」褚逸之忍著心痛道，隨即眼睛一亮，「對，我們可以兄妹相稱。」

一直冷眼旁觀的賀可鹹聽到這裡，輕輕嗤笑一聲走上前，捏住了褚逸之的手腕，「她有三個哥哥呢，不需要你這個居心叵測的便宜哥哥。」

他這一捏看似輕巧，力道卻著實不小，畢竟賀可鹹是正經和家中武師練過的，而褚逸之不過是個手無縛雞之力的書生。褚逸之吃痛，一下子鬆開了施伐柯。

施伐柯一得自由，忙後退兩步離褚逸之遠了些，這才動了動手腕，低頭一看，手上竟是被捏青了。

賀可鹹自然也看到了，他面色一沉，加重了手上的力道。褚逸之當下倒抽一口涼氣，疼得臉都白了。

「賀大哥，不要傷他的手。」施伐柯急忙道，「他的手是要拿筆的。」

褚逸之見施伐柯還關心他，眼神一下子柔軟了下來……她總是這般護著他，就和小時候一樣。

賀可鹹的面色則是難看了下來，「他可是傷了妳的手，妳倒是大度得很。」褚逸之也看到了施伐柯手上的淤青，面露愧疚之色。

卻聽施伐柯面色平靜地道：「你若毀了他的手，他母親定會同你拼命的。」褚逸之心中便是一涼，他哀哀地看向施伐柯，「阿柯……」

賀可鹹這下心中舒服多了，爽快地鬆開了手，「也是，褚家那位老夫人可是不好惹的。」說著，他又起了壞心眼，似笑非笑地看向有些失魂落魄的褚逸之道：「說起來，你要認阿柯當妹妹這件事，你母親和妻子同意嗎？」

褚逸之強壓下心頭的疼痛和不適，辯解道：「不是真的認作妹妹。」

「嘖嘖，一時說要認作妹妹，一時又說不是真的要認作妹妹，褚逸之你可真是一如既往地半點擔當都沒有呢。」賀可鹹不屑道。

賀可鹹向來看不上褚逸之，施伐柯認識褚逸之比認識賀家兄妹更早，在認識賀家兄妹之前，施伐柯只有這麼一個朋友，那些掉書袋的臭毛病都是跟他學的。
褚逸之幼時身體有些孱弱，又是個書呆子，因此總被附近的孩子欺負和排斥，施伐柯雖然年紀比他小，但她上頭有三個兄長，而且她還有一個惡名遠揚的爹，因此鎮上沒有哪個孩子想不開會來招惹她，所以其實一直都是她在護著褚逸之。
每次褚逸之被欺負，都會看到一個手短腳短，肉嘟嘟、胖乎乎，粉雕玉琢的小姑娘衝出來護著他，基本上那些欺負人的壞孩子都會懾於施小姑娘的「赫赫威名」而逃走。
只是有一次褚逸之被幾個大孩子圍著欺負，那幾個孩子剛搬來銅鑼鎮，還不識得施小姑娘的「威名」，見這麼一個小肉團子衝出來嬌聲嬌氣地喝斥，「誰敢欺負他，我就要他好看！」……全體哄堂大笑，然後一把將小姑娘拎了起來，揪她小臉，眼見著一張肉嘟嘟的小臉都掐紅了。
當時明明年歲要大上許多的褚逸之卻只會哭，若非賀家兄妹當時正好路過，還不知會怎麼樣。
哼，從小便是這樣懦弱的性格，長大了也仍然沒有改變呢。
「不是，我的意思是，我將阿柯當作妹妹，但她並不是我的妹妹啊……」褚逸之急紅了臉，平日讀書辯論也算口舌伶俐的他此時卻是拙於口舌。
因為，不真的認作妹妹……他還能抱有奢望啊。
他急急地說著，卻在賀可鹹嘲諷的目光中漸漸沉默了下來，他知道賀可鹹看出了他內心深處那個卑劣又齷齪的想法。

「我記得剛剛聽你在抱怨阿柯沒有去看你？」賀可鹹雙手環胸，面色冷嘲，「你以為阿柯去了，便能進得了你褚家的大門？」

「你什麼意思？」褚逸之蹙眉。

「想來你大概不知道你母親和妻子當街為難阿柯的事情吧。」賀可鹹揚了揚眉。

一旁，施伐柯倒是一愣，賀可鹹怎麼知道這件事？

「不可能！」褚逸之斷然否認，「我母親向來極喜歡阿柯，怎麼會……」更何況，孫氏也是個溫柔賢慧的……但不知為何，這句他並沒有說出口。

「你母親帶著你妻子當街攔住阿柯，將她痛斥了一番，說你們家之前是瞎了眼才同施家交好，現在要一刀兩斷，還讓阿柯自重不要再去纏著你……」賀可鹹拖長了聲音，頗有些壞心眼地道：「這字字句句可是十分精彩，當時街上人不少，你去打聽打聽，肯定能打聽出來。」

褚逸之搖頭，捏住拳頭，「我不信，你胡說，我娘才不會……」

「阿柯，妳告訴他。」賀可鹹側頭看向施伐柯。褚逸之亦看向施伐柯，眼中已滿是哀求之色。

施伐柯沉默了一下，「你母親懷疑是我爹打傷了你，因此十分憤怒，我已經同她解釋了，這件事便算過去了，我也答應了你母親，以後都不會再見你。」說完，她看向已經滿面死灰的褚逸之，「希望你不會讓我食言。」

褚逸之彷彿不堪重負般，單薄的身子略微晃了晃，「真的，不能再見了嗎？」陽光下，他的皮膚白得幾近透明，他動了動唇，聲音輕得像是要隨風散在了風中。

「是該避嫌的。」施伐柯卻是毫無觸動，眼中一絲波瀾都無。

褚逸之慘然一笑，貪婪地看了施伐柯許久，在賀可鹹面露不耐之時，才輕聲道：「阿柯，妳真是我見過的最最無情的女子。」說完，他收回幾乎膠著在施伐柯臉上的視線，轉過身，搖搖晃晃地走了出去。

賀可鹹眸光一閃，也跟了出去。

「哥，你去哪？」賀可甜不明所以。

賀可鹹擺了擺手道：「我去送送他。」

賀可甜抽了抽嘴角，還送他？怕是又憋著什麼壞水吧……可千萬悠著點，看褚逸之那一副去了半條命的樣子著實可憐，可別真的將他刺激狠了，要了他的命。

這廂，賀可鹹跟著褚逸之走出了大門，上前幾步與他肩並肩。

「褚逸之，從小便是阿柯護著你，你是半點擔當都沒有的。」

「以後不許再來煩阿柯，還有，你若管不住你的母親和妻子，讓她們再來找阿柯麻煩的話……我可不會對女人心軟。」褚逸之腳步一頓，憤怒地看向賀可鹹。

「幹嘛這樣看我，怪嚇人的。」賀可鹹嗤笑一聲，忽而慢悠悠地道：「你倒是挺護著那孫氏嘛，可是新婚得了滋味？」

褚逸之一下子漲紅了臉，「你無恥！」

「好好好，我無恥，你不無恥就成，看你這麼護著那孫氏，又何苦來糾纏阿柯，這吃著碗裡的，看著鍋裡的，你不無恥？」賀可鹹輕笑，眼中滿是鄙夷之色。

褚逸之狠狠地捏住了拳頭，白皙瘦弱的手背上青筋畢露，「她向來知書達理、善良賢慧，此事與她無關，且她已是我的妻子，你再敢辱及她，休怪我不客氣！」

賀可鹹的表情一時變得有些怪異。

知書達理、善良賢慧？這個蠢貨啊……真是蠢得令人不忍直視，想來他到如今都沒有想明白，那日考中秀才之後為何會醉酒，又為何會趁著酒意唐突了先生家裡的姑娘，導致最後不得不負罪娶了她。

不過，蠢點才好。「呵呵，你高興就好。」賀可鹹笑嘻嘻地拍了拍他的肩，然後手上微微一重，按了按他的肩膀。他那一下剛好按在了褚逸之受過傷的那只手臂上，雖然傷勢如今已好了大半，但哪裡禁得起他這樣按壓下去，當下只覺得一陣劇痛，下意識便甩開了他。

正痛著，便聽賀可鹹輕飄飄地道：「你好好護著家中小嬌妻吧，然後記住了，不許再來找阿柯，否則下一回……你的手，可未必保得住。」這話中之意，已是呼之欲出。

褚逸之猛地瞪大眼睛，抬頭看向他，「是你！」那日將他圍堵在巷子裡打至重傷的幕後黑手……是賀可鹹！

「若非我母親誤會是施伯父打傷了我，也不會找阿柯麻煩，我要去告訴阿柯，當日是你派人打傷了我。」褚逸之看著他，咬牙切齒地道。

「你憑什麼說是我派人打傷了你？」賀可鹹聳肩。

「當日在巷子裡，那些人刻意傷了我的手，你剛剛說的話分明就是……」而且，找人將他堵在巷子裡打了一頓也就算了，竟然找的還是幾個姑娘，他平白無故被人打了一頓已是冤

屈，還背了個風流的名聲，被同窗取笑不說，事後還被先生教訓了一通……更何況先生如今是他的岳丈，他當時簡直無地自容！

「我可什麼都不知道，我說的是剛剛在院子裡差點廢了你的手這件事啊。」賀可鹹一臉無辜地道，可那表情分明是有恃無恐。

褚逸之十分確定就是他，當下氣結，指著他的手都在顫抖，「你無恥！」

這人，讀書讀得傻了，罵人都不會，來來去去就這麼一句罵人的話。

「無恥的是你。」賀可鹹收了笑，面無表情地看著他道：「分明已經成親，卻還惦記著不該惦記的人，你在成親第二日就去尋阿柯，是想陷她於不義嗎？」

褚逸之面色鐵青，「所以你就派人將我打傷？」

「只是讓你清醒清醒罷了，不用謝。」

褚逸之怒極反笑，連連點頭，「你好，你很好。」賀可鹹也點頭，恬不知恥地道：「我也覺得我很好。」

「你很得意吧！」褚逸之看著他，忽然道。

「什麼？」

「你從小便看我不順眼，不過是嫉妒我先認識的阿柯，嫉妒阿柯對我比較好，如今終於可以名正言順地將我排除在阿柯的人生之外，你是不是很得意？」

賀可鹹呵呵一笑，「是你自己蠢罷了。」

「是，我蠢。」褚逸之低聲道，「但是你別得意，阿柯不喜歡我，也不喜歡你，我等你落得跟我一樣的下場。」

賀可鹹被他說得有些不自在，下意識反駁道：「你這話說得真是奇怪，彷彿我喜歡那蠢丫頭似的。」

褚逸之聞言，目光變得有些匪夷所思起來，隨即竟是輕笑了一下，一言不發，轉身走了。

賀可鹹，原來，你還不如我。我至少明白自己的心意。

你呢？

大門外的劍拔弩張，院子裡的施伐柯和賀可甜是不知道的。

但賀可甜心知肚明自家哥哥跟出去定然是黃鼠狼給雞拜年，沒安好心。和哥哥不同，賀可甜倒並不討厭褚逸之，畢竟他斯文俊秀又滿腹經綸，作為女子著實很難討厭他，不過賀可甜知道他心裡眼裡都是施伐柯，所以倒從未對他起什麼心思。

褚逸之有多喜歡施伐柯，賀可甜是十分清楚的，且褚家和施家也算親近，她一直以為褚逸之最後會娶施伐柯，也算是皆大歡喜，卻沒有料到會變成如今這般局面……明明自小喜歡阿柯卻一直不敢說，還被他娘和孫氏擺弄著，身不由己地成了親，真是有趣又可憐呢。

只是剛剛看他形銷骨立、神色張惶的模樣，看他眼中那滿滿的絕望和哀色，饒是賀可甜

向來鐵石心腸都覺得有些於心不忍呢，畢竟也是從小一起長大的……

賀可甜神色頗有些複雜地看了施伐柯一眼，施伐柯垂眸站在那裡，不知道在想什麼。是在想褚逸之臨走前最後說的那句話嗎？

「可甜。」施伐柯忽然開口。

「嗯？」賀可甜心中一提，難得放軟了口氣，打算好好安慰她一番，做一回知心姐姐。

「我剛剛一直在想，妳日日來我家，難道是想見到誰嗎？」施伐柯認真地看向她，一臉誠懇地道。

賀可甜心中一慌，隨即又覺得有些荒謬，「妳剛剛站在這裡就是在想這個？」

施伐柯一臉奇怪地看著她，「不然呢？」賀可甜的臉色頓時有些一言難盡。

「褚逸之說得沒錯，妳真真是個最無情的。」半晌，賀可甜緩緩吐出一口氣，道。

施伐柯歪頭看她，臉上的表情有些匪夷所思，「那如何才算是不無情呢？」賀可甜也說不出來，但總覺得不該是她現在這樣。

「我仍如年少時那般日日去尋他玩耍，即便我心中無垢，但在外人看來又成什麼樣子，又置他的妻子於何地呢？」施伐柯一臉認真地道。

賀可甜語塞。

「阿柯說得對。」這廂，賀可鹹「送走」褚逸之回來，便聽到施伐柯這番話，頓時滿心贊許。賀可甜嘴角微抽，也不知為何她哥自小便看褚逸之不順眼……如今可算是如願了。

賀可甜雖然也算得上聰慧，但到底沒什麼經驗，她不知道男人的這種行為，可以統稱為，吃醋。

施伐柯見賀可鹹贊同她的說法，面上緩和了許多，其實她心中遠沒有臉上看起來這般平靜，她也需要有人來肯定她的說法，而賀可鹹的話來得很及時。

「謝謝你，賀大哥。」施伐柯笑了一下，道。謝謝你在這種時候，站在我這邊，讓我更加堅信自己是對的。

賀可鹹當然是有私心的，但他沒有想到會得到施伐柯如此誠懇的道謝，一時心中便略有些不自在，然後，冷不丁地，他便想起了褚逸之那句詛咒一般的話來……阿柯不喜歡我，也不喜歡你，我等著你落得跟我一樣的下場。

賀可鹹猛地一個激靈，覺得自己這是被褚逸之那傢伙弄得有些魔怔了，怎麼會突然想起這麼莫名其妙的話來。

只是，褚逸之臨走前那個莫名其妙的笑容讓他很不適，總有種智商被藐視了的感覺……他到底遺漏了什麼？還是，褚逸之那傢伙只是在故布迷陣？讓他糟心，這便是他的目的吧！是了，肯定是這樣！

「賀大哥？賀大哥？」耳邊，響起了施伐柯的聲音。賀可鹹回過神，便看到施伐柯一臉奇怪地看著他，「賀大哥，你在想什麼？」怎麼說著話就能走神呢？

「咳，沒什麼。」賀可鹹心裡有點亂糟糟的，「看這天色也不早了，我們也該回去了。」

施伐柯和賀可甜雙雙抬頭看天，此時還未過巳時，今日天氣晴朗，太陽高高掛在天空上，這是從哪裡看出來天色不早了？

「可甜，發什麼呆呢，走了啊。」賀可鹹催促。

「你先回去吧，我還要留著陪阿柯說一會兒話。」賀可甜撇嘴道。施伐柯默默看了她一眼，到底是誰陪誰說話啊！

「那妳再陪阿柯說會兒話，我先回去了啊。」賀可鹹點點頭，轉身就走。

深知自家哥哥德行的賀可甜有點詫異，這就走了，沒有後招了？這麼好說話簡直不像是他了呢，剛這麼想，便見賀可鹹走了兩步忽然停下腳步。

來了！賀可甜運氣準備接招。

「啊對了，今日出來的時候還聽娘說，小姑姑來信了，問妳婚事定了沒，若是沒定就接妳上京去，在京裡給妳找個好人家。」賀可鹹扭頭幽幽說完，半點沒有再拖泥帶水，說走就走了。

賀可甜懵了一下。

「妳小姑姑？嫁去京城的小姑姑嗎？」一旁，施伐柯好奇地問，隨即又道：「我就猜你們家是準備將妳嫁去京城的。」

施伐柯這話簡直火上澆油，賀可甜跺了跺腳，「我才不要嫁去京城！」施伐柯有點驚訝，「為什麼？」她以為賀可甜這麼眼高於頂，八成也是願意嫁去京城的呢，畢竟高門嫁女嘛。

「我才不要遠遠地被嫁去京城呢，遠嫁的閨女多淒涼啊，萬一被婆家欺負了，那簡直就是叫天不應叫地不靈，受了委屈也沒人可以說！我可是在話本裡看到有被婆家活生生逼死的媳婦呢！骨頭都埋泥裡了，娘家人都不知道！」賀可甜十分激動地道。

而且，她可是要嫁給臨淵先生的！才不要遠嫁去京城！

「話本？」施伐柯嘴角一抽，「妳不是讓我少看點話本的嗎？」賀可甜一僵……誒，好像是曝露了她的愛好。

賀家是商賈之家，外人提起「商賈」二字總覺得彌漫著一股銅臭之味，賀可甜對此嗤之以鼻，銀子雖不是萬能，但沒有銀子卻是萬萬不能的，要不怎麼就說貧賤夫妻百事哀呢，衣食住行、柴米油鹽哪樣不需要銀子？哪樣離得開商賈？

她也向來不是什麼真淑女，只是覺得淑女的表像可以避免很多麻煩罷了，譬如小時候她因為相貌自卑，性格乖張，總是不討人喜歡，後來她漸漸明白了外貌不夠可以調養，調養不好還可以用性格來湊。

她習琴棋書畫，她讀四書五經，她就成了外人眼中的賢淑女子。

至於話本這種俗物，就算愛看當然也不能承認！

「這不是重點！」賀可甜小手一揮，氣勢萬鈞，「重點是我絕對不可能嫁去京城，更何況我……」囁嚅了一下，她紅著臉道，「我早已有心上人了。」

「啊？」施伐柯瞪圓了眼睛，「是誰？」

「這個回頭再說吧……」賀可甜眼神閃爍了一下，避開了這個話題，「我先回去瞧瞧啊，別讓我哥壞事。」說著，拎起裙擺就追了出去。

……倒是彷彿自暴自棄，不要她優雅的淑女形象了。

賀可甜心中是有成算的，若她直言相告喜歡的人是陸秀才，施伐柯信不信是一回事，即便是信了肯定也是不願意幫她的，畢竟她之前可是把陸池得罪慘了，但……若是她如今喜歡的人是陸秀才這件事，是施伐柯自己發現的呢？

到時候她只需要做出一副苦惱又迷茫的樣子來，以施伐柯的性子一定會主動幫她的。

所以，賀可甜盤算著一步一步來，先讓施伐柯習慣她已經有了心上人這件事，然後再慢慢引導她發現自己的心上人是臨淵先生，這樣她一定能夠比較理解自己的苦衷，進而願意幫她的忙。

嗯，完美。

不過，前提是她得先解決了家庭內部矛盾，才能無後顧之憂，雖然賀可甜極度懷疑什麼京城姑姑的來信是他胡謅的，但她賭不起也不敢賭，萬一是真的呢？這可是她一輩子的大事。

這麼想著，她跑得越發的快了。

施伐柯站在院子裡，看著賀可甜火燒屁股一樣跑出去，不由得有點想笑，賀可甜已經許久沒有這樣不要形象了呢……

人都走了，剛剛還十分熱鬧的院子一下子變得十分安靜。

今天……真是熱鬧過頭了，熱鬧得她都有點疲憊了。

施伐柯看看日頭，也是該吃午飯的時間了，不過因為之前吃了一肚子茶水點心，她此時也不餓，感覺到從骨子裡泛起來的疲乏，她決定去睡個午覺。

春困夏乏嘛。

這一覺睡得很沉，施伐柯陷在黑甜的夢境裡，彷彿又看到了小時候的自己和褚逸之，還有賀家兄妹。

小時候真好啊，無憂無慮，最大的悲傷也不過是因為被三哥捏了小臉、揪了小辮。

「爹，你瞧三哥又欺負我……」施伐柯無意識嘟噥。夢裡，三哥又來掐她的小臉，爹操起掃帚追得他滿院子亂竄，逗得眼裡還帶著淚花的小阿柯笑得哈哈的。

「妳這臭丫頭，夢裡也跟爹告狀呢。」半睡半醒間，彷彿聽到了三哥笑嘻嘻的聲音。

施伐柯一下子驚醒，睜開眼睛便看到了三哥那張放大的娃娃臉，他舉著燭火湊得極近，燭火隨風搖曳，在他臉上留下詭譎的陰影，看起來鬼氣森森的，施伐柯嚇得尖叫一聲，猛地拉高被子蒙住頭臉，躲在被子裡瑟瑟發抖。

「你這混球又怎麼欺負你妹妹了！」大概是聽到了她的尖叫聲，爹的大嗓門從遠及近，然後便是三哥鬼哭狼嚎的聲音，大概是又被扭耳朵了。

「阿柯乖，不怕啊，是爹回來了。」粗曠的大嗓門一下子低了八度，隨即一隻溫柔的大手輕輕隔著薄被撫了撫施伐柯的腦袋，「妳午覺睡過頭了，該餓了吧，妳娘做好了晚膳，起來吃一口吧。」

施伐柯怔怔縮在被子裡，不知為何，眼淚一下子奪眶而出。人總是這樣，孤身一人的時

候彷彿金剛不壞，一旦有人對你溫柔呵護，卻一下子就矯情起來，莫名其妙就覺得好委屈。

施長淮正哄女兒，突然覺得不大對，薄被下的小姑娘彷彿……在哭？這可不得了，施長淮慌忙小心翼翼地掀開被角，一下子便看到了寶貝女兒跟個小蝦米似的蜷在那裡，無聲無息地默默流眼淚。

委屈極了！

「施．重．海！」施長淮暴怒，一字一頓地吼出聲，「你幹了什麼！」施重海也被妹妹淚流滿面的樣子嚇了一大跳，施伐柯可是很少哭的，當下也有些手足無措起來，正慌著呢，便被自家老爹的怒吼聲驚著了，看自家老爹那惡狠狠的模樣……多大仇多大怨？這是要和他不共戴天啊！

眼見一拳頭過來了，施重海慌忙跳了起來，轉身便想逃，可到底放不下妹妹，不知道她怎麼就躲在被子裡哭了，於是……開始跳著腳繞著房間轉圈圈。

一個追打一個逃。

「你這臭小子你還敢逃，給老子站住！你到底怎麼欺負你妹妹了！」

「哎呀我冤枉，我這不是來叫她吃飯嘛！誰知道她見了我就跟見鬼似的，八成是心虛呢，我都聽到她說夢話了，夢裡還告我狀呢！」三哥一邊跑一邊直著嗓子嗷嗷叫。

「誰讓你長得醜了。」「那也是你生的啊！」

「你這臭小子……找打！」一陣雞飛狗跳。

施伐柯呆呆看著，突然「噗嗤」一下笑出了聲。原來有些事情，是永遠不會變的。即便是長大了，也總有人永遠把你當成孩子一樣寵成掌心裡的寶。

看到施伐柯終於笑了，施長淮和施重海父子兩人都悄悄吁了一口氣。

「阿柯妳可要給我正名，我快冤死了，妳說說妳這是怎麼了？」施三哥大步走過來，一屁股在床邊坐下，瞪著她問。

施伐柯卻是冷不丁伸手抱住了他的胳膊，笑彎了眼睛，「三哥你最好了。」施三哥撇嘴，心裡卻已經軟成了一團，明明眼睛還紅得跟個兔子似的，卻一下子笑開了，還真是個孩子般，一時晴一時雨。

施長淮看得眼饞，酸溜溜地道，「爹不好嗎？」施伐柯拍馬屁道：「爹更好啊！」施三哥低低地嘟噥了一句小馬屁精，再看一眼平時威風八面，對他們不假辭色的老爹笑得見牙不見眼的，簡直沒眼看……好吧，誰讓人家吃這套呢。

「我飯都盛出來了，你們這是在幹嘛？我讓你們叫人來吃飯，怎麼全都跑得沒影了！」陶氏的大嗓門在門口響起，口中還在喋喋不休地抱怨道：「阿柯妳在家也不知道做飯……妳哭了？」

施伐柯再不敢矯情，忙跳下床，「啊……我睡過頭又做了個噩夢，一時沒緩過神來。」陶氏狐疑地看著她。

施伐柯忙討好地沖她笑笑，「娘，我餓了……」看看外頭，天色果然已經半黑了，她這一覺到底睡了多久啊。

道。

「我看廚房裡有栗子糕和雪花酥，可甜今日又來過了？」晚膳的時候，陶氏有意無意地道。

豈止啊，賀可鹹也來了呢，褚逸之也來了呢，總之今日是說不出的熱鬧。

施伐柯有點心累，喝了一口湯，「嗯。」

桌上的氣氛一時有些微妙。

「賀家那個小姑娘……最近是不是來得勤了些？」施長淮忍不住道。

往日她雖也算常來，但也沒有像最近這般幾乎是日日登門的，尤其之前兩個小姑娘似乎鬧了些矛盾，中間冷戰了一段時日，就顯得她最近這行為愈發的詭異了……大有一種山不來就我，我便去就山的果決。

「嗯，可甜來陪我下棋的。」施伐柯笑了一下，心裡卻又想起了賀可甜說她已經有了心上人的事情，總覺得……她日日過來尋她，是醉翁之意不在酒，而在於某個人。

等等……莫非賀可甜口中的心上人，是她的哥哥？這個念頭一起，她的眼神便詭異地在自家三個哥哥臉上一一掃視了過去。

施伐柯的話讓寵女如命的施長淮也忍不住沉默了一下，陪阿柯下棋那是要命的差使啊！父子幾個面面相覷了一番，達成了一致，看來賀家小姑娘所圖非小啊！

只有施三哥眼睛一亮，沖著施伐柯嘿嘿一笑，「我掐指一算，最近有偏財運呢。」

施伐柯自然知道他在說什麼，無非就是之前那個賭約，她呵呵一笑，咬著筷子道：「那你可算錯了。」

子，肯定要吃頓排頭，說不定還要上繳賭資……

兄妹兩個頓時統一戰線，「沒事，我們鬧著玩呢。」要是讓娘知道他們兩個打賭還壓銀

陶氏狐疑地看了看兒子，又看了看女兒，「你們倆在打什麼啞謎？」

施三哥瞪大眼睛，「不可能！」

晚膳過後，施伐柯在影壁那裡攔住了她三哥。

「說好的十兩銀子，謝謝。」施伐柯笑咪咪地沖他伸手。

「……我不信妳能贏。」施三哥垂死掙扎。

「可甜今日便忍不住差點翻臉，同我攤牌了，剛好三天哦。」施伐柯將手往前一伸，笑彎了眼睛，「願賭服輸啊，三哥。」

「怎麼就不能多忍耐幾日呢，她如此沉不住氣如何成就大事！」施三哥痛心疾首，一副恨鐵不成鋼的樣子。

十兩銀子呢！差不多他一個月的花費了，他出門訪友什麼都需要銀子的啊……

若不是手頭銀子不夠花，他怎麼可能出這種歪點子想坑妹妹的銀子，結果這是把自己給坑進去了啊！

賭博果然是罪惡的深淵，十賭九輸，古人誠不欺我！

在施三哥依依不捨的目光中，施伐柯將兩個五兩的小銀錠收進了荷包，這可是她勝利的果實，且難得看到三哥吃癟，施伐柯的心情自然十分愉悅，這愉悅的心情已經遠遠超過了十兩

銀子的價值，勝利果實的滋味果然格外甘美啊！

施伐柯美滋滋地感歎著，突然靈光一現，賀可甜的心上人，該不會就是她三哥吧？她三哥雖然長了一張娃娃臉，性子還有些不著調，但在外頭卻很是能唬人的，他向來討師長喜歡，雖然未有功名在身，但讀書的本事卻是不差，還拜了隱世的大儒為師……當然這件事外人並不知情，但一個人的本事和氣質總能在外表上體現一二。

且，賀可甜日日登門也是在三哥遊學歸來之後，時間上彷彿也對得上……

此刻，施伐柯和賀可鹹的思維詭異地同步了。

施三哥被自家妹妹詭異的視線盯得一個哆嗦，「銀子不是已經給妳了嗎？幹嘛還這樣盯著我看，怪可怕的。」

「三哥。」施伐柯冷不丁地道。

「幹嘛……」

「你覺得可甜怎麼樣？」

「唔……」施三哥想起那位性格彆扭，喜歡裝淑女但又總會露出狐狸尾巴的賀小姐，忍不住有些想笑，「嗯，挺可愛的。」

施伐柯的眼神便有些意味深長起來。

「阿柯啊……三哥是不是一向最疼妳的？」正在施伐柯一臉若有所思的時候，施三哥突然拉住她的衣袖，笑得一臉討好。

……突然這麼肉麻是想幹嘛，施伐柯的目光一下子警覺了起來，她認真想了想，搖頭道：「不是。」施三哥一下子垮了臉，「阿柯，妳這麼沒良心真的好嗎？」
「三哥，全家就你最喜歡欺負我啊。」施伐柯忍無可忍地道，你這是哪來的自信啊。
「阿柯啊，太記仇的小姑娘不可愛的。」施三哥一臉認真地告誡。
「……你到底想幹嘛？」
「那啥，三哥同妳商量個事兒，這個月我剛回來，出門訪友得勤了點，手上銀錢不太夠用，不如妳先把銀子給我，我下個月再還給妳？我給妳利息，五分利！成不成？」
施伐柯抽了抽嘴角，敢情這是手上缺錢子想坑她，才同她打賭的啊！
這可是偷雞不成蝕把米了。
……真是出息。

施伐柯給陶氏出示了朱家遞來的帖子，終於被取消了禁足令。
第二日，施伐柯便帶著帖子去了朱家，結果在朱家大門口看到了一個眼熟的小胖子，不由得大為驚訝，「你怎麼在這兒？」
這不是陸池的學生嗎？只不過，這才短短幾日沒見著他，怎麼消瘦了許多？原本肉嘟嘟的臉清減不少，雙層的肉下巴也沒有了，竟透出些少年的俊秀來。
已經不是小胖子的朱禮掀起眼皮看了她一眼，有氣無力地道：「因為這是我家，妳又來幹什麼？莫不是我大伯母回心轉意了？」

施伐柯越發驚訝了，「大伯母？」

「朱顏顏的母親是我大伯母，我是二房的。」朱禮耷拉著眼皮道。

「……你怎麼看起來這麼疲憊？」施伐柯終於忍不住問，明明上次見他的時候還是個中氣十足的小胖子啊？這才多久，他到底經歷了什麼啊……

「一言難盡。」朱禮一臉深沉地道。短短幾日，他感覺自己簡直歷盡了人間的坎坷，嘗盡了人心的險惡，再想想以前逍遙快活的日子，真是一把辛酸淚。

嗚……要哭出來了。

說起來，他就是無意中聽到大伯母拒了先生的親事，這才想著要把四姐姐嫁給先生，這才引來了先生登門……簡直引狼入室啊！

施伐柯注意到他先前用了「回心轉意」這個詞，顯然是知道內情的，便試探著道：「其實我是昨日接到了朱家的請帖，對於朱夫人請我過來的原因，我還不知曉。」

朱禮多精明啊，一下子聽出了這話中的打探之意，當下眼睛一轉，「這箇中原因我倒是知道一二。」

果然！施伐柯眼睛一亮，「能跟我說說嗎？」

朱禮露出一個可愛的笑臉，「那妳能幫我一個忙嗎？」不得不說，清減下來的朱禮這一笑，還是頗有殺傷力的。

「什麼忙？」施伐柯有些好奇。

「我爺爺要讓我回家中族學，我不想去，我想拜先生為師。」朱禮這些日子被朱老爺子折磨得夠嗆，且他見識過族學中那些先生的嘴臉，著實不願意再回去受氣，不如賴著先生。

雖然氣憤，但朱禮也並不是不知道好壞的人，比起族學裡的那些道貌岸然之輩，他寧可跟著先生，但是，先生不願意啊！而且毫不留情地拒絕了他，說好的傳道授業解惑呢？

「想要拜師的話，你自己去同他講會比較有誠意吧？」施伐柯不解。

「我求過先生了，但是先生不同意。」朱禮很是失落的樣子。

「這……我能幫得上什麼忙？」

「妳幫我去勸勸先生，讓他收我為徒。」朱禮一臉期待地看著她道。這也是他剛剛看到她的時候靈光一現想出來的好辦法，據他觀察，先生心裡很可能暗搓搓地喜歡這位姑娘，不，不是很可能，先生可是曾恬不知恥地當面承認過的。

自己喜歡的姑娘說的話，一定很管用吧！朱禮十分陰暗地想。

不過先生也甚是奇怪，找人做媒卻看中了媒人這種事情簡直匪夷所思呢，該說不愧是先生嗎？總是如此驚世駭俗……

想來大伯母也不知道此事吧！她找這位小姐姐做媒無非是看她與陸先生交好，但先生在婚姻大事上怎麼可能被人隨意左右，估計大姐姐的願望最後還是會落空。

至於先生的願望，朱禮看著眼前的小姐姐，在心底呵呵一笑，怕也不是那麼好實現呢。現在想來，先生會這麼坑他，也許是因為他亂出餿主意想讓他娶四姐姐吧。

報復心真是太重了！師德何在！

施伐柯並不知道眼前這個曾經天真可愛的小胖子，已經往芝麻餡兒包子的道路上一去不復返了，她有些不確定地道，「我去勸有用嗎？」

先生收徒可不是小事，旁人一句話能抵什麼用？她三哥當初拜師，那位大儒可是整整考驗了他一整年呢！

「有沒有用都沒關係，只要妳去說了就行。」朱禮擺擺手，十分大度地道。

施伐柯遲疑了一下，她只是去說一句，至於要不要收徒，肯定還是陸池自己的意思，便應下了，隨即又道：「你現在能告訴我朱夫人請我來做什麼了吧？」

朱禮深沉地歎了一口氣，「按理這事兒涉及大姐姐的閨譽，我是不該對外說出來的，可是小姐姐妳是先生的朋友，也不算外人，且又是大伯母請來的媒人，這些事情妳早晚也會知道，我便先告訴妳，讓妳心裡有個底。」他口中的大姐姐便是朱顏顏。

這段迂回又繞口的話要擱以前，朱禮是鐵定說不出來的，而且覺得這是廢話，可是他在見識過人心的黑暗和險惡之後，便知道這種迂回的廢話還是很有必要的，至少就站在了道德的至高點，讓人拿不出錯來。

施伐柯看著朱禮小小年紀偏擺出一副深沉的模樣，著實可愛，忍不住有些想笑。

「我大姐姐病了。」一鋪完墊，朱禮便直奔主題，「已經幾日下不得榻，據說……」說到這裡，他略微遲疑了一下，「據說是因為我的先生。」

施伐柯一驚，莫不是朱家大小姐認識陸池？可是之前陸池從未說過啊？

「我大姐姐生性比較害羞，往日也不大願意見人……」朱禮說到這裡，沒有繼續說下去。他也是想不通，生性害羞又怕生人的大姐姐怎麼就對先生一見傾心非君不嫁了……

雖然他自己不肯承認，但其實比起很少見面的大姐姐，他更偏向自己先生，雖說朱家門第還算不錯，但他總覺得大姐姐並不是先生的良配，比起身體孱弱又不願意見人的大姐姐，他寧可先生娶活潑開朗的四姐姐。

這才有了之前那一出說親，雖然最後是把自己坑慘了……唉，他分明是一番好意，先生真是恩將仇報啊！

他見先生到處說親，又哪裡能想到他心裡暗搓搓想娶的人，也許就是眼前這個小姐姐呢？

施伐柯心裡有了數，謝過朱禮，又在他的暗示下啼笑皆非地表示，答應他的事情她一定會記得去辦，不過也表明最終辦不辦得成，得看陸池自己的意思。

兩人都很滿意，表示合作愉快。

朱禮是好不容易逃出來透個風的，很快便被尋來的書僮逮回書房去讀書了，施伐柯則按約去見朱大夫人。相比前兩次的怠慢，這一次朱夫人可謂做足了禮數，茶水點心也精緻許多。

一盞茶還未喝完，朱夫人便來了。

雖妝容妥帖，依然通身的氣派，但這位美貌的婦人眉眼之間卻是掩不住的憔悴，可憐天下父母心，朱夫人大概也是為女兒朱顏顏操碎了心。

「勞煩施姑娘了。」她十分客氣地道。

「無妨，不知夫人再次請我上門，所為何事？」施伐柯雖心中有數，但這些問題還是要問的。

朱夫人頓了一下，似乎有些不知該如何開口。

半晌，才輕輕地歎了一口氣，道：「上一回施姑娘曾說過，對朱家提出的這門親事存有疑慮，的確，從常理上來講，這門親事門不當戶不對，彷彿是有些蹊蹺，陸秀才雖是秀才，而我朱家的確最不缺的便是秀才。」

朱夫人撿起了上回談崩了的那個話題，態度是難得的誠懇。

「是，那您為何替朱姑娘選中了陸秀才呢？」施伐柯從善如流地問。

朱夫人又沉默了良久，似乎有些難以啟口。

「事實上，並不是我替小女選的陸秀才，而是小女自己選中了陸秀才。」最終，朱夫人終於還是說出了口。

施伐柯臉上恰到好處地表現出了驚訝之色。

「此事著實有些難以啟口，原是小女之前曾無意中見了陸秀才一面……」朱夫人面色有些僵硬。

自家姑娘對著一個陌生的男人一見鍾情，還鬧著非君不嫁，這種事情哪怕是放在小門小戶也是頗為沒臉的，何況朱家這樣詩禮傳家的大戶人家。

施伐柯這次是真的驚訝了，先前聽那小胖子說朱小姐為了陸池才心生鬱結，進而纏綿病榻，她還以為朱小姐也許是機緣巧合下，早就認識了陸池，這才將芳心暗許……但原來僅僅是一面之緣？

陸池的容貌難道真的有如此大的殺傷力嗎？竟讓朱家小姐一見傾心，然後就鬧著非君不嫁了？施伐柯有些遲疑。

「我可以見一見朱小姐嗎？」施伐柯忽然道，「我想和她談一談。」她上回曾遠遠見過朱小姐一面，但遠遠看一眼並不能解決任何問題，她得和朱小姐說上話才行。

這位朱小姐向來大門不出二門不邁，是個不折不扣的大家閨秀，且性格十分害羞，簡直如同含羞草一般，碰一碰都要卷葉子的，竟然就有勇氣鬧著非君不嫁了？而且還只是因為曾經的一面之緣，這算什麼？一見鍾情嗎？

施伐柯實在鬧不明白，但若要說媒，不明白的事情得先鬧明白了才行。

朱夫人蹙起眉，「實不相瞞，自我上回拒親之後，小女便一直纏綿病榻，若非如此……」若非如此，她一個掌家夫人，也算殺伐決斷，怎麼可能這樣輕易妥協，如此這般放下身段，又請了施伐柯上門。

只能說，可憐天下父母心。

施伐柯面上沒有露出絲毫異色，只誠懇道：「我知道夫人是一片拳拳愛女之心，這天底下的父母大多如此，總是拿兒女沒輒的，我爹娘亦是如此，夫人且安心。」

聽她這樣說，朱夫人的面色緩和許多。

「我只是覺得有些奇怪，以朱小姐害羞的性格，怎麼會因為見了陸秀才一面，就情根深重，非君不嫁呢？」

朱夫人若有所思。因為女兒幼年時的遭遇，她比旁人更加膽小害羞，朱夫人心疼女兒小小年紀受到那般驚嚇，總不忍心過於逼迫她，以至於她至今也沒鬧明白，向來不願意見生人的女兒，為何會對一個僅有一面之緣的男子這般上心，甚至於非他不嫁。

說來，這的確有些奇怪。

但，朱夫人還是沒有同意，她搖頭道：「小女不愛見生人。」遠遠看她一眼都有可能驚著她，更何況是想和她談一談？如今女兒還病著，朱夫人不敢冒險。

施伐柯有些鬱悶，這件事從頭到尾都透著詭異，雖說朱家是門好親，但因有之前的出爾反爾在前，而且朱小姐也著實害羞得有點異於常人了，總覺得這感情來得十分莫名而且猛烈。若是見不著朱顏顏，她寧可陸池繼續在她手上滯銷著，也不能就這麼不負責地說媒啊，這事關一個媒婆的尊嚴和操守，不能亂來的！

聊到這裡，氣氛又有些僵住了，就在施伐柯以為自己這回又要無功而返的時候，忽然有一個面相和善的婦人走了進來。

看到那婦人，朱夫人眉頭一蹙，有些緊張地站起身，「可是小姐有什麼不好？」

「夫人安心，小姐早上吃了半碗血燕粥，如今精神不錯。」那婦人說著，看了坐在一旁的施伐柯一眼，「小姐說要見一見這位媒人。」

朱夫人一愣，表情似悲似喜，「顏顏真這麼說？」

「是。」

朱夫人點點頭，看向施伐柯，「這還是小女這些年頭一回主動要見生人，妳……」

「請夫人放心，我會小心措辭，不會嚇到朱小姐的。」施伐柯口中道，心裡卻覺得這位朱夫人分明把女兒當成了琉璃人兒，彷彿一碰就會碎似的。

朱夫人緩緩吐出一口氣，「多謝。」

那婦人自我介紹是朱小姐的奶娘，施伐柯跟著她一路穿過重重院落，走進了朱家大小姐的閨房。

朱小姐半躺在床上，蒼白消瘦，她眼簾微闔，一旁有侍女在輕聲細語地給她念書。聽到腳步聲，朱小姐睜開眼睛，「奶娘？」聲音又輕又軟，有些氣力不繼的感覺。

婦人引著施伐柯上前，一臉慈愛地放輕了聲音對床上的少女道：「小姐，這位就是夫人請來的媒人。」

朱小姐聞言，看向施伐柯，有些生澀地對她微微笑了一下，輕聲道：「妳就是我娘請來的媒人嗎？」

施伐柯對朱家大小姐的印象還是那日站在花中，宛如瓷人兒一般美麗的少女，只是眼前的朱小姐看起來十分蒼白，瘦得竟有幾分脫了相。

「是。」施伐柯也輕輕應了一聲。

「抱歉，我暫時還沒有力氣起床，怠慢了。」朱小姐溫言細語地說著，雖然害羞，但神態十分溫柔，「不嫌棄的話，妳就坐在床沿上，我們說話方便些。」

對著這樣纖細又柔弱的少女，很難讓人不心生憐惜，施伐柯依言在她床邊坐下了。

「沒想到妳跟我看起來一般大呢，我原以為媒人都是成了婚的婦人……」朱小姐靦腆地說著，又覺得自己的話似乎不夠得體，眼神略為慌了一下，解釋道：「啊抱歉我不是……」

「無妨，我叫施伐柯。」施伐柯微微一笑，道。看得出來這位朱小姐是真的不常見生人，也真的十分怕見生人，此時她分明在極力壓抑著對生人的排斥和恐懼，以最大的善意來對待她。

這樣的姑娘，也難怪朱夫人待她如此小心翼翼了。

「伐柯如何？匪斧不克。取妻如何？匪媒不得。」朱小姐輕輕地念了一句，「是出自《詩經》嗎？」

「朱小姐真聰明。」施伐柯誇獎她，「我娘懷我的時候剛好升了官媒，就給我娶了這個名字，妳說是不是一聽我這名字就知道我該做媒婆的？」

朱小姐被誇獎，微微羞紅了臉，隨即又被她的話逗笑了，「那……我叫妳施小姐成嗎？」她嬌嬌弱弱地問。

施伐柯很少被人稱作「小姐」，也不大習慣這樣的稱呼，「妳叫我阿柯就好。」

朱小姐有些羞赧地輕聲道：「那阿柯，妳叫我顏顏吧。」

少女之間的友誼便如此奇妙，朱顏顏一下子便對眼前這個彷彿小太陽一樣會讓人感覺溫暖的女孩充滿了好感。

事實上，在見到施伐柯之前，朱顏顏就對她充滿了好感，否則，朱家請媒的帖子也不會送到施伐柯手上了。

因為不放心一直站在一旁伺候的奶娘見到這一幕，悄悄抹了抹眼睛，因為自十年前那場事故之後，朱顏顏便一直不願再見生人，更別提這樣氣氛友好的交談，她總是像一隻受驚的小鹿一樣，但凡聽到一點風吹草動便驚慌失措。

「顏顏。」施伐柯從善如流地叫她了一聲。朱顏顏聽到施伐柯叫自己的名字，似乎很是開心，忍不住彎了彎唇，蒼白的臉頰微微浮上了一層粉色，又似乎害羞極了。

施伐柯從沒有見過這般容易害羞的姑娘，也覺得好玩極了，而且……

「妳真漂亮啊。」施伐柯忍不住感歎，就單從容貌上來說，朱顏顏和陸池也是極般配的。

朱顏顏似乎不太習慣這般直白的誇獎，臉越發的紅了起來，「妳、妳也很漂亮呢……」她小小聲道。

施伐柯大概覺得初見面的兩人這樣互相吹捧十分有趣，忍不住噗嗤一下笑了起來。

朱顏顏愣了一下，隨即也抿嘴笑了起來。

「顏顏，朱夫人說，妳想見我？」笑過之後，施伐柯問。

朱顏顏臉上的笑意一下子消失了，蒼白嬌美的臉上添了一抹輕愁。一旁的奶娘見狀，有些不贊同的看了施伐柯一眼，只覺得這小姑娘不大會看人臉色，小姐已經很久沒有這麼開心過了，難得氣氛那麼好……

施伐柯注意到了奶娘的眼神，一時有些無語，總感覺朱顏顏如今這樣的性格養成，這位奶娘和朱夫人似乎占了很大的功勞呢。

且，她們該不會忘記了她主要是來幹什麼的吧？

「阿柯，妳會不會瞧不起我？」半晌，朱顏顏輕聲道。

施伐柯一愣，「怎麼會？妳為什麼會這樣問？」

「我如此不矜持，不顧父母之命，吵鬧著非要嫁給陸公子，甚至不惜作踐自己的身體，讓母親為我憂心……」朱顏顏垂眸說著，漂亮的眸子裡浮起了一層薄薄的霧氣。

施伐柯看了一眼一旁似乎也要哭出來的奶娘，忍不住有點頭疼，趕緊道：「當然不會，不過，不管怎麼樣都不能拿自己的身體開玩笑，總要養好了身體才能圖其他不是嗎？」

朱顏顏黯然垂淚，「我也不想這樣……可是我控制不住我自己，我一想起陸公子不願意娶我，我就心中十分難受，吃不下飯，也睡不著覺。」她看起來十分痛苦的樣子。

「小姐……」一旁的奶娘欲言又止，似乎有點擔心朱顏顏說出這樣驚世駭俗的話，傳出去會影響她的閨譽，小姐養在深閨到底不識人心險惡，萬一這位施姑娘嘴不嚴……

「放心。」施伐柯給了奶娘一個安心的眼神，她還是有職業操守的好吧！

但施伐柯也有些心驚，看朱顏顏的模樣，彷彿陸池不娶她，她就活不下去了一般，可她到底為何會對只見過一面的男人如此情根深種啊？

「顏顏，妳是什麼時候見到陸公子的？」施伐柯忽然心中一動，問。

關於這一點她也很奇怪，按理說朱顏顏養在深閨，應該沒什麼機會見到外男，似朱家這般的門第，未出閣的小姐除了出門上香之外，幾乎是沒有什麼機會出門的，連打首飾做衣服都是請了人上門。

所以，她到底是在哪裡見到陸池的啊？

朱顏顏頓了一下，似乎有些害羞，又似乎有了些別的什麼情緒，彷彿是……恐懼？

「我八歲那年，在千崖山。」朱顏顏輕聲道。

聽到這句話，施伐柯還沒什麼反應呢，一旁的奶娘已經大驚失色。

「小姐……」她喃喃。她和夫人都以為小姐只是那日出門，在街上偶然見了那陸秀才一眼便芳心暗許，畢竟那陸秀才的確是有一副極好的容貌，但原來……竟還有這般內情嗎？

朱顏顏沒有看為她憂心不已的奶娘，陷入了一種奇妙的回憶裡。

「我八歲那一年，祖父致仕返鄉，全家搬來銅鑼鎮，途經嵐州千崖山的時候……遇到了匪徒劫道。」說到這裡，朱顏顏咬了咬唇，臉上的血色消失殆盡，連單薄的身體都微微顫抖起來，整個人彷彿都陷入了極可怕的幻境裡。

當時女眷的馬車被匪徒衝得七零八落，她的馬車落了單。

朱顏顏容貌極盛，才八歲的年紀便已經出落得十分惹眼，她自幼被養在深閨，何曾見過那等恐怖的場面，隨行的護衛死的死傷的傷，她被一個可怕的刀疤臉男人從馬車中惡狠狠地拖了出來，甩到地上。

地上一片殷紅的血窪，那是死去護衛的血，她狼狽地趴在地上，直直對上了一個護衛死不瞑目的眼睛，止不住地尖叫起來。

而後，那個可怕的刀疤臉男人大笑著走上前，將她壓倒在地。她恐懼地瞪大眼睛，一下子失了聲，連叫，都叫不出來了。

就在她以為自己會那樣屈辱地死去之時，突然有一滴腥紅微熱的液體飛濺到她瞪大的眼睛裡……

是血。

眼前的一切驟然扭曲，那個可怕的刀疤臉男人彷彿一隻死狗般無聲無息地被人掀飛了出去，她怔怔地躺在地上，看著那個逆著光出現的少年。

「沒事吧。」他朝她伸出手。

極修長極好看的手，她看到他的手腕內側，有一枚形狀奇特的刺青，似龍非龍，似蛇非蛇。

她呆呆地看著，半晌沒有動。

「嘖，妳這小丫頭，是嚇傻了嗎？」那少年蹲下身，湊近了看她，然後咦了一聲，用衣袖替她擦了擦臉上飛濺到的血跡，聲音帶了幾分驚歎，「好漂亮的小姑娘。」

她仍是呆呆的仰頭看他。

「啞巴？」

她仍是呆呆的。

「原來是個啞巴啊。」那少年面露惋惜之色。

「陸大哥，你下手這麼狠，你爹知道嘛？」一旁，響起另一個少年清越的聲音。

「那也是你爹。」少年不耐煩地道。

「你在磨蹭什麼，你不走我可走了！」那人又道。

少年嘖了一聲，回頭看了一眼神色呆呆的小姑娘，似乎在猶豫該拿她怎麼辦。

正這時，遠遠地聽到有人在喊，「小姐！小姐！」

「不要怕，妳家人找來了。」那少年鬆了一口氣，「妳乖乖在此處等著，我走了。」說完，起身便要走。

一直目光呆滯的小姑娘動了一下，倏地伸手拉住了他的手。

「怎麼了？」少年回頭看向她。

她還是不說話，也不肯鬆手。

站在不遠處的另一個少年大笑，「看這小丫頭挺喜歡你的，不如帶回家做個壓寨夫人好了，反正這世道對女子如此苛刻，她今日這般也算毀了名節，回家也是沒人要的。」語氣很是刻薄。

小姑娘聽著，彷彿被那話中的刻薄之意嚇著了，瑟縮了一下。

「妳別聽他亂嚼舌根。」少年回頭瞪了那人一眼，看小姑娘木木呆呆，又拉著他不肯放也有些苦惱，他用另一隻空閒的手在身上摸摸，最後從袖袋中掏出了一枚玉墜塞進小姑娘手裡，複而抬手摸了摸她的腦袋，輕聲對她道：「此處是我的地盤，沒想到有瞎眼的流寇在此處作亂，連累妳受了這番驚嚇，聽說山下對女子苛刻，若以後妳因為今日之事嫁不出去，便帶著這信物來千崖山飛瓊寨尋我，我娶妳。」

言罷，聽到那些來尋她的人已經近了，少年便掙脫開她的手，走了。

❦

朱顏顏陷在回憶裡，目光發直，眼中有著驚懼，只是原本蒼白的臉上卻不自覺染了一層緋色。

那一日，她經歷了此生從未有過的恐懼，也經歷了此生從未有過的心動。

「然後呢？」見她只說了一句話，便彷彿陷入了回憶中久久不言，施伐柯忍不住催促，只覺得這簡單的一句話便聽得人心驚肉跳。

「當時我的馬車落了單，情況極為兇險，有一個少年出手救了我，他姓陸。」朱顏顏頓了頓，滿面羞怯地道，「他還給了我一個信物，說會娶我。」

朱顏顏掩蓋了一些事情，並沒有將所有的事情和盤托出，因為陸公子的來歷，有些問題。

她後來打聽過，千崖山飛瓊寨……乃是一個匪寨。

朱夫人疼女兒，也知這世道對女子苛刻，因此用雷霆手段壓下了女兒被劫之事，因此當日那少年擔憂的事情全都沒有發生，朱顏顏仍是朱家尊貴的大小姐，只是她當日受驚太過，回家之後連日高燒不退，好不容易熬過來，便成了如今這般膽小害羞的性子。

施伐柯聽了這話，卻是目瞪口呆，原來竟還有這一出？可是這簡直太不可思議了……

「顏顏，妳是不是搞錯了？妳怎麼能肯定當年救了妳的少年就是陸公子，僅憑他也姓陸嗎？」且不說朱顏顏如今已經十八歲，距今十年，怎麼就能一眼認出陸池了？而且十年前陸池才多大，就能路見不平拔刀相助還打贏了？

再說了……陸池分明是個讀書的秀才，手無縛雞之力，又哪裡會什麼功夫？

「我不會認錯的。」朱顏顏搖頭，極為肯定地道：「前些日子我出門上香，曾見過陸公子一面，我能肯定，他就是那日救了我，並承諾會娶我的少年。」

朱顏顏撒謊了。

她不是出門上香的時候見的陸公子，她甚至根本沒有見過陸公子。

她之所以如此肯定陸秀才就是當年那個救了她並許諾會娶她的少年……是因為那一日，她也在金滿樓。

八年前，自朱顏顏查到她一直嚮往的千崖山飛瓊寨其實是一個匪寨之後，便越發的鬱鬱寡歡，她知道母親不可能讓她嫁給一個來歷不明的人，所以一直壓抑著自己的感情。

她將那日少年所贈的玉墜用金絲串起，日日戴著，許是冥冥之中的緣分，前些日子金絲斷了，她央求了母親，親自去金滿樓配金絲。

因她往日不喜出門，難得一次的要求，母親幾乎是喜出望外的答應了。

那日，金滿樓的大小姐沈桐雲親自接待了她，陪著她在後面專門接待女眷的雅間裡小坐時，便聽到外頭有人在閒聊。

「聽說那個陸秀才是嵐州人呢……」

「是啊是啊！聽說他是千崖山飛瓊寨出來的。」

「真的假的？好可怕啊，飛瓊寨不是一個山匪窩嘛……他來銅鑼鎮幹嘛？不會引來山匪吧？」

外頭驚呼聲一片，雅間裡頭，朱顏顏一下子揪緊了手中的帕子。

陸秀才，千崖山飛瓊寨……是他！他來了！朱顏顏激動得手都在微微顫抖，她死死地捏著手中的帕子，生怕被一旁的奶娘看出端倪來。

「哎呀，我們銅鑼鎮從來都是太太平平的，可不要因為他惹來什麼麻煩……」

「難怪想要逼娶賀家小姐呢，這是覬覦賀家的家財啊，不過你們誰見過那個陸秀才長什麼模樣啊？」

「既然是山匪出身，想來應該是個長著絡腮鬍子，虎背熊腰，滿身都是肉的胖子吧！聽說山匪都長那樣，可嚇人了。」

才不是！朱顏顏忿忿地想，陸公子才不是那樣的人！隨即又滿心羞怯地想……即便他當真長著絡腮鬍子，虎背熊腰，她也是想嫁給他的。

「朱小姐，妳怎麼了？是被嚇著了嗎？」一旁陪同的沈桐雲見她面色不對，忙小心翼翼地問。

沈桐雲對於這位朱大小姐也是有些好奇的，聽聞她自小養在深閨輕易不見外人，這次來金滿樓，朱夫人還特地提前打了招呼，點名要找個脾氣好的小姑娘陪同，朱家是金滿樓的大客戶，這不……她這位沈大小姐親自上陣招呼了，因此對於這位嬌客，沈桐雲還是很小心的。

「他們在說什麼？陸秀才是誰？逼娶賀家小姐又是怎麼回事？」朱顏顏佯裝好奇，輕聲問道。

她有點在意陸秀才逼娶賀家小姐這件事。

這是沈桐雲見到這位朱小姐之後，她頭一回主動開口，沈桐雲竟然有點激動，於是就知無不言言不無盡了，且她本來就有意替好友賀可甜出口惡氣，將這件事傳播出去，讓大家知道那位陸秀才的真面目。

「陸秀才是不久之前才搬來銅鑼鎮的，自稱是個秀才，但也不知是真是假，前些日子賀家喜餅鋪子搞活動弄了個噱頭說要拋繡球招親，結果那陸秀才搶了繡球，便托人上門提親要逼娶賀家小姐。」沈桐雲頗有些氣憤地說著，又壓低了神秘兮兮地道：「據說那陸秀才根本就不是什麼秀才，他是嵐州人，有人查到他是千崖山飛瓊寨出來的，是個山匪……」

其實這話半真半假，邏輯上根本也說不通。至於有人查到陸池是千崖山飛瓊寨出來的這種事情，更不過是以訛傳訛罷了，但是朱顏顏信了。

「賀小姐也真是可憐，要被這種來歷不明的人逼娶，要我說，就該把他抓起來關進監牢，這才天下太平，朱小姐妳說是不是？」沈桐雲一臉感慨地說著，期待地看向朱顏顏，希望得到她的認同和回應。

結果，朱顏顏冷冷地看著她，道：「要我說，有問題的是賀家才對，婚姻大事也能拿來作噱頭嗎？賀家小姐的閨譽還要不要了？以前常聞商人重利，又道無奸不商，還曾覺得這種評價對於商家有失偏頗，如今看來不過是自取其辱罷了。」

沈桐雲目瞪口呆，不是說朱家大小姐為人膽小又害羞嗎？眼前這個犀利又毒舌的姑娘到底是誰啊？怕不是冒充的？

一旁，朱顏顏的奶娘也是目瞪口呆，彷彿不認識自家小姐了一般。

外頭，那些婦人仍在嚼舌根。

「啊……賀家小姐好可憐，要被這樣的人逼娶……」

「這個秀才是真的假的還是兩說的呢，也可能是冒充的吧！」

「可是冒充秀才不是要被抓進衙門關起來的嗎？」

「他都已經是山匪了，還怕冒充秀才這種小罪嗎……」

朱顏顏捏緊了拳頭，銀牙緊咬，又氣陸公子忘記了要娶她的話，竟然去向勞什子賀家小姐提親，又心疼他被人這樣侮辱奚落，更怕他冒充秀才的事情被發現，當真被人抓起來關進監牢。

正這時，突然聽到一聲憤怒的喝斥。

「這樣沒根據的事情，怎麼可以隨便亂說！陸秀才在銅鑼鎮租了房子，在衙門裡簽過租賃的契約，他的秀才身份是在衙門裡備過案的！」

朱顏顏一下子便踏實了下來，心中暗自感激這個替陸公子說話的姑娘。

「妳這小姑娘怎麼一驚一乍的，我們又不是衙門裡的青天大老爺，要憑證據抓人，能夠掌人生死，不過只是隨便閒聊幾句而已罷了。」外頭，有婦人不滿道。

「誰說只有衙門裡的青天大老爺才能掌人生死了，豈不知眾口鑠金，積毀銷骨。」那姑娘彷彿被那樣不負責任的話氣笑了，「這位夫人，流言可畏，亦能殺人！」

朱顏顏聽得連連點頭，心中對這姑娘越發喜歡。

外頭，那婦人似乎有些羞惱，怒聲道：「小姑娘家家，小小年紀竟是這般伶牙俐齒，小心日後難找婆家。」

便聽那姑娘揚聲道：「我吃媒人這碗飯，當然得伶牙俐齒！」

裡廂，朱顏顏有些驚訝，聽聲音是個年輕的姑娘，大概也就同她一般大，竟然是個媒人嗎？

「對，我是個媒婆，當日陸公子得了賀家的繡球，按約請了媒人上門提親，那個媒人就是我！所以沒有人比我更清楚這整件事情的真相，逼娶之說根本是無稽之談，雖然我也很意外賀家為何拋繡球招親，事後又不認，但陸公子事後根本沒有糾纏此事，何來逼娶之說！」

「且，我見過陸公子，他是個芝蘭玉樹般的謙謙君子，絕非那等小人！」

廂房裡頭，朱顏顏聽得心潮起伏，恨不得立刻起身去見一見這個媒人，奈何奶娘虎視眈眈，她得從長計議，不能讓奶娘起疑。

回家之後，朱顏顏找人查探了一番，得知那日在金滿樓自稱媒人的姑娘叫施伐柯，母親是個官媒。

朱顏顏便開始作出一副茶飯不思的模樣，待母親察覺出來尋她談心，她便一臉羞赧地跟母親說，她想嫁給陸秀才。

又說，要找一個叫施伐柯的媒人。

朱家書香門第，朱顏顏想嫁給一個秀才，雖不算出格，但朱夫人仍是不喜，畢竟那陸秀才一窮二白不說，名聲還不好，於是私下找了奶娘問話。

奶娘見過小姐那日在金滿樓的異狀，明明平日裡是個軟和害羞的性子，那日在金滿樓卻破天荒險些和沈家小姐吵起來，為的便是那陸秀才。便將這話同夫人說了，朱夫人心疼女兒，雖然不喜，但到底不忍女兒失望，又怕她多憂多思熬壞了身子，只得鬆口答應。

結果，誰知那陸秀才竟然不識抬舉，朱夫人一怒，便將此事作罷。

這廂，朱顏顏幽幽地歎了一口氣，可憐兮兮地紅了眼圈，「可是他不記得我了……他寧可去賀家提親，也不肯答應我的親事……」

施伐柯見她傷心成這樣，也忍不住懷疑陸池那個傢伙，該不會真的曾經答應過會娶人家，結果忘記了吧？這是始亂終棄啊！

然後，鬼使神差地，施伐柯突然想起那日……她問陸池喜歡什麼樣的姑娘。陸池怎麼說的？他說，「我喜歡有福氣的姑娘。」施伐柯一時有些神遊天外，她想起了賀可甜的身材……嗯是極豐潤的，難怪當初他會上門提親了。

「阿柯，妳幫幫我，好不好？」朱顏顏淚盈於睫，拉著施伐柯的衣袖，楚楚可憐地望著她，因為情緒過於激動，她看起來有些體力不支的樣子。

「好！」施伐柯一下子回過神來，她最見不得美人傷情，立刻拍胸脯保證了，「放心，我一定會幫妳的。」說完，又覺得好像有哪裡不對，就這麼把陸池賣了似乎太不仗義了，萬一朱顏顏當真認錯人了呢？那陸池豈不冤枉？

且，萬一這門親事說成了，結果朱顏顏最後才發現陸池並不是她要找的人……那就很尷尬了。

自從施伐柯說要當媒婆開始，娘就告誡她，結親是兩個人一輩子的事情，作為媒人，一定要慎重以及負責，否則便是害人。

「妳同我說說那個答應娶妳的少年有什麼特徵吧！我幫妳去查證一番。」施伐柯道，「若陸秀才當真是妳要找的人，我一定會幫妳的。」

朱顏顏點頭，輕輕拉住了施伐柯的手，「阿柯，妳真好。」施伐柯握著朱顏顏細膩微涼的小手，心生憐惜。

「顏顏，妳要好好吃飯啊。」施伐柯說著，頓了頓，又輕咳一聲，語重心長地道：「據聞陸秀才喜歡有福氣一點的姑娘。」

朱顏顏一愣，隨即微微睜大眼睛，「真的嗎？」施伐柯點頭。

朱顏顏咬了咬唇，低頭看了看自己的胸口，有些沮喪。顯然，朱顏顏眼中「有福氣」的姑娘，和施伐柯所認為的一樣，有福氣等於好生養，就等於珠圓玉潤。

「我……我會努力的。」朱顏顏小小聲道。

施伐柯輕輕拍拍她的手，覺得她甚是可愛，心中越發憐惜了。她又哪裡知道，朱顏顏雖然害羞又膽小，還長著一張嬌弱無害的臉，但其實是個芝麻內餡兒的。

朱家這種大戶人家養出來的小姐，即便是被保護得很好，又怎麼可能真的是個傻白甜呢，更何況，她八歲那年曾遇到過那樣可怕的事情，如何自保幾乎成了她的本能。

施伐柯更不知道，她能接到朱家這種大戶人家的請媒帖子，都是眼前這個看似孱弱無害的朱小姐功勞。

畢竟就如施伐柯之前想的那樣，以朱家這樣的門第若要請媒，至少也得是她娘那種層次的官媒，朱家下帖子給她，也是朱顏顏纏著她母親求來的。

聊了這麼許久，朱顏顏面色越發的蒼白了，露出了些許疲憊的神色，一旁奶娘見狀，忙上前勸她休息。

「小姐已經許久沒有這樣和人聊過天了。」奶娘抹著眼淚勸道，「先休息一下吧！若是小姐喜歡和施姑娘聊天，回頭老奴讓夫人再給施姑娘下帖子請她來玩。」

「可以嗎？」朱顏顏小心翼翼地看向施伐柯，那雙極漂亮的眼睛裡滿是期盼，看得施伐柯大為憐惜，立刻腦補了一個可憐又孤寂的少女楚楚可憐地獨守深閨的模樣。

「當然可以！」施伐柯趕緊保證，「放心吧，妳先休息不要累著了，我回頭再來尋妳玩，答應妳的事情，我一定會辦好的。」

朱顏顏輕聲說了一句謝謝，沖她羞怯地笑了一下，放心地闔上了眼睛。

她身體孱弱是真，為了逼迫母親同意她和陸公子的親事，並且再請施伐柯上門，她已經好幾日沒有好好用過飯了，但是，萬萬沒想到陸公子喜歡「有福氣」的姑娘，真是失策啊！

難怪他之前不肯輕易同意這門親事呢！不行，她要好好吃飯才行！

抱著這樣的雄心壯志，朱顏顏睡著了。

一旁，奶娘小心地替她掖了掖被子，又抹了抹眼睛，低低地歎了一句，「我可憐的小姐心裡苦呢……」原來小姐非那位陸秀才不嫁，內裡還有這樣的原因啊，她得好好跟夫人說道說道，讓可憐的小姐如了願。

施伐柯看著床上已經昏睡過去的蒼白少女，也是大為憐惜，明白了朱顏顏的想法，也知道了她為何非要嫁給陸池的原因，此時心裡反而有了些底。

離開了朱顏顏的閨房，施伐柯去主院同朱夫人道別，又得了一個誠意十足的大紅包。

捏著那鼓囊囊的荷包，施伐柯不由得感歎，果然還是大戶人家的生意好做啊，又忍不住暢想……若是朱家這門親事她做成了，不但可以解決了陸池艱難的婚事，自己也能聲名鵲起，成為一個知名的大媒人。

越想越美，施伐柯腳步輕快地離開了朱府。

施伐柯離開之後，朱夫人叫來了朱顏顏的奶娘，「小姐同這位施姑娘說了些什麼？」

奶娘紅著眼圈，將之前的事情一一說了，複又抹淚道：「小姐已經許久沒有這樣開心了，這施姑娘倒是個討人喜歡的。」

朱夫人沉默了一下，「顏顏說，那位陸秀才就是十年前救了她的人？」

「是的，小姐還說當年陸秀才給了她一個信物，答應了要娶她的。」奶娘說著，又忿忿地絮叨，「枉費小姐一直記著他，他卻將小姐忘了個乾淨，竟然還去求娶賀家姑娘，活該他遭人奚落，更何況賀家那姑娘姿色平庸，連我們家小姐的一根手指頭都比不上，賀家又是商賈之家，滿身銅臭，真不知道陸秀才看中了他們家什麼，難道是有錢嗎？」

奶娘絮叨個不停，朱夫人聽得腦袋裡嗡嗡響，她有些無奈地揮揮手，「行了，妳去陪著小姐吧，萬一又做了噩夢身邊沒人的話，她會害怕。」

奶娘一聽，立刻止住了絮叨，「是，老奴這就去守著小姐。」說著，生怕朱顏顏又做了噩夢，趕緊走了。

奶娘一走，朱夫人立時清淨了。

這奶娘哪裡都好，對顏顏也是真心疼愛……就是這絮叨勁兒，一般人受不了。因為顏顏不愛說話，於是這奶娘就整日挖空心思陪她說話，結果顏顏還是不愛說話，這奶娘倒是越發的話多了。

這一清淨，朱夫人就能思考了。

和無腦疼愛朱顏顏的奶娘不同，朱夫人對於自己生的這個女兒倒是有幾分瞭解，她也十分驕傲自己的女兒並不是個真蠢的，但是，一旦女兒將聰明的手段用到自己身上，朱夫人就有點不大高興了。

可是即便是朱夫人，一時也摸不准自己女兒到底在算計什麼。畢竟朱夫人再精明，這一時半會兒也想不到自己女兒因為幼年時的救命之恩，打定主意要去給山大王當壓寨夫人了……

「信物嘛……」朱夫人喃喃自語。她想起了女兒一直當寶貝一樣貼身戴著，連睡覺都不肯拿下來的玉墜，朱顏顏很少主動要求什麼，前段時日串在那玉墜上的金絲斷了，她想去金滿樓重新拉一副金絲，還來央求過她，結果就是那一日，她竟然因為陸秀才和金滿樓的沈小姐鬧了口角。

……這對朱顏顏來說簡直是破天荒的事情。

朱夫人當時非但沒有惱，還覺得挺高興的，畢竟比起無欲無求、整日躲著不肯見人，明明小小年紀卻過得暮氣沉沉，唯一的興趣就是養茶花，這樣有點小脾氣，還會和同齡的小姑娘鬧些口角，才像個正常的小姑娘不是嗎？

可是才正常了一下，朱顏顏就變得更奇怪了，突然就說想嫁人了，且想嫁的還是個一窮二白的秀才，簡直讓朱夫人猝不及防。

且自那日親事不了了之後，她便茶飯不思日漸消瘦，最後病得連床都起不來了……分明是在逼她就範，可即便朱夫人知道，但還是狠不下心看她這麼糟踐自己。

朱夫人神思一轉，又將念頭放在那枚玉墜上。

說起來，那枚玉墜水頭不錯，並不是尋常物什，好像突然就出現在了朱顏顏手裡，而且也查不到來歷，原來，竟是那次事故裡，救了顏顏的人所贈嗎？

若是先前，朱夫人也許會懷疑那位一窮二白的陸秀才肯定拿不出這樣的好東西，只是，上回他托人去賀家提親之前大約是銀錢不湊手，曾去施家的當鋪當過一隻玉鐲，後來那玉鐲戴在了施伐柯的手上。

朱夫人見過，成色著實不錯，如今再想，竟彷彿和顏顏當成寶貝一樣貼身戴著的那枚玉墜是成套的。看來那位陸秀才身上還是有幾樣好東西的，還是說……他其實是個深藏不露的？

饒是精明如朱夫人，一時也有些琢磨不透了。

離開朱家之後，施伐柯迫不及待地想去找陸池問個究竟。

她在想，陸池究竟是不是朱顏顏等的那個少年？如果是的話，那麼他究竟是真的忘記了她，還是嫌棄她長大後不夠「有福氣」……咳，就嫌棄她了呢？

這麼一想，施伐柯竟有些替朱顏顏不平了。

今日不是休沐日，這個時間陸池應該在學堂，施伐柯想了想，決定去學堂找他。

捏了捏手中鼓囊囊的荷包，施伐柯財大氣粗地繞道去盛興酒樓打包了一隻荷葉燒雞，準備帶去給陸池添菜。

拎著燒雞，施伐柯正準備走的時候，看到隔壁桌有人在飲酒，不由得口中生津，便豪氣沖天地道：「再來一壺梅子酒！」

夥計呵呵一笑，「抱歉啊施姑娘，梅子酒已經賣完了。」

施伐柯眨巴了一下眼睛，雖有些失望，但更覺好奇，「妳怎麼知道我姓施？」

「別看我顯小，也是這酒樓裡的老夥計了呢，不是我自吹，這往來酒樓的常客啊，我大都認得，像施姑娘妳也算是咱們酒樓裡的常客了啊……」夥計一張嘴叭叭叭地說著，很有點自豪的樣了。

……所以您到底是從哪裡聽出來我說您顯小了？施伐柯抽了抽嘴角，見他廢話這般多，一聊便有些收不住的架勢，便默默住了嘴，正準備抬腳走人的時候，便見隔壁桌那人剛好喝完了一壺酒，招手揚聲道：「夥計，再來一壺梅子酒！」

「好咧！」另有一個小夥計清脆地應了一聲，很快送了酒去。

施伐柯默默扭頭，看向自己面前的那夥計，說好的賣完了呢？

「這是客人先前訂的。」夥計很是憨厚地笑了一下，又叭叭叭地解釋道，「梅子酒喜歡的人多，但施姑娘妳肯定知道嘛，喜歡的人一多就會出現供不應求的狀況……」

施伐柯只覺得耳邊嗡嗡響，正受不了準備告辭的時候，又有一對年輕男女走了進來。

那女子戴著冪蘺，看不清容貌，聲音卻是十分溫婉悅耳，只聽她道：「聽聞這盛興酒樓的梅子酒乃是銅鑼鎮一絕呢，如今可算是能嘗一嘗了。」語氣十分的期待。

她身側那男子面目冷淡，並沒有接話，卻在坐下之後，對夥計道：「先燙一壺梅子酒來。」

「明大哥，不必燙了，我想喝些涼的。」那女子嬌聲道。

「去燙了酒來。」那男子仍是不理她，只對那夥計道。

施伐柯看了看他們，倒覺得那男子挺有趣，彷彿是個面冷心熱的，明明一副拒那姑娘於千里之外的樣子，卻又忍不住管著她，不許她吃寒涼之物。

只可惜梅子酒已經售罄，那位姑娘滿懷期待而來，註定要失望了。正在施伐柯暗自感歎為她感到可惜的時候，便見那夥計俐落地應了一聲，便往後廚去了。

……喂！說好的售罄呢？施伐柯再次扭過頭，默默看向自己眼前這個聒噪的夥計，「莫非這也是先前訂好的？」

夥計毫不臉紅地點頭，眼也不眨地睜眼說瞎話，「是的呢！」

施伐柯瞇了瞇眼睛，也沒有多作糾纏，輕哼一聲，拎著燒雞轉身走了。她身後，那夥計悄悄抹了一把汗，長長吐出一口氣，心道可算是忽悠走了。

「梅子酒不是還有許多嘛，為何不賣給那姑娘？」有新來的小夥計好奇地湊上前問。

「東家交代下來的，你也警醒點，要是賣了酒給那位姑娘，你這份工就不用幹了。」好不容易將施姑娘忽悠走了的夥計一臉警告道。

新來的小夥計驚了一下，忙不迭地點頭應了。

這廂，施伐柯拎著包好的荷葉燒雞走出盛興酒樓，心中還是覺得有些古怪，隱隱有了些猜測……說來，三哥也是這酒樓的常客吧？該不是他使壞，威脅了人家夥計不許賣酒給她？

在施伐柯看來，這事兒也只有她三哥幹得出來。

雖然沒有買到梅子酒有些失望，但看了看手上拎著的燒雞，施伐柯心情又好了起來，想起朱顏顏的囑託，興沖沖去學堂找陸池了。

這個時間，陸池正在學堂上課，朱禮已經多日不曾來學堂，少了那個聒噪的小胖子，當真是耳根清淨許多……至於那小胖子此時在家中是何等的水深火熱，黑心的陸池自是不管的。

上完課，學生陸續返家，陸池收拾了一番，也打算回去歇著。這兩日他總覺得心裡空落落的，幹什麼都提不起精神來，這真是平生不會相思，才會相思，便害相思。

唉，他想他大概是得了相思病吧！

自從那日盛興酒樓之後，他便再沒有好好同施伐柯說過話，她也不曾再來尋他，他去施家吧，又總能遇到那位他十分想敬而遠之的賀大小姐，對於剛弄明白「魂牽夢縈」這個詞真意的陸池來說，可以說是非常之糟心了。

頗有些神思恍惚地走出學堂，便聽到一個熟悉的聲音叫他。

「陸公子！」聲音脆甜脆甜的，聽著便令人心頭一亮。

陸池抬頭，便看到了一張笑盈盈的臉，正是他魂牽夢縈的那張臉……這莫不是已經相思入骨開始出現幻覺了？雖這樣想著，他卻彷彿是受了某種蠱惑一般，不由自主地抬腿走了過去。

在她面前站定，陸池動了動鼻子，忽然聞到了一股……嗯，燒雞的香味？他的視線落在了她手中拎著的荷葉燒雞上，若是幻覺，不可能連香味都如此真實啊。

「阿柯？」不是做夢，真的是她啊！陸池眼睛亮亮的，一下子高興了起來，可以說是十分驚喜了，真真是一日不見，如隔三秋呢。這不，一激動，竟不小心把心中叫順了口的稱呼給喊了出來。

然後，他就後悔了，眼睛一眨不眨地看著施伐柯，生怕她不高興，亦或者覺得被冒犯了。但是，他明顯想多了。

「嗯？」施伐柯下意識應了一聲，完全沒有發覺他這脫口而出的稱呼有什麼不妥，因為此時她看到陸池，便一下子又想起了朱家那個蒼白又孱弱的少女，滿心滿腦想的都是該如何打探他，究竟是不是當初那個救了朱顏顏的少年，又哪裡分得出心思去想其他。

陸池卻以為她這是默認了「阿柯」這個稱呼，眼中一下子盈滿了小星星，讓那張本就十分好看的臉越發的張揚了起來。

饒是心不在焉的施伐柯也看得一呆，隨即趕緊甩甩頭回過神，暗自念叨了一句罪過。

「妳來找我嗎？」陸池輕笑一聲，感覺整個人都神采飛揚起來。

「是啊，路過酒樓正好買了只燒雞，帶給你來打打牙祭。」施伐柯說著，又翹起了嘴巴，頗為不滿地抱怨道，「本來還有梅子酒的，但那夥計好生奇怪，非得撒謊說梅子酒已經售罄，我明明看到其他客人點了的，偏就不肯賣給我。」
她不提那梅子酒還好，一提起，陸池便忍不住想起了那日，她在盛興酒樓醉酒之後憨態可掬的模樣，以及他那個不可言說的夢，一下子便覺熱氣上湧，連呼吸都有些不暢了。
「陸公子你怎麼了？」施伐柯瞪大眼睛，看到兩管殷紅的鼻血從那挺直漂亮的鼻樑裡緩緩流了出來……
「嗯？什麼？」陸池晃了晃腦袋，晃去了腦中那些齷齪的畫面，卻見她臉上露出了驚慌的表情，有些不解地問。
「哎呀，你流鼻血了！」施伐柯見他還在發呆，急得跳腳，忙踮起腳尖，拿帕子捂住了他的鼻子。
施伐柯只顧著幫他捂住鼻血，根本沒有意識到因為身高差距，她幾乎整個人都貼在他身上……於是，陸池的鼻血不可遏制地越發洶湧澎湃了。
陸池默默看著她，暗自唾棄了一會兒，強忍著心頭的不舍，稍稍後退了一步，有些狼狽地自己捂住了鼻子，看到指尖殷紅的一團……頗有些無地自容，枉他自詡君子，原來內心竟這般骯髒齷齪啊！
忽然好嫌棄自己！
「好些了嗎？」施伐柯不知看著十分正人君子的陸公子，此時心裡正在想些不可描述的念頭，仰頭望著他，一臉緊張地問。
「無礙。」陸池輕咳一聲，端著一張美如冠玉般的臉道，表情可以說十分的嚴肅正經了。

「那便好。」施伐柯見他鼻血果然止住了，總算吁了一口氣，心有餘悸道：「怎麼會無故流鼻血這般嚇人，不如找個郎中診診脈吧。」

「不必，已經沒事了。」陸池擺擺手，略有些不自在地轉移了話題，「妳來找我，可是有什麼事情？」他這樣一提，施伐柯一下子又想起了自己的來意。

「嗯……是有些事情。」施伐柯一邊說著，一邊試探著看了他一眼，道：「我昨日收到了朱家的請帖。」

陸池捂著鼻子有點不在狀態，反應便慢了半拍，下意識問了一個傻問題，「哪個朱家？」

「……銅鑼鎮還有幾個朱家啊？」施伐柯抽了抽嘴角，一臉擔憂地看著他，「你真的沒事嗎？」

陸池這次回過味來了，整個人一下子清醒了，他看了施伐柯一眼，忽然意識到先前她也許根本沒有注意到他喚了她「阿柯」，這才沒有什麼特別的反應吧，這麼一想，整個人都黯淡了下來。

「沒事。」他默默捂著鼻子，甕聲甕氣地道。這大起大落的心情讓他一時有些受不住，不過，這是不是也可以從側面說明，阿柯如今對他已經不設防了？陸池頗有些不是滋味地自我安慰著想。

「你不問我朱家為何給我下帖子嗎？」施伐柯又道。

「哦，為何？」陸池怕她又來糾纏他為何流鼻血這樣的問題，從善如流地問。只是心裡到底有些不是滋味，這會兒他大概已經想明白了施伐柯今日的來意，果然是無事不登三寶殿啊……

「朱夫人回心轉意了，想托我問問這門親事可還做得。」施伐柯說著，仔細看了陸池一眼，試圖從他臉上看出些端倪來，可令她失望的是，陸池的表情淡淡的，毫無波瀾。

「那門親事不是早已經作罷了嘛。」陸池表情十分寡淡，渾身上下都寫滿了「拒絕」兩個字。他日盼夜盼的，好容易盼到了想見的姑娘，結果這姑娘一門心思想給他說媒，他這糟心事該和誰說去？

而且，朱家怎麼又盯上他了？不過，不管朱家又想鬧什麼么蛾子，他都是半點興趣也沒有的。

「朱夫人回心轉意了嘛……」

「那是出爾反爾。」陸池義正辭嚴，一臉正氣地道。

「說親而已，哪有那麼嚴重，不必如此小題大做啦，而且說親說親，就是多說說才能成親嘛。」施伐柯拿出一個媒人的專業素養，賣力勸解。

她不賣力勸解還好，這一賣力勸解，陸池終於被氣著了。這一氣，就有些頭暈眼花起來，連身子都不由自主地晃了晃。

施伐柯見他面色不對，立刻又有些緊張了起來，「陸公子，你沒事吧？」

「無礙。」陸池咬牙蹦出兩個字。

「可是你先前流了這樣多的鼻血，當真不需要找個郎中看看嗎？」施伐柯又關切地問。

陸池恨不能把流鼻血那件糗事立刻抹去，可是眼前這姑娘總是哪壺不開提哪壺，他幾乎有些咬牙切齒地微笑著道：「在下身體康健得很，不必擔心。」

「那為何無故流鼻血呢？」施伐柯仍是不放心。

「……大概是春日氣血太過旺盛，又也許是昨日吃了些大補之物。」陸池笑容微微龜裂了一下，勉強維持住了微笑的表情。

「可是陸公子，你的臉色看起來不太好呢。」施伐柯看著他蒼白得有些不太正常的面色，有些遲疑地道。

「怎麼會，在下身體向來康健。」陸池心中一凜，微微挺直了脊樑，強調道。畢竟，當一個男人中意一個女人的時候，總喜歡在她面前展示出自己強悍的一面，他可不想被她誤會他是個病懨懨的身子。

但不知為何，他感覺有些暈眩，腦袋莫名沉重起來，身體輕飄飄的，不由自主地又晃了一下。施伐柯見狀，忙上前一步扶住了他。

陸池感覺到她扶上來的小手，心中的鬱結一下子減了大半，雖心中蕩漾，但是男女授受不親，這大街上人來人往的，若是這一幕傳到了她爹和三個哥哥的耳朵裡，日後他再想接近阿柯，只怕就越發的困難重重了吧，畢竟先前讓阿柯喝醉的罪魁禍首也是他。

為了挽救自己在阿柯父母兄長面前岌岌可危的形象，為了他們的來日方長，陸池十分君子地輕輕推開了她的手。

誰料這一推，竟沒推開。

「別鬧。」施伐柯拍開他的手，越發的扶緊了他。

「唔，男女授受不親……休要壞了妳的名聲。」陸池忍住突如其來的暈眩，苦口婆心道。

施伐柯見他面色不對，伸手一摸他的額頭，入手滾燙，氣得罵道：「你這酸書生，都什麼時候了還談男女授受不親！」

陸池被她罵得有點懵，呆呆地看著她，「怎、怎麼了？」

「你生病了自己都不知道嗎？」

「怎麼會，在下身體向來康健。」陸池頂著暈眩，十分自信地道，他娘說他從小就皮實，從來沒有生過病呢。

「……」看看你的臉色啊！這是哪來的自信？施伐柯懶得再同他多費唇舌，徑直將他拖去了醫館。

結果坐堂的郎中一診，說是患了風熱。

陸池有點懵，腦袋也越發的迷糊起來，下意識便道，「可是在下身體向來康健……」

施伐柯抽了抽嘴角，看向因為被質疑而面露不快的郎中，「您別搭理他，他燒糊塗了，您儘管開藥。」

施伐柯向來嘴甜又討喜，三兩句將那郎中哄得露出笑臉，不但開了藥，還介紹了食療的方子，說是有一味蔥豉豆腐湯，取豆腐、淡豆豉、蔥白煮食，有清熱潤燥之用，可驅體內風熱之邪。

陸池此時也察覺到了自己有些不妥，只覺得手腳無力頭重腳輕，便默默閉了嘴。

施伐柯謝過郎中，又取了藥，然後便有點發愁，顯然陸池這會兒除了嘴硬之外，全身上下都是軟的，他此時默默坐在椅子裡，連喘氣聲都比尋常粗了不少……這模樣，顯然不能走回去的。

最後施伐柯尋了一輛驢車，將陸池拉回了他租住在柳葉巷的院子。

陸池有氣無力地由著施伐柯將他扶到床上，不得不面對一個殘酷的事實，他……大概是真的生病了。

「我……」

「知道了知道了，你身體向來康健。」施伐柯隨口敷衍，「你好好歇著，我去給你煎藥啊。」說著，替他掖好了被子，轉身出去了。

「……」陸池默默閉上眼睛。

鼻子不通氣，塞得難受，喉嚨也很痛，腦袋昏昏沉沉的發著燙，可身體卻很冷。

這……就是生病的感覺啊，好難受。陸池現在是一肚子委屈，他真不是吹牛，他從小到大都沒生過病，怎麼就病了呢？

嗯，大約是被施伐柯氣的，陸池悶悶地想。

正是難受的時候，額前忽然一陣清涼，瞬間舒服了許多，陸池微微睜開眼睛，便看到了施伐柯那張圓嘟嘟的臉和杏仁眼，她正垂眸拿浸了涼水的帕子替他擦臉。

「多謝。」陸池動了動唇，喉嚨又乾又疼，故而聲音十分沙啞。

施伐柯見狀，忙倒了一杯水，喂他喝下，「你休息一會兒吧，藥已經煎上了。」

陸池就著她的手喝了水，有些虛弱地沖她笑了一下，「麻煩妳了。」

「都這樣了還客氣什麼。」施伐柯沒好氣地說著，扶他躺下，給他掖好了被子，又將帕子浸入涼水中擰乾、疊好，敷在了他的額頭上，口中還在絮絮叨叨地道，「你染了風熱自己都沒感覺的嗎？我家隔壁李大娘家的小孫子都知道生病了要看郎中吃藥呢，你連人家小孫子都不如……」

陸池苦笑，「我……」

他想說他頭一回生病，著實沒有經驗，結果剛說了一個字便被施伐柯打斷了。

「你身子向來康健我知道，但是再康健的人也有個小病小痛啊！諱疾忌醫要不得。」施伐柯只當他死要面子，她想起了褚逸之，褚逸之自小身子孱弱，但是褚逸之他娘最忌諱旁人說她兒子身子不好，這會兒只當陸池也是如此。

陸池聽她絮絮叨叨地數落著，聽著聽著……昏昏沉沉睡著了。半睡半醒中，依稀彷彿額頭的帕子總是涼涼的，極大的緩解了他的不適。

外頭爐子上煎著藥，施伐柯一邊看著火候，又聽那郎中的囑咐熬了蔥豉豆腐湯，間或還要進屋去換個帕子，竟是忙得腳不沾地。

陸池睡得極不安穩，渾渾噩噩間做了許多光怪陸離的夢，一時夢到自己站在一座巨大的宮殿裡，身上穿著朝服，頭上戴著三枝九葉頂冠，聽宣道：「第一甲第一名……賜進士及第！」……一時又夢到他被人拖出了那座巨大的宮殿，說他冒籍替考，然後那陰森森的宮殿驟然變作了一頭恐怖的巨獸一口將他吞了，一時又夢到他被爹娘兄長和施伐柯一起押著拜堂成了親，新娘是個白胖白胖的姑娘，特白特胖，像個發麵饅頭似的。

施伐柯還笑嘻嘻地恭喜他，「陸公子你滿意嗎？新娘子一看就是個有福氣的呢！」

陸池一下子被嚇醒了，睜開眼睛便看到了施伐柯的臉，頓時心都涼了……

一時竟不知道是真是幻，是夢境還是現實，一想到自己娶了那樣「有福氣」的一個姑娘，只覺得生無可戀。

「怎麼了？一副見了鬼的樣子？」施伐柯見他瞪著自己一臉的驚魂未定，不由得疑惑道。陸池呆呆地看著她，好半晌才緩緩吐出了一口氣，「做了個可怕的夢。」

「有多可怕？」施伐柯好奇地看著他。

「特別、特別可怕。」陸池一臉認真地強調。他額前有汗，沾著幾縷髮絲在頰邊，面色蒼白，一張出奇妍麗的臉配著這樣驚魂未定的表情，當真是我見猶憐。

施伐柯母性大發，學著她小時候做噩夢時她娘哄她的法子，伸手輕輕在他胸口拍了拍，「不怕不怕啊，夢都是反的。」

陸池緩緩眨巴了一下眼睛，見她一副把他當孩童哄的樣子，有些想笑，但不知為何心裡卻軟軟的、暖暖的、鼓脹脹的，又空落落得很，恨不得將她緊緊嵌在懷中，好填補心上的那處空缺。

他的指尖躍躍欲試地動了動，但他當然不敢如此放肆。

「你醒了正好，我正準備叫你起來呢，藥已經煎好了，趁熱來喝了吧！」見他呆呆坐著，施伐柯道。陸池乖乖就著她的手喝了藥。

「你坐著休息一會兒，我給你煮了白粥，喝一口墊墊。」施伐柯又道。因為身體不舒服的緣故，陸池反應有點慢，看起來就特別乖，讓喝藥就喝藥，讓吃粥就吃粥，最後還灌了一大碗蔥豉豆腐湯，硬生生逼出了一頭汗。

忙完了這些，天已將暮，施伐柯看看天色，這個時候再不歸家，明日想再出來就難了。

「天色已經不早了，我得回去了，我請了隔壁蔣大娘幫忙照看一些，如果你實在不舒服就去請她幫忙。」臨走，施伐柯有些不放心地叮囑。

「好。」陸池乖乖地應。

「鍋裡還溫著粥和小菜，如果餓了就起來吃一些。」

「好。」陸池依然乖乖地應。

「蔥豉豆腐湯也還有，這是郎中吩咐的，可以清熱潤燥，待會兒記得再喝一些。」施伐柯想了想，又補充道，「你好好休息，我明日再來看你。」

「好。」施伐柯絮絮叨叨地叮囑，陸池不厭其煩地乖乖應著。

了。

想著應該沒什麼遺漏了，施伐柯這才稍稍放下心，剛準備走，卻見陸池也跟著披衣下床了。

「你不休息嗎？」施伐柯疑惑地問。他的臉色著實不算好，看著不像是能起床走動的樣子。

「我送妳出門。」陸池見她蹙了蹙眉要拒絕，又道：「正好我把門栓好，然後就可以安心休息了。」施伐柯一想，也是。

便由他了。

走到門口，陸池停下腳步，「妳明日……什麼時候來？」

「明日一早吧，你早上想吃什麼？」

蒼白的唇一下子彎了起來，他的眼中似有流光閃動，十分矜持地道：「隨意就好。」

「那就肉糜粥吧，好消化一些。」施伐柯想了想，道。

「好。」陸池乖乖地應。

「嗯，你回去休息吧，明日見。」

「明日見。」陸池站在原地目送她離開，一直到看不到她小小的背影了，才慢慢合上了門，卻並沒有栓上，他回到房間，倒頭就睡。

明日一早，便能看到她了。

真好。

施伐柯看著天色，加快腳步往回趕，生怕回去遲了挨批評。

走到半路的時候，她突然腳步一頓。

咦？她今日到底是為什麼去找陸池的？結果朱家的事情她只說了一半就被岔開了，根本沒有來得及提起朱顏顏嘛！而且陸公子看起來對這門親事並不熱衷呢。

施伐柯有點懊惱，不過轉念一想，陸公子今日這副模樣也著實不適宜再談起朱顏顏的事了，畢竟他病得昏昏沉沉的……就算她是媒婆，也不能不顧人家的死活，就一門心思地想要說親這麼不講道理啊。

而且，陸公子身體如此孱弱，當真是朱顏顏要找的那個救了她的少年？就他如今這副弱不禁風的樣子，根本難以想像他十年前便可以打殺窮凶極惡的匪徒呢……會不會是哪裡弄錯了？

施伐柯邊走邊想，待走了一段，忽然又頓住了。

唔，她似乎還忘記了一件事，她好像答應過朱家那個小胖子要幫忙說情，問一問陸公子願不願意收他為徒的呢……

罷了，反正她明日定然還是要去找陸公子的，那便明日再說好了。

這麼一想，施伐柯心安理得地回去了。

朱家，朱老太爺的書房裡，朱禮一邊苦兮兮地溫書，一邊滿懷期望地想，也不知道那個小姐姐有沒有幫他跟先生說情呢？

他想念他的學堂，想念他的先生啊！從來沒有這麼想念過！

國家圖書館出版品預行編目資料

明媒善娶(上) / 夢三生著. -- 初版. -- 臺北市：
臺灣東販, 2019.12
260面；14.7x21公分
ISBN 978-986-511-169-4(上冊：平裝).

857.7　　　108017035

明媒善娶（上）

2019年12月1日初版第一刷發行

著　　者　夢三生
封面插圖　哈尼正太郎
四格漫畫　非光
編　　輯　鄧琪潔
美術編輯　黃郁琇
發 行 人　南部裕
發 行 所　台灣東販股份有限公司
＜地址＞台北市南京東路4段130號2F-1
＜電話＞(02)2577-8878
＜傳真＞(02)2577-8896
＜網址＞http://www.tohan.com.tw
郵撥帳號　1405049-4
法律顧問　蕭雄淋律師
總 經 銷　聯合發行股份有限公司
＜電話＞(02)2917-8022

明媒善娶

TOHAN 東販出版 《明媒善娶 上》・非賣品

TOHAN 東販出版 《明媒善娶 上》・非賣品